中国博士后科学基金

扬州大学博士后科研启动基金　　资助出版

肇庆学院学术著作出版基金

经典与民间

水浒叙事的文化阐释

卢永和 著

暨南大学出版社
JINAN UNIVERSITY PRESS

中国·广州

图书在版编目（CIP）数据

经典与民间：水浒叙事的文化阐释/卢永和著. —广州：暨南大学出版社，2014.12
ISBN 978 - 7 - 5668 - 1307 - 7

Ⅰ.①经…　Ⅱ.①卢…　Ⅲ.①《水浒》研究　Ⅳ.①I207.412

中国版本图书馆 CIP 数据核字（2014）第 295714 号

出版发行：暨南大学出版社

地　　址：中国广州暨南大学
电　　话：总编室（8620）85221601
　　　　　营销部（8620）85225284　85228291　85228292（邮购）
传　　真：（8620）85221583（办公室）　85223774（营销部）
邮　　编：510630
网　　址：http：//www.jnupress.com　http：//press.jnu.edu.cn

排　　版：广州市天河星辰文化发展部照排中心
印　　刷：佛山市浩文彩色印刷有限公司

开　　本：787mm×1092mm　1/16
印　　张：11
字　　数：266 千
版　　次：2014 年 12 月第 1 版
印　　次：2014 年 12 月第 1 次

定　　价：29.80 元

序

　　卢永和的博士论文通过答辩已经好几年了，现在才修改完成准备付梓，这说明青年学者要出版一部成果的确不易。但拖延这么久才出版，更主要的原因应该说还是作者对出版成果的严谨态度。

　　《水浒传》从施耐庵创作问世以来，虽然褒贬不一，但影响从未消歇，对《水浒传》的研究论著可谓汗牛充栋。具有一定规模和深度的水浒研究至少应该从明代李贽的评点算起，明末的《金圣叹评点〈水浒传〉》就达到了后人几乎无法超越的一个高峰：且不说冯镇峦所谓"开后人无限眼界无限文心"的赞誉，只要想想 20 世纪 70 年代的"批林批孔评水浒"政治运动中批判宋江架空晁盖的观点还是来自当时被视为"反动文人"的金圣叹，就可以想见金圣叹对后来三百多年的影响有多大了。在这样的传统知识背景下研究《水浒传》，尤其是作为文艺学专业的博士论文对《水浒传》进行理论研究，这样的选题是不是老了？但只要看看卢永和这部著作的标题，就可以发现其中的创新之处——"经典与民间"，这里要研究的是两个沿不同路径发展而又相互影响着的《水浒传》。《水浒传》在经典之外还存在着民间文学形态这一事实并不新鲜，但把经典和民间叙述活动纳入水浒叙事发展的整体文化生态视野中，研究不同空间叙事文化的关系和作用，这样的多维度文化研究对于中国传统叙事研究来说还是很有新意的。

　　多年前，我在给博士生讲课时曾提到一个有关《水浒传》的案例，就是鲁迅在谈到金圣叹时说过的一段话，大意是虽然金圣叹把《水浒传》后半部删去，使之变成了"断尾巴的蜻蜓"，但乡下人还是喜欢看"武松只手擒方腊"。揣摩这段话的原义，鲁迅似乎认为"武松只手擒方腊"的情节应该在被金圣叹删去的《水浒传》后半部中，但实际上属于金圣叹删改系统的《水浒传》经典版本中并没有这个情节。这是另外一个《水浒传》系统中的内容——民间叙事系统。传统的《水浒传》研究中似乎形成了一种关于文学经典化的思维定式：从最初质朴粗陋的民间艺术形态逐渐走向完美，最终形成经典，就是艺术发展的普遍规律。因此水浒故事从《宋史纲》、《大宋宣和遗事》到元杂剧，再到施耐庵的《水浒传》，直到金圣叹批改的七十回《水浒传》，这个故事最终达到经典的完美形态，正是一个文学经典化的历史过程。但实际上在这个经典化的历史之外，民间叙事在走向另外一个方向——活态传承，经过历代民间艺人的口传心授和表演，不断丰富发展，形成了比经典更丰富的一个叙事传统，不仅使《水浒传》的叙事越来越丰富，而且使之成为中国叙事的另外一个传统，影响了当代叙事。

这个案例只是我关于"非文本诗学"研究的一个简单想法，而卢永和却见微知著，由此而生发出了关于中国传统叙事发展中经典化与民间化两种不同趋势之间的生态关系研究思路，并且以《水浒传》为典型案例展开研究，成就了这部著作。他的著作分为四章：第一章探讨了中国小说经典形成的文化图景，然后以金圣叹的批评为中心，探讨《水浒传》的经典化过程。最后讨论"以西律中"批评观与《水浒传》的现代阐释问题。第二章以武松故事为例，探讨民间水浒叙事的艺术文化特质。书中以扬州评话"王派水浒"、"高派"山东快书中的武松故事与《水浒传》的武松故事作对比，分析民间水浒叙事所蕴含的审美文化趣味，揭示出民间叙事的艺术活力主要体现在与经典艺术不同的文化生态特征上，即在口传、表演活动过程中的情感交流互动等。第三章探讨水浒叙事所蕴含的侠义精神，指出作为一个民间文化想象符号的李逵，其形象在不同叙述中发生很大变异，但他的侠义精神仍是其基本的文化内核。第四章从历史和文化空间角度讨论水浒故事衍生叙述的文化活动意义，指出水浒故事通过叙述的不断衍生发展，构筑了一个具有民族文化趣味的大水浒叙事空间。书中指出，作为一种隐性叙述活动，非文本的水浒文化凝聚的是一代代乡民关于水浒故事的集体记忆和情感想象，渗透于民众的日常生活体验中，成为乡民传统文化的活态传承。当代语境中的水浒叙事文化活动中，传统民族文化认同的符号意义仍然在传承。

卢永和的研究思路和视野开阔，而又能够将精力凝聚于具体而细微的个案研究之中，在我看来是一种创新的研究观念和方法，或可以称为艺术生态学研究方法。这种研究把传统的文学研究与当代非遗保护的理念结合了起来，如果持之以恒地做下去，对于文艺学的创新和传统文化的传承保护必将作出更多的贡献。这是我对卢永和学术研究前景的一点期待，相信他不会令我失望。

高小康
2014 年秋出伏之日于康乐园

前　言

　　由对"中国文学史"书写问题的学术反思可知，"作品链"文学史观与本土文化遮蔽两个问题格外引人关注。把"文学史"描述为"作品链"，忽略了文学文本背后鲜活丰富的文化活动过程。"中国文学史"是在西方文学观基础上建构的一套学术话语，由此造成中国文化本土性的遮蔽。这两方面的观念偏见，影响到对水浒叙事文化意义的全方位认识。

　　自宋以降，水浒故事逐渐演变为"经典"（《水浒传》）与"民间"两套既分且合的叙事系统。水浒故事是一种活态叙述，本身具有不断衍生发展的内在活力，但在传统的"中国文学史"上，小说《水浒传》凭借"思想深度"与"文本完善"而被大书特书；民间水浒叙事则因"艺术粗糙"而被有意忽略。文学史形态的"知识"，遮蔽了对水浒叙事文化丰富性的认识，其突出表征是以文本固化的《水浒传》笼统地涵盖水浒叙事，其他的水浒叙事或被视为《水浒传》成书的题材渊源，或被视为《水浒传》的审美接受。可见，文学史知识描绘的水浒叙事"地图"有很大缺陷。本书重绘水浒文学"地图"的目的，是纠文学史知识之偏；此幅文学地图的描绘，依据"大文学"观念，打破传统的纯文学观（以文学文本为中心）的拘囿，以水浒故事为纲，意在挖掘多元艺术形态的水浒叙事所包蕴的本土文化活动经验。

　　基于"经典"与"民间"这两套水浒故事系统既分且合的发展演变特点，本书以"经典"与"民间"作为爬梳剔抉水浒叙事的两条基本线索，在论述思路上做到总分结合：总——凸显水浒叙事作为一个文化原型所深具的民族审美文化精神；分——呈现两个故事系统所表达的文化趣味的异质性。

　　具体内容如下：

　　绪论部分通过反思中国文学史关于"水浒"文学书写的弊端，引出本书的写作依据与意义。

　　第一章探讨水浒故事的经典化书写——经典水浒叙事及其阐释。首先探讨中国小说经典形成的文化图景；然后以金圣叹的批评为中心，探讨《水浒传》的经典化过程；最后讨论"以西律中"批评观与《水浒传》的现代阐释问题。

　　第二章以武松故事为例，探讨民间水浒叙事的艺术文化特质。首先概述民间水浒故事系统的发展状况，继而以扬州评话"王派水浒"、"高派"山东快书中的武松故事与《水浒传》的武松故事作对比，通过具体的文本比较，透析民间水浒叙事所蕴含的审美文化趣味，指出融凝地方文化的民间水浒叙事具有强大的文化亲和力。民间水浒叙事的艺术活力，主要体现为文化活动过程中的情感交流互动等与经典艺术迥异的文化特质。

第三章探讨水浒叙事所蕴含的侠义精神。侠义精神与水浒叙事渊源有自，也是水浒故事的基本文化内涵。《水浒传》自成书以来，其思想主题的阐释众说纷纭，但这些观点仅抓住侠义精神的某一侧面去演绎论证，似是而非。作为一个民间文化想象的符号，李逵的形象在不同时间、地区的故事叙述中发生了很大变异，但侠义精神仍是其基本的文化内核。作为一种民族审美文化，水浒故事中的侠义精神能够在跨时代的文化语境中焕发出新的艺术活力。

第四章讨论水浒故事衍生叙述的文化活动意义。水浒故事叙述不断衍生发展，构筑了一个具有民族文化趣味的大水浒叙事空间。这个水浒文化空间不断延展，水浒叙事由此超越固化的文学文本，走向非文本的文化叙事。作为一种隐性叙述活动，非文本的水浒文化凝聚的是一代代乡民关于水浒故事的集体记忆和情感想象。从深层次的文化意义而言，非文本的水浒文化活动意味着传统文化的血液已脱离原初的固化文本，渗透到民众的日常生活体验中，这在某种程度上可视为传统文化的活态传承。当代语境中的水浒叙事文化活动距离古代的水浒故事更加遥远，但其民族文化认同的符号意义宛然犹存。

结语部分概述水浒叙事在"经典"与"民间"层面上的文化意蕴。

卢永和
2014 年 9 月

目 录
CONTENTS

绪　论

一、问题缘起

（一）"中国文学史"书写述略

"中国文学史"的现代书写是从 19 世纪末 20 世纪初开始的。[①] 据统计，100 年左右的时间里，共产生 1 600 多部中国文学史。[②] 20 世纪上半叶，较有代表性的文学史著述，除林传甲写的第一部《中国文学史》（1904 年）外，还有谢无量的《中国大文学史》（1918 年）、胡适的《白话文学史》（1928 年）、郑振铎的《插图本中国文学史》（1932 年）、刘大杰的《中国文学发展史》（1941 年）。1949 年以后，国内出版的权威的中国文学史，有中国社科院文学研究所编写的《中国文学史》、游国恩等人编写的《中国文学史》（1964 年）。上述著作被认为"分别代表了 20 年代、30 年代、四五十年代、60 年代文学史著作所能达到的成就"[③]。20 世纪 90 年代后，章培恒、骆玉明编撰的《中国文学史》（1996 年）、郭豫衡主编的《中国古代文学史》（1998 年）、袁行霈主编的《中国文学史》（1999 年）被公认为是当代权威的古代文学史著作。

文学史书写是在某种文学观念制约下的话语叙述。书写者力图把文学史描述为一个连续发展的过程，从而能够把零散的文学史实组织成一个自给自足的逻辑体系。韦勒克指出："解决问题的关键在于把历史过程同某种价值或标准联系起来。只有这样，才能把显然是无意义的事件系列分离成本质的因素和非本质的因素。只有这样，我们才能谈论历史进化，而在这一进化过程中每一个独立事件的个性又不被削弱。"[④] 可见，文学事件（或作品）在文学史上是否有意义，关键在于文学批评的价值标准。正因如此，文学理论、文学批评和文学史三者之间互相纠葛缠绕："文学理论不包括文学批评或文学史，文学批评

---

① 林传甲于 1904 年为京师大学堂写的七万多字的《中国文学史》讲义，被公认为是国人写的第一部中国文学史。这部文学史系模仿日本学者写成。林传甲自己在开卷时说："传甲斯篇，将仿日本笹川种郎《中国文学史》之意，以成书焉。"参阅陈国球著：《文学史书写形态与文化政治》，北京：北京大学出版社 2004 年版，第 48 页。之前，也有西方汉学家早于中国人写就中国文学史。郑振铎认为英国人翟理斯（Herbert Allen Giles，1845—1935）在 1901 年写成世界上最早的"中国文学史"。此说后被人修正，俄罗斯汉学家瓦西里耶夫（V. P. Vasiliev，汉名为西西里，1818—1900）在 1880 年出版的《中国文学史纲要》被认为是世界上最早的"中国文学史"。参阅陈国球著：《文学史书写形态与文化政治》，北京：北京大学出版社 2004 年版，第 46 页。

② 参阅韩春萌：《直面 1 600 部中国文学史》，《中国图书评论》2005 年第 3 期，第 68～69 页。

③ 袁行霈主编：《中国文学史》（第一卷）（总绪论），北京：高等教育出版社 1999 年版，第 2 页。

④ ［美］雷·韦勒克、奥·沃伦著，刘象愚等译：《文学理论》，北京：生活·读书·新知三联书店 1984 年版，第 296 页。

中没有文学理论和文学史，或者文学史里欠缺文学理论与文学批评，这些都是难以想象的。显然，文学理论如果不植根于具体文学作品的研究是不可能的。文学的准则、范畴和技巧都不能'凭空'产生。可是，反过来说，没有一套课题、一系列概念、一些可资参考的论点和一些抽象的概括，文学批评和文学史的编写也是无法进行的。"①

对于"中国文学史"的建构，有论者指出："被业内大多数人视为理所当然的'中国文学'这个学科，其实是在西方 Literature（文学）观念输入的背景下，被人为建构出来的一套现代学术话语。"② 我们以几部《中国文学史》为例，对此问题略加申述。③

我们首先考察林传甲写的《中国文学史》，这部文学史最初是作为京师大学堂的讲义。据林传甲本人交代，他的《中国文学史》是"仿日本笹川种郎《中国文学史》之意，以成书焉"④，故林传甲的文学观念明显受到笹川种郎的影响。有论者指出，笹川种郎的《支那文学史》的"特色有两点：一、从地域人种风俗的殊相讨论中国文学的特色，二、以'想象'、'优美'等概念论述文学。前者源自欧洲的'国族'思想，尤其丹纳《英国文学史》（Hippolyte Taine, *History of English Literature*, 1864）的'人种、环境、时代'的分析架构；后者也是从西方输入的现代'文学'规范"⑤。作为受聘教员，林传甲不得不谨遵《钦定京师大学堂章程》的规定，故他的《中国文学史》本质上又是一本"贯彻教学纲要的教科书"，这就注定了他的文学史编写观念的"保守"："讲历代源流义法，于分类科则练习各体文字……经史子集之文体，汉魏唐宋之家法。"⑥ 徘徊于中西两端的林传甲的文学观念难免显得混杂。郑振铎批评林氏的《中国文学史》说："名目虽是'中国文学史'，内容却不知道是什么东西！有人说，他都是钞《四库提要》的话，其实，他是最奇怪——连文学史是什么体裁，他也不曾懂得呢！"⑦ 现在也有论者指出："林传甲的这部不折不扣地执行了《章程》中有关文学研究规定的教材，充分表现出在文学学科设立初期，人们对这门新兴学科的范围、内容和手段的认识，多少介乎中西、古今之间的摇摆和含糊：既要照顾被模仿被吸取的西方学理，又要迁就传统的中国学术思维的定势。"⑧

相比林传甲的保守，当时在私立东吴大学的黄人的文学观念显得更为西化，他说："（一）文学虽亦因乎垂教，而以娱人为目的；（二）文学者当使读者能解；（三）文学者当为表现之技巧；（四）文学者摹写感情；（五）文学者有关于历史科学之事实；（六）文学以发挥不朽之美为职分。"⑨ 黄人从"娱人"、"表现之技巧"、"摹写感情"、"以发挥不朽之美为职分"等方面去考察评判文学，可见他的文学观较接近于现代西方的 Literature

① ［美］雷·韦勒克、奥·沃伦著，刘象愚等译：《文学理论》，北京：生活·读书·新知三联书店1984年版，第32页。
② 叶舒宪：《本土文化自觉与"文学"、"文学史"观反思——西方知识范式对中国本土的创新与误导》，《文学评论》2008年第6期，第6页。
③ 以下论述部分参阅陈国球著：《文学史书写形态与文化政治》，北京：北京大学出版社2004年版。
④ 林传甲著：《中国文学史》，上海：上海科学书局1914年版，第1页。
⑤ 陈国球著：《文学史书写形态与文化政治》，北京：北京大学出版社2004年版，第51页。
⑥ 林传甲著：《中国文学史》，上海：上海科学书局1914年版，第1页。
⑦ 郑振铎著：《郑振铎古典文学论文集》，上海：上海古籍出版社1984年版，第36~37页。
⑧ 戴燕著：《文学史的权力》，北京：北京大学出版社2002年版，第7页。
⑨ 汤哲声、涂小马编著：《黄人评传·作品选》，北京：中国文史出版社1998年版，第69页。

（文学）观念。整体而言，林传甲、黄人诸人的文学观念都显得杂糅粗略，"因了历来对于文学观念的混淆不清，中国文学史的范围，似乎更难确定。至今日还有许多文学史的作者，将许多与文学漠不相干的东西写入文学史之中去，同时还将许多文学史上应该讲述的东西反而撇开去不谈"①。林传甲、黄人等早期学者在"中国文学史"书写中所表达的文学观念虽存有传统文学观的余绪，但他们所开启的西化文学观方向已非常清晰，后来者沿此轨迹循序前行。

胡适是"五四"新文化运动中一位领时代风气之先的人物。胡适对中国文学发展进程的理解，表现在他那本影响深远的《白话文学史》中。《白话文学史》原计划写上、中、下三卷，但最后仅完成上卷部分。他的白话文学史观在《五十年来中国之文学》一文中已有清晰的表述。胡适指出，"中国的古文在二千年前已经成了一种死文字。……这个科举的制度延长了那已死的古文足足二千年的寿命"②，其间，民间的白话文学处于被压制状态，但他认为，"民间的白话文学是压不住的。这二千年之中，贵族的文学尽管得势，平民的文学也在那里不声不响的（地）继续发展"③。在胡适看来，"白话文学史就是中国文学史的中心部分。中国文学史若去掉了白话文学的进化史，就不成中国文学史了，只可叫做'古文传统史'罢了"④。与"白话/古文"相联系的另一组对立概念即"活文学/死文学"。胡适在《建设的文学革命论》一文中说："中国这二千年何以没有真有价值真有生命的'文言的文学'？……这都因为这二千年的文人所做的文学都是死的，都是用已经死了的语言文字做的。死文字决不能产出活文学。"⑤

从文字形式（工具）这个角度而言，民间白话文学是一种"活文学"，但它们在思想表达方面，与胡适在《文学改良刍议》中所提出的"高远之思想"、"真挚之情感"等新文学的目标尚有很大距离。"我们一面夸赞这些旧小说的文学工具（白话），一面也不能不承认他们的思想内容实在不高明，够不上'人的文学'。用这个新标准去评估中国古今的文学，真正站得住脚的作品就很少了。"⑥

对"贵族文学"与"平民文学"的双重不满，使得胡适对中国古代文学的评价很低。他在《建设的文学革命论》一文中认为："即以体裁而论，散文只有短篇，没有布置周密，论理精严，首尾不懈的长篇；韵文只有抒情诗，绝少纪事诗，长篇诗更不曾有过；戏本更在幼稚时代，但略能纪事掉文，全不懂结构；小说好的，只不过三四部，这三四部之中，还有许多疵病；至于最精彩的'短篇小说'、'独幕戏'，更没有了。若从材料一方面看来，中国文学更没有做模范的价值，才子佳人，封王挂帅的小说；风花雪月，涂脂抹粉的诗；不能说理，不能言情的'古文'；学这个，学那个的一切文学：这些文字，简直无一毫材料可说。至于布局一方面，除了几首实在好的诗之外，几乎没有一篇东西当得'布

---

① 郑振铎著：《插图本中国文学史》（绪论），上海：上海人民出版社 2005 年版，第 5～6 页。
② 胡适著，欧阳哲生编：《胡适文集》（3），北京：北京大学出版社 1998 年版，第 250 页。
③ 胡适著，欧阳哲生编：《胡适文集》（3），北京：北京大学出版社 1998 年版，第 250 页。
④ 胡适：《白话文学史·引子》，见胡适著，欧阳哲生编：《胡适文集》（3），北京：北京大学出版社 1998 年版，第 150 页。
⑤ 胡适著，欧阳哲生编：《胡适文集》（2），北京：北京大学出版社 1998 年版，第 45 页。
⑥ 胡适：《建设理论集·导言》，见《中国新文学大系导言集》，香港：香港文学研究出版部 1968 年版，第 44 页。

局'两个字！——所以我说，从文学方法一方面看去，中国的文学实在不够给我们作模范。"① 胡适否定中国古典文学，其批评标准即是西方的文学与文学批评观：

> 西洋的文学方法，比我们的文学，实在完备得多，高明得多，不可不取例。即以散文而论，我们的古文家至多比得上英国的倍根（Bacon）和法国的孟太恩（Montaigne）；至于像柏拉图（Plato）的"主客体"，赫胥黎（Huxley）等的科学文字，包士威尔（Boswell）和莫烈（Morley）等的长篇传记，弥儿（Mill）、弗林克令（Franklin）、吉朋（Gibbon）等的"自传"，太恩（Taine）和白克儿（Buckle）的史论；……都是中国从不曾梦见过的体裁。更以戏剧而论，二千五百年前的希腊戏曲，一切结构的工夫，描写的工夫，高出元曲何止十倍。近代的萧士比亚（Shakespeare）和莫逆尔（Molière）更不用说了……更以小说而论，那材料之精确，体裁之完备，命意之高超，描写之工切，心理解剖之细密，社会问题讨论之透切，……真是美不胜收。……——以上所说，大旨只在约略表示西洋文学方法的完备，因为西洋文学真有许多可给我们作模范的好处，所以我说：我们如果真要研究文学的方法，不可不赶紧翻译西洋的文学名著，做我们的模范。②

胡适推崇西方文学，认为西方文学比我们的文学"实在完备得多，高明得多"，从而成为我们文学创作与研究应该好好学习的"模范"。总之，经过"五四"新文化运动"重估一切价值"的洗礼，古代文学的传统与现代文学观念的距离越来越远。有论者指出："经过岁月的冲洗，胡适的文学史观不一定能完全支配现今文学中人的思想，然而胡适及其同道的努力确实把文学革命以后的知识分子和传统文学的距离拉远；我们对传统的认识很难不经过'五四'意识的过滤。再加上现代政治带来重重波折，文学意识的断层愈多愈深，要瞻望古老的文学传统，往往需要透过多重积尘的纱窗，而望窗的就如胡适所预言，只剩下大学堂中的专门学者。"③ "五四"之后形成的新文化传统，被认为是中国文化发展的另一个传统，此传统深深刻上了西方文化的烙印。作为一种学术话语的"中国文学"，正是借这种新文学观念建构而成的，此状况延续至今。

总之，"中国古代文学"的建构是以西方现代文学观作为理论参照的。西方现代文学理论成为"观照"中国文学的方式；反过来，中国古代的文献资料则成为观照的"对象"，故有论者指出，"文学史实与文学概念是一个东西的两面。概念是史实的集中呈现，而史实是概念的例证。我们在研究古代文学史的时候，的确是在寻找史实，但是这种寻找是以一种现代文学观念为指引的，没有全然独立于现代观念之外的史实。同样，现代文学概念也依赖于古代文学史实的寻找才建立起根基，这种古代史实的寻找就是理论的建构"④。

---

① 胡适著，欧阳哲生编：《胡适文集》(2)，北京：北京大学出版社 1998 年版，第 55～56 页。
② 胡适著，欧阳哲生编：《胡适文集》(2)，北京：北京大学出版社 1998 年版，第 56～57 页。
③ 陈国球著：《文学史书写形态与文化政治》，北京：北京大学出版社 2004 年版，第 100 页。
④ 王峰：《"文学"的重构与文学史的重释——兼论 20 世纪早期"中国文学史"书写的意义》，《华东师范大学学报》（哲学社会科学版）2008 年第 2 期，第 6 页。

（二）"中国文学史"书写的学理反思

伴随20世纪80年代"重写文学史"[①] 问题的讨论，"古代文学史"的反思与重写也成为学术焦点问题，其表现在以下几个方面：

其一，回归"文学史"本身。新中国成立后，学界出现了两次"重写文学史"的思潮。20世纪50年代，作为国家意识形态建构的重要组成部分，"重写文学史"背后的政治诉求是"把被资产阶级颠倒的历史重新颠倒过来"。北京大学1955级、1956级学生集体编写的《中国新文学史》、《中国小说史》、《中国戏剧史》实际上成了"红色中国文学史"。[②] 一部部"红色"经典进入文学史叙述，文学史在某种程度上成为政治意识形态的附庸。60年代游国恩等人编写的《中国文学史》（1964年）受马列文论的影响，强调"文学是社会生活的反映"，突出经济、政治等意识形态因素对文学的作用。在评价作家作品时，编者强调"阶级性"和"人民性"，用大量的政治术语来描述文学现象。出于对"政治化"文学观的反拨，20世纪80年代"重写文学史"的目的是"回到文学本身"，表达"去政治化"的文学观念。如论者所言，"在整个文坛掀起'向内转'的狂潮时，'重写文学史'也开始酝酿着'走进文学'，注重文学自身发展规律，强调形式特征、审美特征，试图在'审美'或'纯文学'的名义下建立一套'自律'的文学史写作的标准"[③]。章培恒、骆玉明编写的《中国文学史》（1996年）明显弱化了政治意识形态性，倾向于从人性角度叙述文学史。袁行霈先生主编的《中国文学史》（1999年）则明确提出"文学史是文学的历史"，充分表达了文学史回归"文学"的学术诉求。

其二，从理论层面探讨"文学史学"的问题。自20世纪初开始，文学史书写已走过百年历程，文学史著作与专题性的单篇论文研究如恒河沙数，对这些问题进行学理总结已提上日程。从国际思想背景来看，新历史主义在理论视野上直接刺激学者们对"中国文学史"书写问题进行本体性追问，借此探讨文学史的知识合法性问题。[④] 有论者指出，"所谓'文学史哲学'，我想应该是相当于'历史哲学'那样的东西，即对文学史本身的存在方式、价值观念以及方法论等根本性问题的一种哲学考察，它构成了文学史观的基本内核，也是文学史学与哲学密切相关的最好表征。文学史哲学并不在文学史学之外，而是其题中应有之义，但作为文学史学的核心理念部分，又需要有比较深入和专门性的阐发。正像文学史研究必然会导致文学史学的建设，后者的充分开展也自然会提升为文学史哲学的

① 1988年，《上海文论》开设《重写文学史》专栏，"重写文学史"由此被明确提出。专栏主持人陈思和、王晓明在开栏宣言中提出，开栏的目的是"冲击那些似乎已成定论的文学史结论"。1988—1989年，《重写文学史》专栏共推出9期（16篇文章），涉及对现当代文学史上茅盾、赵树理、丁玲等经典作家及其作品的重新评价。

② 参阅冷霜：《在两次"重写文学史"之间》，《文艺争鸣》2008年第2期，第170～172页。

③ 邵薇：《文学史的书写与流动的文学经典——20世纪80年代"重写文学史"问题的若干思考》，《学习与探索》2006年第1期，第164页。

④ 关于这个问题的代表性学术著作有：a. 崔文华、李昆著：《文学史构成》，北京：东方出版社1991年版；b. 陈平原著：《文学史的形成与建构》，南宁：广西教育出版社1999年版；c. 戴燕著：《文学史的权力》，北京：北京大学出版社2002年版；d. 董乃斌著：《中国文学史学史》，石家庄：河北人民出版社2003年版；e. 陈国球著：《文学史书写形态与文化政治》，北京：北京大学出版社2004年版；f. 李扬著：《文学史写作中的现代性问题》，太原：山西教育出版社2006年版等等。

探讨"①。该论者以四个"何"来概括对文学史的哲学思考:"一是'文学史何谓',就是什么叫文学史,涉及文学史研究的对象和性质应怎样来界定;二是'文学史何为',亦即文学史是干什么的,牵连到文学史的目的任务;三是'文学史何以',即何以会有文学的历史发展,或者说文学史的进程凭什么条件生成,这关涉到文学史的动因;四是'文学史如何',也就是文学现象在历史上怎样演进,构成了文学史的动向。"② 总之,对这些课题的追问凝聚成一个核心关切点,即文学史应以一种怎样的学术面目呈现。

其三,反思文学史叙述的"作品链"观念。回归"文学"的文学史反思,涉及的是作家与作品的评价问题。所谓"重写文学史",无非是变动作品思想与艺术评价标准,将一批作家作品淘汰出局,而把另一批作家作品补充进来,有人形象地喻之为"翻烙饼"。文学史的本体反思,则聚焦于文学史书写中的权力话语问题。随着文学研究观念的深入拓展,现有学者注意到文学史叙述中更深层次的理论问题,比如,对"作品链"的文学史观的反思。高小康先生在《作品链与活动史——对文学史观的重新审视》③ 一文中充分表达了此反思立场。在论者看来,目前关于"既有的与重写的"、"官方的与民间的"等种种文学史观的分歧,都基于一个共同的文学史观念:"文学史是历史上一代代重要的或有价值的文学作品(通常也隐含着作品背后的作家)前后相继串连成的作品之链。"④ 论者指出,这个被大多数学者认为是毋庸置疑的"作品链"文学史观实际上存在问题:

经过这样筛选而组织起来的作为文学史的作品链,从某种意义上讲就如同一个人作为生平经历的相册——无论这个人在一生中为自己拍摄了多少照片,把这些照片串连起来作为他的历史仍然是残缺不全的。有些重要的人生经验可能是无法拍摄的东西,有些则可能是因为觉得不重要或不愿意表现而遗漏的东西;尤其重要的是,人的生命过程的连续性可能是一张张静止的、孤立的照片链无法表现的。作品链可能也存在着这样的问题:如果把一部部我们认为重要的或有价值的作品串连起来描述文学的历史过程,而不去注意作品背后那些由连续的、活生生的文学活动过程,恐怕也会把真正的文学发展历史忽略掉。⑤

由此可见,把文学史看成"作品链",遮蔽了特定的语言环境对具体的文学叙述活动所产生的影响。文学史也是叙述语境发展演变的历史,因此对文学史的研究不能脱离对叙述与特定语境关系的研究。论者指出:"对每一个具体的作家和作品而言,其特定的叙述资源如何影响叙述行为的问题远比简单地判断受什么影响更加重要。不去具体分析每一个作品背后的叙述资源背景,就无法真正有意义地说明文学活动的历史连续性。真正具有连续性的文学发展史需要的是填补作品链之间的空白,也就是要有对文学活动过程连续性的认识;而抽象的相似性比较和具体的叙述活动之间需要填补的空白就是对叙述行为的语境

---

① 陈伯海:《文学史的哲学思考》,《中国韵文学刊》2008 年第 2 期,第 2 页。
② 陈伯海:《文学史的哲学思考》,《中国韵文学刊》2008 年第 2 期,第 2 页。
③ 关于这个问题的以下论述参阅高小康:《作品链与活动史——对文学史观的重新审视》,《文学评论》2005 年第 6 期,第 57~63 页。
④ 高小康:《作品链与活动史——对文学史观的重新审视》,《文学评论》2005 年第 6 期,第 57 页。
⑤ 高小康:《作品链与活动史——对文学史观的重新审视》,《文学评论》2005 年第 6 期,第 58 页。

进行深入具体的研究。把文学的语境研究从宽泛的社会历史背景或生活经验的视野聚焦到特定的叙述语言环境，并从这种语言环境的研究中寻找作品背后叙述活动的语言与文化资源所在。"① 此论引申的诗学意义在于，文学研究应超越以固化文本为中心的传统研究观念，走向"非文本诗学"②。

其四，本土文化自觉与"文学史"观的反思。③ 受 20 世纪新兴学科——文化人类学的影响，自古希腊以来形成的西方知识体系和认知范式，其合法性遭到了质疑。文化人类学提出的"地方性知识"观念，直接刺激了全球性的本土文化自觉意识。根据文学人类学的理解，每一种文化都有其独特的文化个性。在这种宏观文化背景下，有学者对"中国文学"、"中国文学史"的学科合法性问题进行了深刻的学理反思：

从人类学认识所提倡的本土立场看，当今的文学专业人士在思考"中国文学"、"中国文学史"问题时，只有对象素材是中国的，而思考的概念、理论框架和问题模式都是照搬自西方的、现代性的。这样的一种理论观念上的先天限制，使得无论"重写"的动机如何，都无法获得超越的基础条件。这就难免使形形色色的"重写"蜕变成换汤不换药的局部变化和总体重复。人类学关于"写文化"的方法争论，在很大程度上足以给文学研究者提供借鉴，促使我们重新开启文化自觉之门，对长期以来信奉为放之四海而皆准的西方观念和理论范式，给予清理和批判，重新权衡其应用于中国文学实际时的优劣和利弊。从本土的地方性知识角度，反观本土文学所特有的因素，重建思考文学史问题的观念框架。④

在论者看来，"中国文学"与"中国文学史"是在西方文学观念基础上建构起来的一套学术话语。这套学术话语未经我们本土文化立场的反思，因而导致了对中国本土文学经验的硬性肢解、切割，从而遮蔽其本有的文化特质，造成"学人对本土文化现实的日渐疏远和陌生化"⑤。论者指出：

植根于西方现代文学创作实践的现代的文学观是以典型的四分法来规定"文学"之领域的，那就是诗歌、散文、小说与戏剧。这样的四分法文学观传入我国以后，迅速取代了本土的、民族的传统文学观，成为推行西化教育后普遍接受的流行观念，即无须为其本身合法性提供任何证明，也无须为其在中国语境中的适应与否做任何调研或论证。一部又一

---

① 高小康：《作品链与活动史——对文学史观的重新审视》，《文学评论》2005 年第 6 期，第 60 页。
② 高小康先生把"非文本诗学"概念概括为："就研究对象而言，从文本向活动的扩展，以还原文学文本发生和传播的活态过程，认识文学意义生成的生态根据；就研究视野而言，从经典向民间扩展，考察经典的文学与民间文化之间的影响与共生关系，建立起多层次的文化生态意识；就研究的理论范式而言，从规律到特殊，从追求具有普世性的认识扩展到发现活态的多样性特征；就研究方法而言，从书斋到田野，以参与、同情、体验和对话为方式的研究文化差异。"参阅高小康：《非文本诗学：文学的文化生态视野》，《文学评论》2008 年第 6 期，第 13 页。
③ 以下关于这个问题的论述参考叶舒宪：《本土文化自觉与"文学"、"文学史"观反思——西方知识范式对中国本土的创新与误导》，《文学评论》2008 年第 6 期，第 5~12 页。
④ 叶舒宪：《本土文化自觉与"文学"、"文学史"观反思——西方知识范式对中国本土的创新与误导》，《文学评论》2008 年第 6 期，第 6 页。
⑤ 叶舒宪：《本土文化自觉与"文学"、"文学史"观反思——西方知识范式对中国本土的创新与误导》，《文学评论》2008 年第 6 期，第 7 页。

部的文学概论，一部又一部的中国文学史，都是以同样的舶来的四分法模式来切割和归纳中国文学的实际。其结果就是我们文科师生多少代人沿袭不改的教学模式：带着四分色的有色眼镜来看待自己民族的传统文学发生发展的历史。于是，大同小异地要从先秦诗歌和先秦散文开始，因为戏剧和小说都是在非常晚的时代才进入文学创作并成熟起来的……《论语》被光荣地纳入到"诸子散文"的范畴之中，殊不知孔子自己的时代还根本没有这样一种"散文"的概念和相应的意识，更不用说写"散文"的闲情雅致了。①

这种知识考古式的学理反思是振聋发聩的，它真正触及"中国文学史"书写中习焉不察的根本问题：西方现代性的文学观遮蔽了中国文学本身的丰富性与多样性。为此，该论者指出，"面对一个世纪以来西化的'文学'和'文学史'观念的误区，需要清理批判的三大症结是：A. 文本中心主义；B. 大汉族主义；C. 中原中心主义"②；"针对以上三个症结的纠偏工作，首先需要重建人类学的文学观，其宗旨是按照文化相对主义原则，最大限度地体现中国文化内部的多样性，以及汉文化内部的多样性"③。基于此，论者提出三组纠偏性的关键词：①活态文学 VS 固态文学；②多元族群互动的文学 VS 单一的汉字文学；③口传文学 VS 书写文学。总之，在论者看来，"以'活态文学'为主的本土文学观的重新建立，将是重建'中国文学'学科的基础性工作。……终究能够带来本土文化自觉的学术范式变革"④。

（三）重新审视"中国文学史"中的"水浒"文学⑤书写

"中国文学史"书写的学术反思（尤其是后两点），启发我们重新审视"中国文学史"中"水浒"文学的书写状况。受"作品链"的文学史观与西化文学观的影响，在传统的"中国文学史"中，"水浒"文学的书写存在着严重的遮蔽。水浒故事自南宋流行以来，逐步发展演变成两套叙事系统。一个可称为"经典"的叙事系统，它以小说《水浒传》为标识，侧重表现文人叙事⑥的风格；另一个可称为"民间"的叙事系统，它主要以民间文化形式存在，呈现出与《水浒传》迥异的艺术特点。这两个故事叙述系统既独立发展，

---

① 叶舒宪：《"学而时习之"新释——〈论语〉口传语境的知识考古学发掘》，《文艺争鸣》2006 年第 2 期，第 67 页。

② 叶舒宪：《本土文化自觉与"文学"、"文学史"观反思——西方知识范式对中国本土的创新与误导》，《文学评论》2008 年第 6 期，第 8 页。

③ 叶舒宪：《本土文化自觉与"文学"、"文学史"观反思——西方知识范式对中国本土的创新与误导》，《文学评论》2008 年第 6 期，第 8 页。

④ 叶舒宪：《本土文化自觉与"文学"、"文学史"观反思——西方知识范式对中国本土的创新与误导》，《文学评论》2008 年第 6 期，第 11～12 页。

⑤ 在本书中，"水浒"文学的概念系指以水浒故事及其衍生叙述为题材的各种艺术作品与艺术品种，其中包括小说、戏曲、说唱和其他娱乐艺术等。

⑥ 有论者用"指标"的形式区别"文人叙事"与"民间叙事"，这些指标分为两大项："所叙之事"和"如何叙事"。其中，"所叙之事"包括"视角"、"视域"和"趣味"；"如何叙事"包括"结构"、"程式"、"修辞"和"语言"。但该论者又指出，"通俗文学同一文本中经常存在两种叙事的交叉，……文人叙事和民间叙事的区分没有绝对单一的依据和标准，而只能是多个综合指标的综合衡量。"参阅王丽娟著：《三国故事演变中的文人叙事与民间叙事》，济南：齐鲁书社 2007 年版，第 52～54 页。

又交叉渗透。从发展的时间顺序来看，民间水浒故事的出现比经典的《水浒传》更早；《水浒传》形成之后，民间水浒故事叙述继续以各种文化形式发展演变。纵观水浒叙事史，经典与民间这两套水浒故事叙述演绎着各自的精彩，但在"中国文学史"和传统学术研究视野中，《水浒传》凭借思想的深度和文本的完善，被视为水浒叙事的经典作品而大书特书。

各种形形色色的文学史之所以如此处理"水浒"文学的书写问题，除陈陈相因的书写惯性之外，还基于一个共识，即把《水浒传》看作是"水浒"文学家族中最成熟、最完善的艺术形式；相反，其他的水浒故事叙述则是朴素粗糙的。因此，《水浒传》被文学史大书特书；反之，其他的水浒叙事则被看作旁系和末流，不具备进入文学史的资格。正是这种文学史形态的"知识"，遮蔽了对水浒叙事的丰富多样性的全面认识，由此造成观念上的偏狭，这表现在两个方面：

其一，遮蔽了水浒叙事的活态性质。小说《水浒传》被视为"水浒"文学的经典，由此成为水浒故事正统的讲述方式，而其他水浒故事叙述或即《水浒传》成书的题材渊源（《水浒传》成书之前的水浒叙事），或即《水浒传》的审美接受（《水浒传》成书之后的水浒叙事），由此形成《水浒传》，即指"水浒"文学的刻板印象，从而遮蔽了水浒叙事具有不断发展演进的内在活力的事实。

《水浒传》成书之前，各种水浒故事在宋代民间已广为流传。据《宋史》、《癸辛杂识续集》和《大宋宣和遗事》等文献资料推断，当时的水浒故事叙述未被定型，显得自由混杂。孙楷第的《〈水浒传〉旧本考》指出："水浒故事，当宋金之际盛传于南北。南有宋江之水浒故事，北有金之水浒故事。"[1] 所谓"南有宋江之水浒故事，北有金之水浒故事"，意指南北各地都有不同的水浒故事。即使到了元代，水浒故事叙述也极其自由。胡适在《〈水浒传〉考证》中指出，"我们看高文秀与康进之的李逵，便可知道当时的戏曲家对于梁山泊好汉的性情人格还没有到固定的时候，还在极自由的时代：你造你的李逵，他造他的李逵；你造一本李逵《乔教学》，他便造一本李逵《乔断案》；你形容李逵的精细机警，他描写李逵的细腻风流"[2]。有论者指出，"'水浒戏'和《水浒传》都从说话话本获取素材，吸收养料，两者出现一些形似貌合之处。……'水浒戏'与《水浒传》同本同源，同出于宋元说话话本。两者平行发展，并不构成源流关系"[3]。与这个观点相一致的学者还有：胡适在《〈水浒传〉考证》中也断定"元代的水浒故事绝不是现在的《水浒传》"；曲家源在《元代水浒杂剧非〈水浒传〉来源考首席》[4] 一文中也明确提出此观点。由此可见，异于《水浒传》的水浒叙事自宋以降就绵延存在。

《水浒传》成书以后，水浒叙事在一定程度上受到《水浒传》的规范，但并未完全定型。有的水浒叙事明显不受《水浒传》的影响，如明代阙佚的杂剧作品《宋公明喜赏新

① 孙楷第著：《沧州集》（上册），北京：中华书局1965年版，第127页。
② 胡适：《〈水浒传〉考证》，见胡适著，易竹贤辑录：《胡适论中国古典小说》，武汉：长江文艺出版社1987年版，第189页。
③ 洪东流著：《水浒解密》，上海：学林出版社2007年版，第236页。
④ 参阅曲家源：《元代水浒杂剧非〈水浒传〉来源考辨》，山西师大学报（社会科学版）1986年第2期。

春会》的"故事不见《水浒传》所载"①。在民间，各种水浒故事以民间说唱和传说形式加以演绎，其故事叙述与《水浒传》差异很大。明末说书艺人柳敬亭演说武松故事的情景被张岱予以记载：

> 余听其说景阳冈武松打虎白文，与本传大异。其描写刻画，微入毫发，然又找截干净，并不唠叨。哱夬声如巨钟。说至筋节处，叱咤叫喊，汹汹崩屋。武松到酒店沽酒，店内无人，謷地一吼，店中空缸空甓，皆瓮瓮有声。（《陶庵梦忆》卷五）②

由"白文与本传大异"的描述可知，柳敬亭演说的武松故事与《水浒传》中的武松故事差异甚大，这为《水浒传》成书之后水浒叙事的自由发展提供了一条重要佐证。鲁迅在《谈金圣叹》一文中说："《水浒传》纵然成了断尾巴蜻蜓，乡下人却还要看《武松独手擒方腊》。"③显然，乡下人爱看的"武松独手擒方腊"故事在各种繁简本《水浒传》中根本没有，这意味着它属于《水浒传》之外的另一水浒叙事系统。至今还在搬演的扬州评话"王派水浒"与《水浒传》的差距也非常大。

总之，从历时与共时两个维度来看，水浒叙事是一种典型的"活态文学"④。以文本固化的《水浒传》来笼统地涵盖水浒叙事，显然遮蔽了水浒叙事"活态"发展所包蕴的本土文学经验的丰富性。

其二，对《水浒传》的研究采用"经典"范式的研究模式⑤。受"经典"范式研究观念的拘囿，学界关于《水浒传》的研究集中于《水浒传》文本，其中包括作者⑥、版本形成与演化的考证、思想主题与审美价值的阐释三个主要方面。然而，经典范式的研究模式在《水浒传》研究中遇到了很多学术困难⑦。有学者深刻地指出这种研究模式和研究方法的不足："把学术研究的对象限制为文本，实际上意味着把文本背后、使文本得以产生

---

① 庄一拂编著：《古典戏曲存目汇考》（中），上海：上海古籍出版社1982年版，第567页。

② （明）张岱著：《陶庵梦忆》，杭州：西湖书社1982年版，第62页。

③ 鲁迅著：《鲁迅全集》（第四卷），北京：人民文学出版社1981年版，第528页。

④ 叶舒宪先生指出，"'活态文学'，是指相对于被文字文本固定化的文学作品，至今依然活在百姓生活之中的文学现象，又可称为'原生态文学'"。见叶舒宪：《本土文化自觉与"文学"、"文学史"观反思——西方知识范式对中国本土的创新与误导》，《文学评论》2008年第6期，第9页。

⑤ 学者高小康先生从学理层面概括了这种经典研究模式的特点："传统文艺学与其他经典人文学术有一种相似的来自古希腊的学术传统局限性。……这种知识观念影响下形成的经典学术的最基础特征就是把认识的对象规定为客观的、固化的'文本'，相信人类文化的成果就凝聚在经典的文本中。所有研究都是解读、阐释和评价文本的活动。尽管人文学术在不断更新，研究对象在不断变化，但这种以文本为中心的观念至少在中国的人文学术界尤其是文艺学界似乎从未动摇。"见章辉：《文艺学危机与文学理论知识创新——访高小康教授》，《甘肃社会科学》2008年第1期，第118页。

⑥ 在经典范式的研究中，研究作者的目的是更好地理解文本，因为文本是作者创作心灵的产物。

⑦ 有学者在概括《水浒传》研究的情况时指出，"新时期《水浒传》研究在80年代前期比较热烈，到80年代后期，特别是90年代逐渐冷落……原因是多方面的，过去的研究较多，现在难以深入，是最主要的原因。其实，《水浒传》研究也并不深入，可以开拓的研究领域，可以深入钻研的问题还不少"。论者从：①《水浒传》的主题；②宋江招安结局和金本《水浒传》；③《水浒传》的艺术成就（民族特色、人物塑造、叙事艺术）三方面梳理了《水浒传》的研究概况。（见齐裕焜、王子宽著：《中国古代小说研究》，福州：福建人民出版社2005年版，第324～334页）在笔者看来，《水浒传》研究在近年来没有出现重大突破的最主要原因是理论方法上的拘囿。

和更新的活的文化过程忽略了。仅仅通过文本研究而认识的文化和文化史只是固化了的文化化石；而在文本背后鲜活生动地延续、发展着的文化过程才是真正的文化和真正的历史。因此，西方经典人文学术在研究中国文化时遇到的真正问题可能不是阐释文本的困难，而是对真实的中国文化活动的遮蔽。"① 可见，如果循着传统文本阐释的学术理路去研究《水浒传》，其研究无论怎么精细，都无法充分挖掘《水浒传》蕴含的民族审美文化精神。对此问题，拟在下文《水浒传》的研究综述中作进一步的论析。

二、研究综述

前文已述，由于把小说《水浒传》看作是水浒故事叙述的经典之作，因此，关于水浒故事的研究实际上集中于《水浒传》的研究。所以，了解了《水浒传》的研究概况，也就基本把握了水浒故事研究的核心。同时，对《水浒传》的批评阐释暗含"文学经典"的理论预设。恩格斯所说的"较大的思想深度和意识到的历史内容，同莎士比亚剧作的情节的生动性和丰富性的完美的融合"②，可看作是对文学经典标准的高度概括。也有学者把文学经典的界定通俗地表述为："真正的文学经典应该是那种在一定程度上能够超越价值观和美学观之时代局限的优秀文学作品，是那些在历史维度与美学维度上呈现出一定的普适性，富有教益且常读常新的权威性的典范之作。"③ 正是在传统的经典标准的批评框架下，《水浒传》才凸显了它作为经典文本的价值。对《水浒传》的研究主要集中在"文本的形成演化"、"作者"、"版本考证"和"文本阐释"等方面，下面拟对其略加综述：

（一）《水浒传》文本的形成与演化

关于《水浒传》文本的形成与演化问题，胡适的《〈水浒传〉考证》有筚路蓝缕之功。胡适写《〈水浒传〉考证》的动因，是为汪原放用新式标点符号点读的《水浒传》（最早由上海亚东图书馆出版）作序。但从深层的学术动机而言，胡适替《水浒传》做历史考据的目的是"替将来的'《水浒》专门家'开辟一个新方向，打开一条新道路"④。可见，《〈水浒传〉考证》的目的是把《水浒传》的研究，从传统文人的评点模式转到"科学"的轨道上来。《〈水浒传〉考证》要证明的一个中心结论是："《水浒传》不是青天白日里从半空中掉下来的，《水浒传》乃是从南宋初年（西历十二世纪初年）到明朝中叶（十五世纪末年）这四百年的'梁山泊故事'的结晶。"⑤ 胡适认为南宋民间流传的宋江故事是《水浒传》的远祖，并断定"《宣和遗事》记的梁山泊三十六人的故事一定是南

① 章辉：《文艺学危机与文学理论知识创新——访高小康教授》，《甘肃社会科学》2008 年第 1 期，第 118 页。
② 《马克思恩格斯全集》（第 29 卷），北京：人民出版社 1972 年版，第 583 页。
③ 陈定家：《市场与网络语境中的文学经典问题》，《文学评论》2008 年第 2 期，第 43 页。
④ 胡适：《〈水浒传〉考证》，见（明）施耐庵著，汪原放标点，胡适主编：《水浒》，海口：海南出版社 1995 年版，第 1 页。
⑤ 胡适：《〈水浒传〉考证》，见（明）施耐庵著，汪原放标点，胡适主编：《水浒》，海口：海南出版社 1995 年版，第 5 页。

宋时代民间通行的小说"①。从龚圣与的水浒三十六人赞的序言中，胡适判断："当时除《宣和遗事》之外一定还有许多更详细的水浒故事。"② 他对元代水浒戏的研究结论是："可以断定元朝的水浒故事决不是现在的《水浒传》；又可以断定那时代决不能产生现在的《水浒传》。"③ 关于《水浒传》的最后成书，胡适认为："到了明朝中叶，'施耐庵'又用这个原百回本作底本，加上高超的新见解，加上四百年来逐渐成熟的文学技术，加上他自己的伟大创造力；把那草创的山寨推翻，把那些僵硬无生气的水浒人物一齐毁去；于是重兴水浒，再造梁山，画出十来个永不会磨灭的英雄人物，造出一部永不会磨灭的奇书。这部七十回的《水浒传》不但是集四百年水浒故事的大成，并且是中国白话文学完全成立的一个大纪元。"④ 在胡适看来，《水浒传》在历史流传的各种水浒故事基础上，完成了"集大成"式的"水浒"文学书写，这体现出了一种"历史进化的文学观念"⑤。

郑振铎的《水浒传的演化》（发表于《小说月报》1929 年第 20 卷第 9 号）一文谈的也是《水浒传》文本的形成与演化问题，其思路与胡适大体一致，仅在某些局部问题的论述上有所不同。郑振铎对《水浒传》演变的基本看法是："她一开头便是一个完整的民间的英雄传说。经过了好几个时代的演化、增加、润饰，最后乃成了中国小说中最伟大的作品之一。"⑥ 该文最后对《水浒传》的演化历史作了小结："《水浒传》的底本在南宋时便已有了，但以后却经过了许多次的演变，作者不仅一人，所作不仅一书。其故事跟了时代而逐渐放大，其描写技术也跟了时代而逐渐完美。"⑦

总体来看，在《水浒传》文本形成与演化的问题上，胡适和郑振铎二人都持守这样一种观念，即认为《水浒传》是一部伟大的文学名著，由此追本溯源，探寻水浒故事生成的源流，并认为《水浒传》的形成是由于文学技术的进步。现在看来，这样的结论显得草率武断，许多问题只是主观臆测，学理依据很不充分。这也意味着，《水浒传》创作的题材资源（或称"本事"）问题非常复杂，所谓的"继承"、"扬弃"等空泛话语并不能揭示问题的本质。

（二）《水浒传》的作者

关于《水浒传》的作者，学界主要依据明代文献中的四种主要说法：其一，施耐庵著，罗贯中编。明嘉靖时期高儒的《百川书志》载："《忠义水浒传》一百卷。钱塘施耐

① 胡适：《〈水浒传〉考证》，见（明）施耐庵著，汪原放标点，胡适主编：《水浒》，海口：海南出版社 1995 年版，第 8 页。

② 胡适：《〈水浒传〉考证》，见（明）施耐庵著，汪原放标点，胡适主编：《水浒》，海口：海南出版社 1995 年版，第 8 页。

③ 胡适：《〈水浒传〉考证》，见（明）施耐庵著，汪原放标点，胡适主编：《水浒》，海口：海南出版社 1995 年版，第 9 页。

④ 胡适：《〈水浒传〉考证》，见（明）施耐庵著，汪原放标点，胡适主编：《水浒》，海口：海南出版社 1995 年版，第 30 页。

⑤ 胡适：《〈水浒传〉考证》，见（明）施耐庵著，汪原放标点，胡适主编：《水浒》，海口：海南出版社 1995 年版，第 34 页。

⑥ 郑振铎著：《郑振铎文集》（第五卷），北京：人民文学出版社 1988 年版，第 95 页。

⑦ 郑振铎著：《郑振铎文集》（第五卷），北京：人民文学出版社 1988 年版，第 144 页。

庵的本，罗贯中编次。"① 同时期郎瑛的《七修类稿》亦载曰："《三国》、《宋江》二书，乃杭人罗本贯中所编。予意旧必有本，故曰编。《宋江》又曰钱塘施耐庵的本。"② 两种说法大致相似。其二，罗贯中作。明田汝成在《西湖游览志馀》记载："钱塘罗贯中本者，南宋时人，编撰小说数十种，而《水浒传》叙宋江事，奸盗脱骗机械甚详。"③ 明王圻在《续文献通考》中亦记载："《水浒传》，罗贯著。贯字本中，杭州人，编撰小说数十种，而《水浒传》叙宋江等事，奸盗脱骗机械甚详。"④ 其三，施耐庵作。明胡应麟在《少室山房笔丛·庄岳委谈下》中载："元人武林施某所编《水浒传》特为盛行。"⑤ 此处"施某"显然是指施耐庵。其四，施耐庵作，罗贯中续。清金圣叹在《第五才子书水浒传》中认为"施耐庵《水浒正传》七十卷"，后 30 回则是"罗贯中《续水浒传》之恶札也"。相对而言，认同第一种说法的学者居多。

就目前所见史料来看，关于施耐庵和罗贯中的文献资料很少，已见资料的可信度也不高。就施耐庵而论，关于施耐庵生活的年代有"南宋时人"（田汝成《西湖游览志馀》）、"南宋遗民"（许自昌《樗斋漫录》）、"元人"（李贽《忠义水浒传叙》）等说法，也有人认为施耐庵就是南戏《幽闺记》之作者施惠。明徐复祚《三家村老委谈》载："三十六正史所载，一百八施君美（或云罗贯中）《水浒传》所载也，当以史为正。"⑥ 吴梅《顾曲麈谈》亦载："《幽闺》为施君美作。君美名惠，即作《水浒传》之耐庵居士也。"⑦ 这些说法缺乏旁证支持，聊备一说而已。从 20 世纪 20 年代开始，有论者认为施耐庵是苏北兴化人，但其提供的材料更为可疑，信服者甚少。⑧

关于《水浒传》的作者，还有一种说法是把施耐庵（或罗贯中）看作是托名或假名。胡适在《〈水浒传〉考证》中认为，"'施耐庵'大概是'乌有先生'、'亡是公'一流人，是一个假托的名字"，"'施耐庵'是明朝中叶一个文学大家的假名"。⑨ 鲁迅在《中国小说史略》中亦"疑施乃演为繁本之托名"。徐朔方认为《水浒传》属于"世代累积型小说"，故为集体创作，他把作者看作是改编写定者。⑩ 张国光认为《水浒》的作者是郭勋

① 朱一玄、刘毓忱编：《水浒传资料汇编》，天津：南开大学出版社 2002 年版，第 118 页。
② 朱一玄、刘毓忱编：《水浒传资料汇编》，天津：南开大学出版社 2002 年版，第 117 页。
③ 朱一玄、刘毓忱编：《水浒传资料汇编》，天津：南开大学出版社 2002 年版，第 118 页。
④ 朱一玄、刘毓忱编：《水浒传资料汇编》，天津：南开大学出版社 2002 年版，第 119 页。
⑤ （明）胡应麟著：《少室山房笔丛》卷四《庄岳委谈 下》，上海：上海书店出版社 2009 年版，第 436 页。
⑥ （明）徐复祚：《三家村老委谈》（节录），见朱一玄、刘毓忱编：《水浒传资料汇编》，天津：南开大学出版社 2002 年版，第 195 页。
⑦ 吴梅：《顾曲麈谈》，见朱一玄、刘毓忱编：《水浒传资料汇编》，天津：南开大学出版社 2002 年版，第 131 页。
⑧ 20 世纪 20 年代起出现有明王道生《施耐庵墓志》、《施耐庵墓志铭》，杨新《故处士施公墓志》，袁吉人《耐庵小史》，李恭简《施耐庵传》等，这些材料可疑之处甚多。20 世纪 80 年代发现的《施氏家簿谱》、《施让地券》、《施廷佐墓志铭》等材料也无法证明施彦端即施耐庵，更难以证明其是《水浒传》的作者。参阅江苏社会科学院文学研究所编：《施耐庵研究》，南京：江苏古籍出版社 1984 年版。
⑨ 胡适：《〈水浒传〉考证》，见施耐庵著，汪原放标点，胡适主编：《水浒》，海口：海南出版社 1995 年版，第 26 页。
⑩ 徐朔方指出，"旧话本痕迹大量存在的事实，说明写书的人并未进行彻底的重新创作，是记录、整理，又是加工、创作，因此称之为改编写定者是比较恰当的。……《水浒传》的伟大成就如果有一半可以归功于改编写定者，那么至少一半应该归功于世代相传的书会才人和民间艺人的集体智慧"。参阅徐朔方、孙秋克著：《明代文学史》，杭州：浙江大学出版社 2006 年版，第 100 页。

及其门客的托名。① 日本学者佐竹靖彦的观点更值得玩味："在以往的中国，像《水浒传》这样的通俗文学，一个成熟的知识分子是不会用自己的真实姓名来写的。所以，在明代中期，将《水浒传》最终创作、编撰成现在状态的一个人或是一些人，原封不动地袭用了元末明初完成真正的长篇小说《水浒传》祖本的罗贯中之名，也不是什么奇怪的事。"② 郑振铎的观点明显具有"综合"性，他认为："在许多作者或编者中，最重要的作者或编者是施耐庵、罗贯中、郭勋（？）、余象斗、杨定见。施是今知的最早的作者；罗是写定今本《水浒传》的第一个祖本的人；郭是使《水浒》成为大名著的人；余是使《水浒》成为第一全本的人；杨是编定最完备的《水浒》全本的人。"③

当然，也有学者用不同的材料和方法去探讨《水浒传》作者的情况④，但总的来说，目前这个问题仍是言人人殊，难以达成一致意见。

（三）《水浒传》的版本考证

《水浒传》的版本问题相当复杂。目前所见的《水浒传》版本有 7 种，根据故事内容的详略与文字叙述的疏密程度，可分为繁本与简本两个系统。繁本（文繁事简）有 71 回本、100 回本、120 回本三种；简本（文简事繁）有 102 回本、110 回本、115 回本、124 回本等。《水浒传》版本研究功力深厚的马幼垣⑤认为，"若是研究作者问题、版本沿革、成书演易，我觉得在未尽看现存各种重要本子、详作比勘以前，谁都没有资格下结论"⑥。然而，要做到遍阅《水浒传》各种本子却很不容易。据马幼垣的说法，《水浒传》"重要的本子，就算仅限于已知者，分散得很，中国、日本、欧洲平分春色，每一区域当中又散

---

① 参阅张国光：《〈水浒传〉祖本考》，《江汉论坛》1982 年第 1 期；又见张国光：《试论建立科学的水浒学诸问题——兼述关于〈水浒〉讨论中若干问题的拙见》，湖北省《水浒》研究会等主编：《水浒争鸣》（第二辑），武汉：长江文艺出版社 1983 年版，第 66～67 页。

② ［日］佐竹靖彦著，韩玉萍译：《梁山泊——〈水浒传〉一〇八名豪杰》，北京：中华书局 2005 年版，第58 页。

③ 郑振铎著：《郑振铎文集》（第五卷），北京：人民文学出版社 1988 年版，第 145 页。

④ 学者罗尔纲通过对《三遂平妖传》和明容与堂刻的《忠义水浒传》两书的赞词、叙事和对待人民大众态度等方面的对勘，得出结论："《水浒传》的著者为罗贯中，而不是施耐庵。《水浒传》原本乃是七十回，是一部歌颂农民起义、反抗政府到底的名著。那只反贪官、不反皇帝却是后人续加和盗改的百回本《忠义水浒传》。"（罗尔纲：《从罗贯中〈三遂平妖传〉看〈水浒传〉著者和原本问题》，见罗尔纲著：《水浒传原本与著者研究》，南京：江苏古籍出版社 1992 年版，第 58～84 页）但有学者撰文指出，话本小说、章回小说中插入的赞词是书会才人或老艺人早就编好的，说话艺人可以根据故事情节的需要选用。选用时不免增删或拼凑，故话本小说、章回小说中的赞词有的相同，有的相似，因此，不能根据赞词来确认它们的作者。同时，他们把《清平山堂话本》十条赞词、《京本通俗小说》一条赞词与《三遂平妖传》五条赞词对勘，否定了《三遂平妖传》的赞词为罗贯中所撰，由此，全面否定了罗尔纲的结论。（见商韬、陈年希：《用〈三遂平妖传〉不能说明〈水浒传〉的著者和原本问题》，《学术月刊》1986 年第 2 期）

⑤ 马幼垣，广东番禺人。1940 年生于香港。香港大学文学学士、美国耶鲁大学博士。在美国夏威夷大学执教逾25 年，1996 年退休后任该校荣誉教授。其研究水浒的成果已在国内结集出版：《水浒论衡》（北京：生活·读书·新知三联书店 2007 年版）、《水浒二论》（北京：生活·读书·新知·三联书店 2007 年版）、《水浒人物之最》（北京：生活·读书·新知三联书店 2006 年版）。就笔者的阅读范围而言，马幼垣应该是《水浒传》版本收集最齐全的一位学者。他利用身居海外的便利条件，在世界各地广泛搜罗《水浒传》的版本以及残本。在充分占有版本资料的基础上，马幼垣对《水浒传》的成书及文本结构等问题进行了精细研究，提出了不少学术创见。

⑥ 马幼垣：《呼吁研究简本〈水浒〉意见书》，见马幼垣著：《水浒论衡》，北京：生活·读书·新知三联书店 2007 年版，第 33 页。

存好几处。……但在《水浒》研究来说，能够掌握半数重要本子的究竟有几人？"① 综合来看，造成《水浒传》版本研究困难的原因在于：其一，集齐各种本子费时费力，所耗巨资亦非普通之人能够承担。其二，《水浒传》非一人一时一地而作，且经历了长时期的成书与版本演易过程，存留下来的资料极其匮乏。马幼垣颇为感慨地说："我研究《水浒》之初，即寄厚望于版本，以为只要配足存世罕本，进行详细校勘，必能找出《水浒》成书的演化历程。待我花了超过二十年，终集齐了天下所有珍本，摆在眼前的事实却很明显。此等本子之间的异同只能帮助理解今本《水浒》出现以后的后期更动，而不能希望可借（之）揭示自成书至今本出现这时段内曾发生过、却未见记录的种种变化。我相信揭秘的关键在内证，而非在现存诸本之间的异同。……追查下去却困难重重。可以找出这类内证的范围很有限，指认起来更是全凭一时的灵感，无法强求。"② 《水浒传》的版本研究中，繁简本的关系是一个热点问题，因为"繁本简本之间的问题一日不能解决，一日不可能充分明了《水浒》的演易过程"③。关于繁简本关系的研究，主要有以下几种观点④。

（1）繁先简后，简本是从繁本删节而成的。多数学者持此说。

（2）简先繁后，繁本是从简本扩展而成的。持此说的代表人物有鲁迅⑤、郑振铎⑥、何心⑦、聂绀弩⑧等。

（3）繁、简两个系统在早期的演变过程中平行发展。此说创自严敦易⑨。

（4）简本虽源出于繁本，却不是现存的繁本，而是更早期而今已佚的繁本。此说为哈佛大学教授韩南（Patrick Hanan，1927—）所提出，尚未见于文字。

迄今为止，关于《水浒传》版本的许多问题悬而未决，对此，马幼垣的建议是："先好好地把简本的各种本子逐一详细分析，也给各种繁本以同样的看待，再用不先存彼此的观念和等量齐观的态度，去推断繁简各本的价值和各本之间的关系，然后始尝试作全盘性的论断，这才是正确公允的研究程序。"⑩

① 马幼垣：《呼吁研究简本〈水浒〉意见书》，见马幼垣著：《水浒论衡》，北京：生活·读书·新知三联书店2007年版，第29页。

② 马幼垣：《我的〈水浒〉研究的前因后果》，见马幼垣著：《水浒论衡》，北京：生活·读书·新知三联书店2007年版，第4页。

③ 马幼垣：《呼吁研究简本〈水浒〉意见书》，见马幼垣著：《水浒论衡》，北京：生活·读书·新知三联书店2007年版，第34页。

④ 以下关于繁简本观点的综述，参阅马幼垣：《呼吁研究简本〈水浒〉意见书》，见马幼垣著：《水浒论衡》，北京：生活·读书·新知三联书店2007年版，第29~50页。

⑤ 参阅鲁迅：《中国小说史略（插图本）》，上海：上海古籍出版社2004年版。

⑥ 参阅郑振铎：《〈水浒传〉的演化》，见郑振铎著：《郑振铎文集》（第五卷），北京：人民文学出版社1988年版。

⑦ 参阅何心著：《水浒研究》，上海：上海古籍出版社1985年版。

⑧ 参阅聂绀弩：《论〈水浒〉的繁本和简本》，《中华文史论丛》1980年第2期，第237~293页。

⑨ 参阅严敦易著：《水浒传的演变》，北京：作家出版社1957年版。

⑩ 马幼垣：《呼吁研究简本〈水浒〉意见书》，见马幼垣著：《水浒论衡》，北京：生活·读书·新知三联书店2007年版，第41页。

《水浒传》版本源流表①

版本名称	或称	回数	刻的时代	刊行者	收藏者	各本异同	备注
京本		115	明？		日本昌平官库，现存内阁文库	每卷首尾云："京本增补校正全象水浒志传评林"，每页批评绣像在栏上	
黎光堂本		115	明万历间			温陵郑大郁序，首有梁山辕门图，每页本文嵌出像	大约同京本
巾箱本		115	明			文太约，无序，卷首有梁山泊图	
映雪堂本		全部三十卷合数回为一卷	明刻清补			清补本，文省十之五六，绣像覆容与堂本	
郭本	新百回本	100	明嘉靖间	武定侯郭勋		前70回全采70回本，后30回删改原百回本后半的四五十回而成	
容与堂刊李批本		100	明万历三十八年	容与堂	一藏日本内阁文库	序文李贽撰。末有"庚戌"二字。绣像甚密，每卷首尾云："李卓吾先生批评。"又云："诸名家先生批评。"序文外，又有梁山泊一百单八人优劣，批评《水浒传》述语，又论《水浒传》文字及《水浒传》100回文字优劣等	此本在日本刊行者有二：①《李卓吾批本忠义水浒传》，日本享保十三年刊；②《忠义水浒传日本译本》，日本明治四十年刊
钟惺批本		100	明万历间		一藏巴黎国家图书馆；一藏日本京都帝国大学；一藏茅斋	文颇同"容与堂本"	钟序有触清廷忌讳，致传本稀少

（续上表）

版本名称	或称	回数	刻的时代	刊行者	收藏者	各本异同	备注
叶批本		100？	明万历间？				叶氏在温陵焚书时，当时李批本盛行，疑本之以批评
七十回本		70（又楔子1回）	明中叶弘治、正德间			用原百回本重新改造，金圣叹与此本大致相同	
金圣叹七十回本		70（又楔子1回）	明崇祯十四年				
百十回本忠义水浒传		110	明末清初		日本铃木豹轩	内容与百十五回本略同，合刻的三国志是李卓吾评本，即后来百十五回本的底本	
英雄谱本	志传本又百十五回本、又汉宋奇书	115	明末清初	一由福文堂刻		此本与《三国演义》合刻，每页分上、下两截，上截为《水浒》，下截为《三国》。卷首有熊飞序	清刻本系小字本，其中《三国志》改用毛宗岗评本
忠义水浒全书	即李批四传本	120	明天启、崇祯间？		日本京都府立图书馆	有杨定见序又有发凡十一条，与英雄谱本、百二十四回本、百十回本颇有不同	日本有汉文大成载此本后部及石印本刊行，流传甚广
芥子园刊李批本	百回本	100		李渔	芥子园	每页刊芥子园藏板，缘起大涤余人识。批文与前钟李二本大异，雕刻最精	
水浒全书	无名氏本		清中叶	日本无名氏	日本高崎藩主大河内	此本按李本补者用绿，钟本用靛，芥子园本用朱，黎光堂本亦用靛，映雪堂本亦用朱，京本用胭脂，全部中与李本同者十之七八	

（续上表）

版本名称	或称	回数	刻的时代	刊行者	收藏者	各本异同	备注
百二十四回本		124	清光绪五年	大道堂，江苏刻本	同上	有乾隆丙午古杭枚简侯序，版本颇坏	后附《雁宕山樵——陈忱的水浒后传》，版本颇好
汪本	拟称删金批本	70（又楔子一回）	民国十年六月初版	亚东图书馆		32开铅印本，新式标点，据金圣叹本删去评语，有胡适的考证及后考	

（四）《水浒传》的文本阐释

《水浒传》的文本阐释是《水浒传》研究的重点。《水浒传》自成书以后，经历了几个重要的批评阐释阶段。明清时期，《水浒传》能够妇孺皆知，离不开胡应麟、李贽、金圣叹等批评家的阐扬之功，其中尤以金圣叹作出的贡献最为突出。胡应麟在《少室山房笔丛》卷四十一《庄岳委谈下》中认为《水浒传》，"第述情叙事针工密致，亦滑稽之雄也"；"至其排比一百八人，分量重轻纤毫不爽，而中间抑扬映带、回护咏叹之工，真有超出语言之外者"。① 李贽在《明容与堂本忠义水浒传》第十三回回评中曰："《水浒传》文字，形容既妙，转换又神。……已胜太史公一等。"② 李贽推崇《水浒传》的"忠义"思想，金圣叹赞扬《水浒传》的叙事文法。总体而言，明清时期的批评家主要是从思想性、人物形象、叙事艺术等维度确立《水浒传》批评框架的。借此之力，《水浒传》由贩夫走卒所喜读的大众读物，一跃而为"经典"意味浓厚的作品③。从文学发展演变的角度看，小说《水浒传》所代表的通俗叙事文学，也摆脱了"小道"地位，能够与古诗词等雅文学分庭抗礼。

晚清至民国时期，一些维新派知识分子意识到小说作为舆论工具的作用，故在《小说丛话》、《新小说》等杂志上用西方理论阐释《水浒传》。其中最有名的是燕南尚生的《新评水浒传叙》。在《新评水浒传叙》中，燕南尚生用民主、民权、平等、自由等资产阶级思想阐释《水浒传》，认为它是"祖国第一政治小说"。谢无量在《平民文学之两大文豪》中，将"革命"概念引入到《水浒传》批评中，提出"平民革命"论与"平民阶级与中

---

① （明）胡应麟著：《少室山房笔丛》，上海：上海书店出版社2001年版，第437页。
② 朱一玄、刘毓忱编：《水浒传资料汇编》，天津：南开大学出版社2002年版，第174页。
③ 李贽在其《童心说》中以"童心"为衡文准绳，指出："诗何必古选，文何必先秦，降而为六朝，变而为近体，又变而为传奇，变而为院本，为杂剧，为《西厢曲》，为《水浒传》，为今之举子业，大贤言圣人之道皆古今至文。"李贽打破论文的雅俗区分，《水浒传》由此忝列为"古今至文"。金圣叹把《庄子》、《离骚》、《史记》、《杜诗》、《水浒传》和《西厢记》看作"六才子书"。同时，由金圣叹腰斩的七十回金评本《水浒传》成为清以降最流行的版本。

等阶级联合"论。抗战时期，在《文学界》创刊号（1936 年 6 月 5 日）上，一篇署名"周木斋"的文章《〈水浒传〉和国防文学》指出："《水浒传》是反抗官僚的作品，也是国防文学的作品。"鲁迅在《三闲集·流氓的变迁》一文中说到："一部《水浒》，说得很分明：因为不反对天子，所以大军一到，便受招安，替国家打别的强盗——不'替天行道'的强盗去了。终于是奴才。"① 这段话影响了"文革"时期毛泽东对《水浒传》的评价。此时期批评者所用的意识形态批评原则与方法，直至 20 世纪八九十年代还有学者持守。

1949 年以后，主流意识形态把《水浒传》当作优秀的文化遗产看待。在批评方法上，主流批评运用马克思主义的阶级分析方法，指出《水浒传》反映的是封建社会的阶级斗争，描写的是农民革命。《水浒传》的批评阐释，主要围绕这一基本立场展开。在 1975 年的文艺大批判运动中，《人民日报》于 9 月 2 日发表了《开展对〈水浒〉的评论》的社论，其中出现了毛泽东那段有名的评论："《水浒传》这部书，好就好在投降，做反面教材，使人民都知道投降派。……"同时，结合鲁迅在《三闲集·流氓的变迁》中说过的那段话，全国上下掀起批评《水浒传》的"热潮"。

"文革"以后的新时期里，《水浒传》批评逐渐摆脱单一的政治意识形态框架，呈现出批评理论与方法的多元格局。受文化研究热的影响，有学者从儒道互补、绿林文化、侠义文化等角度研究《水浒传》；还有学者运用政治学、经济学、心理学、主题学、系统论等方法去批评《水浒传》。此时期的《水浒传》批评主要有思想主题、宋江形象、女性观三个热点问题。关于《水浒传》的思想主题，有"市民"说②、"革新派与守旧派的矛盾斗争"说、"忠奸斗争"说③和"多元融合"说④等。对宋江形象的争论则围绕宋江是"盗魁"还是"农民起义领袖"等分歧展开。在《水浒传》的女性观问题上，新的观点认为《水浒传》的女性观是陈腐落后的，同时，对被传统观念贬斥的潘金莲等女性形象给予了深切同情甚至翻案阐释。

总之，从《水浒传》的批评史来看，《水浒传》批评一直处于争鸣状态⑤。比如，在思想主题方面，明代李贽认为"《水浒传》者，发愤之所作也。……欲不谓之忠义不可

---

① 鲁迅著：《鲁迅全集》（第四卷），北京：人民文学出版社 1981 年版，第 155 页。

② 据笔者阅读范围，伊永文最早提出"市民"说。可参阅：a. 伊永文的《〈水浒传〉是反映市民阶层利益的作品》（《天津师范学院学报》1975 年第 4 期）；b. 伊永文的《再论〈水浒传〉是反映市民阶层利益的作品》（《河北大学学报》1980 年第 4 期）。欧阳健、萧相恺对"市民"说作出系统论证，提出《水浒传》是"为市井细民写心"，其中的系列论文收入《水浒新议》（重庆出版社 1983 年版）。

③ 刘烈茂认为，贯穿《水浒传》全书的并不是农民阶级与地主阶级的矛盾和斗争，而是所谓忠与奸的矛盾和斗争。（参阅刘烈茂：《评〈水浒〉应该怎样一分为二？》，《中山大学学报》1979 年第 1 期）

④ 欧阳健在《论〈水浒〉主题研究的多元融合》一文中认为："《水浒》研究史的经验告诉我们，关于主题的探究，应该采取一种与此相反的思维方法，即彻底抛弃那种'非此即彼'的思维方法。而代之以'亦此亦彼'的思维方法。这就是多元融合的思维方法。"见欧阳健著：《古代小说研究论》，成都：巴蜀书社 1997 年版，第 95 页。

⑤ 1987 年成立的中国《水浒》学会把学术丛刊《水浒争鸣》（1982 年创刊，先后由长江文艺出版社和武汉大学出版社出版，至 2001 年已出版 5 辑，特刊 1 辑，该刊原为湖北省《水浒》研究会主办）作为会刊。刊名的命名即凸显了水浒研究的"争鸣"性质。

也。……则谓水浒之众，皆大力大贤有忠有义之人可也"①。金圣叹则恰恰相反，他指出，"后世不知何等好乱之徒，乃谬加以忠义之目。呜呼！忠义而在《水浒》乎哉？……若使忠义而在水浒，忠义为天下之凶物恶物乎哉？……故夫以忠义予水浒者，斯人必有怼其君父之心，不可以不察也"②。与思想主题关联度最大的是对水浒人物的评价，其中对宋江形象的评价最有争议。李贽认为："独宋公明者，身居水浒之中，心在朝廷之上；一意招安，专图报国；卒至于犯大难，成大功，服毒自缢，同死而不辞，则忠义之烈也。"③ 而金圣叹则认为，《水浒传》"只是把宋江深恶痛绝，使人见之，真有犬彘不食之恨"④。关于宋江形象的学术争论一直持续到现在⑤。

小说审美的基本元素是人物形象与故事叙述，曾有论者指出《水浒传》在人物形象塑造方面的成功。明代胡应麟在《少室山房笔丛》卷四十一《庄岳委谈下》里指出，《水浒传》"排比一百八人，分量重轻，纤毫不爽"⑥。李贽在《明容与堂本忠义水浒传》第三回回评中曰："《水浒传》文字，妙绝千古，全在同而不同处有辨。……渠形容刻画来，各有派头，各有光景，各有家数，各有身分，一毫不差，半些不混。"金圣叹在《水浒传序三》中指出，"《水浒》所叙，叙一百八人，人有其性情，人有其气质，人有其形状，人有其声口"⑦。这些批评家充分认可《水浒传》的人物刻画艺术。不过，当代也有一些学者认为，《水浒传》刻画成功的人物只有李逵、武松、鲁智深、林冲等几位核心人物，其

---

① （明）李贽：《忠义水浒传序》，见朱一玄、刘毓忱编：《水浒传资料汇编》，天津：南开大学出版社 2002 年版，第 171～172 页。

② （清）金圣叹：《水浒传序二》，见朱一玄、刘毓忱编：《水浒传资料汇编》，天津：南开大学出版社 2002 年版，第 211 页。（金圣叹名人瑞，本书所引其作品原署"金人瑞"处，径作"金圣叹"。）

③ （明）李贽：《忠义水浒传序》，见朱一玄、刘毓忱编：《水浒传资料汇编》，天津：南开大学出版社 2002 年版，第 172 页。

④ （清）金圣叹：《读第五才子书法》，见朱一玄、刘毓忱编：《水浒传资料汇编》，天津：南开大学出版社 2002 年版，第 219 页。

⑤ 自 20 世纪初，资产阶级改良派就对宋江形象进行了政治意识形态的解读。如燕南尚生在《水浒传命名释义》中解释宋江姓名时说："宋是宋朝的宋，江是江山的江。公是私的对头，明是暗的反面。纪宋朝的事，偏要拿宋江作主人翁，可见耐庵不是急进派一流人物。不过要破除私见，发明公理，从黑暗地狱里救出百姓来，教人们在文明世界上，立一个立宪君主国，也就心满意足了。"（朱一玄、刘毓忱编：《水浒传资料汇编》，天津：南开大学出版社 2002 年版，第 351 页）1949 年以后，关于宋江形象的研讨进入一个新的阶段。其中一种意见认为宋江是人民性、群众性、革命性都十足的光辉形象，是杰出的农民起义领袖、军事战略家和民族英雄；另一种意见则认为宋江是十足的投降主义者，封建主义的奴才，葬送农民起义的叛徒、刽子手。第三种折中意见则认为宋江既有革命性的一面，又有妥协性的一面。学者张国光的文章《两种〈水浒〉，两个宋江》（《学术月刊》1979 年第 7 期）提出了金评本《水浒》与其他版本《水浒》中宋江形象的差异，同样引起很大的学术争论。"文革"时期，毛泽东对《水浒》和宋江的评价，引发了全国范围的评《水浒》、批宋江的政治运动。宋江被指为"架空晁盖"、"投降"、"搞修正主义"。"文革"以后，关于宋江形象的研究形成"百花齐放，百家争鸣"的格局，其中"新见"迭出，同样存在很大的争议。以上问题的梳理参阅纪德君：《百年风云：宋江形象论争的回顾与启示》，《明清小说研究》2005 年第 3 期，第 59～69 页。

⑥ （明）胡应麟：《少室山房笔丛》（节录），见朱一玄、刘毓忱编：《水浒传资料汇编》，天津：南开大学出版社 2002 年版，第 190 页。

⑦ （清）金圣叹：《水浒传序三》，见朱一玄、刘毓忱编：《水浒传资料汇编》，天津：南开大学出版社 2002 年版，第 213 页。

他人物形象的面目并不鲜明①。

　　小说叙事方面，批评家充分肯定《水浒传》的叙事艺术。明胡应麟认为《水浒传》"中间抑扬映带，回护咏叹之工，真有超出语言之外者"②。明李贽指出："《水浒传》文字，形容既妙，转换又神。……已胜太史公一筹。"③ 清金圣叹则认为"《水浒传》章有章法，句有句法，字有字法"④；"天下之文章，无有出《水浒》右者"⑤。但现在有很多学者指出了《水浒传》在叙事上的破绽与不足⑥。

　　《水浒传》阐释史的粗略梳理，一方面呈现了《水浒传》的"经典"化过程；另一方面，也勾勒出《水浒传》的整体研究模式，我们姑且称之为"经典"范式的研究模式。这种研究模式以固化的文本为中心，整个研究活动即以文本阐释为中心。"经典"范式的研究模式在《水浒传》研究中遇到了很大的麻烦和问题。可以说，关于《水浒传》各种学术纷争的根由即在于此。比如，对于《水浒传》思想主题的阐释，主要有"忠义与盗魁"、"革命与反革命"、"革新派与守旧派"等矛盾观念的争鸣。总体来看，在主题阐释的学术理路上，批评者是从某一社会思潮背景出发，预先假定结论，然后再从《水浒传》文本中抽取几则片段材料加以论证，其中以马克思主义社会批评方法的影响最大。"文学是社会生活的反映"，这是马克思主义社会批评方法的一块理论基石。根据这一理论信条，《水浒传》所描述的故事内容被视为宋代的社会生活，然后结合宋代历史知识，各种社会学意义上的阐释结论也就被合乎逻辑地推导出来。当然，这里面的问题显而易见：批评者所用的材料挂一漏万，只截取于对己方观点有利的材料，而不顾反方也能用同样的批评原则和方法，得出相反的结论。两者的区别只在于各自所用的支撑材料不同。可见，这种批评阐释具有很强的辩论色彩：从各自的角度而言，这些立论言之凿凿，谁也无法驳倒对方，但细究其实，却存在明显的偏颇。

三、旨趣·方法·思路

　　在各种"中国文学史"中，"水浒"文学的书写存在严重的遮蔽性，具有民间文化趣味的水浒叙事被排除在文学史之外。这种文学史形态的"知识"遮蔽了对水浒叙事文化意

---

　　① 马幼垣在《面目模糊的梁山人物》一文中指出，惯常所认为的梁山一百零八位英雄个个刻画得栩栩如生的评论，未免夸张和过度简化。由于《水浒传》篇幅有限，但涉及的人物众多，因此绝大多数人物的面目是模糊的。参阅马幼垣著：《水浒论衡》，北京：生活·读书·新知三联书店 2007 年版，第 287~291 页。

　　② （明）胡应麟著：《少室山房笔丛》（节录），见朱一玄、刘毓忱编：《水浒传资料汇编》，天津：南开大学出版社 2002 年版，第 190 页。

　　③ （明）李贽：《水浒传回评》，见朱一玄、刘毓忱编：《水浒传资料汇编》，天津：南开大学出版社 2002 年版，第 174 页。

　　④ （清）金圣叹：《读第五才子书法》，见朱一玄、刘毓忱编：《水浒传资料汇编》，天津：南开大学出版社 2002 年版，第 220 页。

　　⑤ （清）金圣叹：《水浒传序三》，见朱一玄、刘毓忱编：《水浒传资料汇编》，天津：南开大学出版社 2002 年版，第 213 页。

　　⑥ 马幼垣认为《水浒传》全书组织并不严密，甚至公认为叙述得比较成功之处也存在颇多问题。为此，他举了"智取生辰纲"为例证。参阅马幼垣：《生辰纲事件与〈水浒〉布局的疏忽》，同时，见马幼垣著：《水浒论衡》，北京：生活·读书·新知三联书店 2007 年版，第 296~299 页。

蕴丰富性与多样性的全面认识。从纠偏的角度出发，我们有必要重绘一幅相对完整的"水浒文学地图"①。这幅文学地图的描绘，以水浒故事为纲，依据"大文学"观，力图打破纯文学观视域下的文学史写作框架，恢复"水浒"叙事的文化原生态②，其目的是在同一价值平台上呈现小说、戏曲、说唱、传说以及"非文本"的文化娱乐活动等多元形态的水浒叙事所蕴含的本土文化经验。从研究方法而言，这种以故事题材为线索的研究思路，打破了传统的研究思路（文本批评阐释），能够体现出学术视野的开阔与融通。从另一层面而言，只有理解水浒叙事所具有的民间文化精神，充分挖掘《水浒传》文本所遗存的民间文化因子，才能真正捕捉到《水浒传》这部经典名著的内在文化神韵。

基于"经典"（以小说《水浒传》为标志）与"民间"这两套水浒故事叙述系统既分且合的发展特点，本书写作的思路是：前两章分述"经典"与"民间"这两套水浒故事叙述系统的总体发展情况；后两章总述两套水浒故事叙述所呈现的民族文化审美特质（侠义精神）以及水浒故事叙述衍生发展所包蕴的文化审美意义。分的目的是呈现两个故事系统所表达的文化趣味的异质性，总的目的是凸显故事原型所共享的民族审美文化精神。具体内容展开如下：

第一章主要探讨水浒故事的经典化书写——经典水浒叙事及其阐释。第一节探讨中国小说经典形成的文化图景；第二节以金圣叹的批评为中心，探讨了《水浒传》之"经典化"过程；第三节讨论"'以西律中'批评观与《水浒传》的现代阐释"问题。该章阐述的一个中心问题是，在传统文学观念中，《水浒传》成为水浒叙事的经典，这种观念一方面使得《水浒传》的文本阐释出现了偏差，另一方面漠视了《水浒传》文本中的民间文化因子。

第二章以武松故事为例，通过具体的文本比较，探讨民间文化形态的水浒叙事的特点。第一节对民间水浒叙事系统进行概述，旨在说明"经典"与"民间"两套水浒叙事

---

① "水浒文学地图"概念，是受杨义先生的"重绘中国文学地图"观点的启发而提出的。"重绘中国文学地图"是杨义先生近年来反复提及的一个具有创新性的学术论题，这个论题源于他的"大文学"观。杨义先生指出，大文学观"在新的思想高度上兼容了古代杂文学观的博大，从而在现代理性的综合思维中，创造性地还原出文学—文化生命的整体性。也就是说，大文学观去纯文学观的阉割性而还原文学文化生命的完整性，去杂文学观的浑浊性而推进文学文化学理的严密性，并在融合二者的长处中，深入地开发丰富深厚的文化资源，创建现代中国的文学学理体系，包括它的价值体系、话语体系和知识体系"；"由于大文学观的学理空间非常博大，充满着文学的内在性、边缘性，与其他学科的交叉性的相互对质、相互参照和相互诠释。……这种舒展和深入的巨大潜能，强烈地摇撼着固有的在纯文学观体系中的文学史写作框架，使我们有必要也有可能提出'重绘中国文学地图'的命题。……聚合着多元文学要素的地图重绘，由于有大文学观或大文化观的指导，就可能产生观念革命，不会画地为牢地以纯文学自居，作出以精贬杂、以雅贬俗、以汉贬胡的价值倾斜，而是在破除纯文学崇拜情结之后，重新发现丰富多彩的文化存在对中国文学形成多元一体的大国风范和大家气象的不可缺少的伟大作用"。参阅杨义：《重绘中国文学地图》，《文学遗产》2003年第5期，第19～20页。

② 陈思和先生指出，"文学史总是一种'叙述'，叙述总是有自己的立场，不可能恢复真正的文学'原生态'。所谓的'原生态'并不是那种'凡是存在的都是合理的'逻辑的延伸，而是尽可能地贴近文学的本来面目"；"我理想中的、并始终在探索实践的文学史写作，就是要消除那种凌驾于文学之上的'暴力'，使文学史在文学的基础上建立一种平等的多元的平台——不论是官方民间、在朝在野、发表还是未发表的作品，都让它们处于同一个平台上自由竞争，各展魅力。由此，我们方能回归到生机勃勃、纷纭复杂的文学的原生态的立场，让大量的文学信息和生命信息在我们的研究中发散出来"。可见，"恢复文学史的原生态"表达的是一种文学史写作观念，此处即取其意。参阅陈思和：《恢复文学史的原生态》，《南开学报》（哲学社会科学版）2005年第4期，第12～13页。

系统分途发展的事实。第二节论述扬州评话"王派水浒"中的武松故事。通过具体的文本比照，凸显扬州评话"王派水浒"与小说《水浒传》在审美文化上的差异。第三节论述"高派"山东快书中的武松故事。通过文本对照，呈现"高派"山东快书中的武松故事与小说《水浒传》在审美文化上的差异。第四节概述民间武松故事的审美文化趣味。总体来看，借民间艺人们的不断努力探索，一个传统的武松故事才能层出不穷地滋生各种风格迥异的艺术趣味。这种文化活动更贴合普通大众的趣味要求，由此呈现出了无穷的艺术生命力。

第三章探讨水浒叙事所蕴含的侠义精神。第一节论述侠义精神与水浒叙事的文化关联。第二节探讨《水浒传》所蕴含的侠义精神。该节首先从《水浒传》思想主题阐释的纷争说起，指出这些观点仅抓住侠义精神的某一侧面去演绎论证，故其说似是而非。循着侠义精神这条线索，能够发现《水浒传》所蕴含的民族文化审美特质。第三节以李逵故事为例，探讨民间水浒叙事所蕴含的侠义精神。在民间水浒叙事系统中，各个历史时期民众的感情与想象建构了各种水浒人物形象。李逵故事的演变表明，在民众文化记忆中，李逵形象已沉淀为一个光彩夺目的侠士符号。

第四章论述水浒故事衍生叙述的文化意义。第一节运用非物质文化遗产的"文化空间"概念去解析水浒叙事的文化意义。从历时与共时两个维度来看，水浒叙事是一种活态叙述。水浒叙事具有不断衍生发展的内在活力，由此构筑了一个具有民族文化审美趣味的大水浒叙事文化空间。水浒叙事是一种具有历史文化认同感的"非物质文化遗产"。第二节以"小传统"概念去解释民间水浒叙事所表达的文化特质。民间水浒叙事体现的是一种地方性的文化趣味与文化认同感，表现为方言的审美趣味和文学活动过程中的族群情感交流互动等与经典文艺迥异的文化特点。第三节探讨当代文化语境中水浒叙事的文化功能。当代水浒叙事的总体情况表明，"水浒"既是一个可以不断改写的故事题材，也是一个很有感召力的民族文化符号。当代水浒故事的衍生叙述，以一种新的文本与文化活动方式，参与着民族文化经典的记忆和保护活动。

结语部分概述水浒叙事在经典与民间层面上的文化意蕴，凸显本书的创新点：①以水浒故事为线索描绘一幅水浒文学"地图"，目的是纠文学史知识之偏，从学理观念层面上阐明水浒故事作为一个深具民族审美特色的文化原型，本身具有衍生发展的内在活力，能够滋生出丰富多彩的文化意蕴；②打破纯文学观的理论局限，意在挖掘多元形态的水浒叙事所蕴含的本土文化活动经验，尤重挖掘被文学史知识遮蔽的民间水浒以及非文本的水浒叙事所蕴含的与经典艺术迥异的文化趣味；③以水浒叙事为研究个案，实证性地阐明一个新的学术观念，即超越经典文本，关注经典文本背后的文化活动过程，借此拓展文艺学研究的学术空间。

第一章

《水浒传》：经典水浒叙事及其阐释

第一节　中国小说经典形成的文化图景

一、商业经济的发展与市民文化的繁盛

北宋的建立，结束了五代十国混乱纷争的局面，社会政治的稳定为经济的迅速发展创造了好的条件。宋代经济一个突出特点即商业经济的飞速发展。商业经济的繁荣促进了城市格局的变化，宋以前的城市是行政区划的中心，城市中一些零星的商业活动主要集中于"坊间"进行，"坊"与"市"是分离的。坊市分离的管理制度在宋代被打破，城市逐渐发展为坊市合一的新格局，其间的大街小巷、码头庙宇都可自由经商，由此形成商铺林立的新城市景观。宋代张泽端的《清明上河图》便是其生动的描绘。

明代经济历经长时间发展，到中后期已达到前所未有的水平。农业方面，粮食产量大大增加，各种经济作物迅速发展。手工业生产技术日益改进提高，手工产品丰富，农业和手工业的繁盛大大刺激了城市商业经济的发展。随着手工业的发展，苏州等大都市的商业经济非常繁荣，商业经济的繁荣又带来了都市的大发展。明中叶以后，江南地区出现了南京、苏州、杭州、扬州等几大工商业发达、人口稠密的城市。商业的高额利润吸引人们弃农从商，由此加速了农村人口向城市人口的流动，也使得许多城郊农民转化为商人。商贾人数的激增及其财富的扩大提升了他们的社会地位。在大城市的经济带动作用下，其周边涌现了许多商业繁荣、人气旺盛的小集镇。

在高速发展的城市化过程中，一个新的社会阶层——市民阶层逐渐得以形成。其中，一些发家致富的商人（市民）的社会地位日益提升，由此影响到普通民众的生活方式和时尚趣味，从而对传统的伦理道德与人生价值观念构成很大的冲击："由嘉靖中叶以抵于今，流风愈趋愈下，惯刃骄奢，互尚荒侈，以欢宴放饮为豁达，以珍味艳色为盛礼。其流至于市井贩鬻厮隶走卒，亦多缨帽细鞋，纱裙细裤。酒庐茶肆，异调新声，泊泊浸淫，靡焉勿振。甚至娇声充溢于乡曲，别号下延于乞丐。……逐末游食，相率成风。"（山东《博平县志》卷四《人道》）可见，注重消遣娱乐渐渐成为一种新的文化取向，这种新的消费文化也得到政府的认可与倡导，比如宋代取消"宵禁"，从而使得城市的夜生活丰富多彩。

北宋东京"夜市直至三更尽，才五更又复开张。如要闹去处，通晓不绝"（《东京梦华录》）。消遣娱乐的文化消费需求，刺激了酒楼茶肆以及勾栏瓦舍等娱乐场所的产生，而各种娱乐场所的存在，为百戏杂技、"说话"等文化活动提供了表演空间。宋代盛行的"说话"正是在这种娱乐文化氛围中发展起来的："宋都汴，民物康阜，游乐之事甚多，市井间有杂伎艺，其中有'说话'，执此业者曰'说话人'。"① "说话"分为"小说"、"讲史"、"说经"和"合生"四家，其中的"讲史"对长篇章回小说的形成与发展具有直接影响。长篇章回小说的分回标目以及文本中的"话说"、"各位看官"、"欲知后事如何，请听下回分解"等形式因素明显受到"说话"的影响。可以说，《三国演义》、《水浒传》等几大长篇章回小说就是在宋元讲史话本的基础上，再经元末明初罗贯中、施耐庵等文人加工润色而形成的。这些长篇章回小说讲述的故事早在小说成书之前就以民间传说、艺人说话和戏曲等形式广为流传，这为长篇章回小说经典的形成打下了很好的群众基础。

在商业文化语境中，一部作品能够成为经典，其中一个重要条件即获得读者的广泛认同。《水浒传》等通俗文学在当时能够拥有很多读者，与印刷业的发达有很大关系。据统计，明朝后期的江南地区有书坊160多家，其中南京93家、杭州24家、苏州37家、徽州10家。② 通过激烈的商业竞争，福建逐渐成为当时的印刷业中心。明胡应麟在其《少室山房笔丛·经籍会通》中载曰："凡刻之地有三，吴也，越也，闽也。蜀本宋最称善，近世甚希。燕、粤、秦、楚，今皆有刻，类自可观，而不若三方之盛。其精，吴为最；其多，闽为最；越皆次之。其直（值）重，吴为最；其直（值）轻，闽为最，越皆次之。"③ 可见，福建的印刷业在当时相当发达。书坊所刻之书，以实用性强和供娱乐消遣的大众读物为主，通俗小说是一种销售好、利润高的图书。叶盛在《水东日记·小说戏文》中说："金书坊相传射利之徒，伪为小说杂书。"④ 明代书商出版小说的目的是攫取商业利润，客观上却为小说的传播普及作出了重要贡献。有论者指出："明代通俗小说最初两个流派的形成，却首先应归功于集书卷气与铜臭气与一身的书坊老板。这些人对创作领域的主宰持续了相当长的一段时间，直到明末有较多的文人投身于小说创作之后，这一奇特的现象才逐渐消失。"⑤ 明代小说以商品形态出现，撇开它的负面影响，实际上它对小说的发展起过积极的推动作用。⑥

另外，从传播的角度而言，书坊推出的各种小说"简本"在艺术上虽略显粗糙，但它对小说的普及传播也起到很好的促进作用。时至明代中叶，尽管造纸术和印刷术有了飞速发展，但一部长篇小说的价格依然很高，普通民众在经济上难以承受。为了降低小说的生产成本以有利于扩大市场销量，书坊主推出各种简本。胡应麟说道："余二十年前所见

---

① 鲁迅著：《鲁迅全集》（第九卷），北京：人民文学出版社1981年版，第111~112页。

② 参阅钱杭、承载著：《十七世纪江南社会生活》，杭州：浙江人民出版社1996年版。

③ （明）胡应麟著：《少室山房笔丛》，上海：上海书店出版社2001年版，第43页。

④ 转引自王齐洲著：《四大奇书纵横谈》，济南：济南出版社2004年版，第9页。

⑤ 陈大康著：《明代小说史》，上海：上海文艺出版社2000年版，第14页。

⑥ 陈大康先生把这种积极作用归结为几个方面："首先，它在最大范围内壮大了小说的声势，使它成为明清之后影响最大的体裁。书坊主的介入，改变了只有少量抄本阅阅的状况。……其次，商品的供求法则不断地调节着读者与作者的关系。……再次，商业上的需要是推动小说理论发展的重要因素之一。……最后，商品生产、流通法则在客观上保护了小说的生存与发展。"参阅陈大康著：《明代小说史》，上海：上海文艺出版社2000年版，第17~18页。

《水浒传》本，尚极足寻味，十数载来，为闽中坊贾刊落，止录事实，中间游词余韵，神情寄寓处，一概删之，遂几不能覆瓿。复数十年，无原本印证，此书将永废。"① 书坊主删掉"游词余韵"、"止录事实"的目的即降低印刷成本，由此降低书价，方便普通读者购买。这虽然有损原本的艺术审美价值，但对小说的广泛传播无疑起到积极的作用。这种做法甚至延续至清代，清人周亮工曰："予见建阳书坊中所刻诸书，节缩纸板，求其易售，诸书多被刊落。此书（指《水浒传》，笔者注）亦建阳书坊翻刻时删落者。六十年前，白下、吴门、虎林三地书未盛行，世所传者，独建阳本耳。"②

二、心学萌兴与通俗小说的文化空间

明代能够产生《三国演义》、《水浒传》、《西游记》等一大批经典通俗小说，与阳明心学的兴起亦有很大的关系。阳明心学的兴起是中国传统思想发展的一个重大转变。阳明心学是针对宋明理学的存在之弊而提出的。理学③滥觞于宋初，其目的是重建儒家的伦理道德理想，在手段和方法上，主要是从宇宙论的高度为儒学寻找形而上的支持。理学集大成者朱熹曰："天地之间，有理有气。理也者，形而上之道也，生物之本也。气也者，形而下之器也，生物之具也。是以人物之生，必禀此理然后有性，必禀此气然后有形。"④根据朱熹的理论立场，"理"为生物之本，"气"为生物之具，"理先气后"。此规定显示了理的先验性和超越性，其最终指向道德人格的塑造；而理的外在性及格物穷理的方式却使人们陷入道德上的机械主义和形式主义，即失去主动性和创造性。王阳明针对朱熹的理论弊端，提出"心即理"的观点：

爱问："至善只求诸心，恐于天下事理有不能尽。"（王阳明）先生曰："心即理也。天下又有心外之事，心外之理乎？"爱曰："如事父之孝，事君之忠，交友之信，治民之仁，其间有许多理在，恐亦不可不察。"先生叹曰："此说之蔽久矣，岂一语所能悟！今姑就所问者言之：且如事父不成，去父上求个孝的理？事君不成，去君上求个忠的理？交友治民不成，去友上、民上求个信与仁的理？都只在此心，心即理也。"（《王阳明全集》卷一）⑤

由王阳明"心即理"的论述可知，作为理的"心"不是具有既定内容的存在，"心"不仅仅发之于事父、事君、交友、治民，还可以发之于用兵、农耕、商贾、举子业等一切人类活动，也即王阳明所说的"致吾心良知之天理于事事物物，则事事物物皆得其理矣"

---

① （明）胡应麟著：《少室山房笔丛》，上海：上海书店出版社2001年版，第437页。

② （清）周亮工著：《因树屋书影》，见朱一玄、刘毓忱编：《水浒传资料汇编》，天津：南开大学出版社2002年版，第137页。

③ 理学亦称道学，有广狭、义之分。广义指整个宋明儒学哲学；狭义指以二程和朱熹为代表的以理为本体的哲学思想，简称程朱理学。此处指狭义。

④ （宋）朱熹：《答黄道夫》，见（宋）朱熹著，郭齐、尹波点校：《朱熹集》，成都：四川教育出版社1996年版，第29～47页。

⑤ （明）王守仁撰：《王阳明全集》（上），上海：上海古籍出版社1992年版，第2页。

（《王阳明全集》卷二）①。由此可见，王阳明的"心"是道德价值判断的变动载体。为此，我们继续考察王阳明的另一核心概念——良知。王阳明认为，"心之本体即是'良知'"；"良知即是天植灵根，自生生不息"（《王阳明全集》卷三）②。由此可见，良知是就心之本体落实于事物上来说的，故良知是具体事物的是非之知，有特定的内容和形式。如果抛开当下事物去另寻所谓良知，则是误入歧途。把心之本体落实到良知，其意义有二：一是否定心之本体的超验性，体用合一；二是良知作为当下呈现，必然与个体紧密相连。

王阳明对良知与七情的关系也作出了新的阐释："喜怒哀惧爱恶欲，谓之七情。七者俱是人心合有的……七情顺其自然之流行，皆是良知之用。"（《王阳明全集》卷三）③ 王阳明把心之本体归结为当下呈现的良知，体用合一，必然导致良知的个体性："尔那一点良知，是尔自家的准则"；"圣人教人，不是个束缚他通做一般：只如狂者便从狂处成就他，狷者便从狷处成就他。"（《王阳明全集》卷三）④ 王阳明肯定良知的个体性差别，理论上为自由主义和个性思潮的盛行打开了通道。他认为良知只呈现于日用常行，并以此作为自己的现实内容，而每个人的日用常行各异，这实际上就等于消解了良知的普遍性和客观性，反过来为良知的主观性开了一个口子。这样，王阳明的心学一方面弱化了传统儒家的社会价值体系。另一方面，它有利于人的思想解放和自由意识的形成，从而为儒学引出了新的发展可能：一是对个体性的肯定；二是对人的私情私欲的肯定。

泰州学派从阳明心学中分化出来，对王阳明的良知说进行了改造。王艮说："天理者，天然自有之理也；才欲安排如何，便是人欲。"⑤ 王襞也说："人之性，天命是已。视听言动，初无一毫计度，而自己不知不能者，是曰天聪明。"⑥ 在王阳明看来，良知虽然人人俱足，但由于常人之心如蒙垢之镜，良知在现实中有所障蔽，因此，就需致良知的功夫，以使良知在当下现实中无障蔽地呈现。而泰州学派把人的现实活动（视听言动）与人的良知等同起来。这样，良知就泛化为人的一切直觉之知，成为人的一切不假思索的本能反应。泰州学派强调人的感性自然生命，淡化了儒学的道德理想主义。但是，泰州学派并没有完全取消良知的道德内涵。一方面，他们把人的日常践履看作良知的发用流行；另一方面，他们的初衷还是想通过"日用见在指点良知"的方式来说明道德本心不但人人具有，而且时时呈现。而实际上，在将人的一切自然行为看作良知的发用流行时，由于强调无知无虑的直觉体认，就已经埋下了使儒学走向非道德主义的种子。

阳明心学及其后学泰州学派肯定良知的个体性差别，理论上为自由主义和个性思潮的盛行打开了通道，也促成了传统士人学问旨趣的转向。李贽说："学皆为穷究自己生死根因，探讨自家性命下落。是故有弃官不顾者，有弃家不顾者，又有视其身若无有，至一麻一麦，鹊巢其顶而不知者。无他故焉，爱性命之极也。孰不爱性命，而卒弃置不爱者，所

---

① （明）王守仁撰：《王阳明全集》（上），上海：上海古籍出版社1992年版，第45页。
② （明）王守仁撰：《王阳明全集》（上），上海：上海古籍出版社1992年版，第67页。
③ （明）王守仁撰：《王阳明全集》（上），上海：上海古籍出版社1992年版，第98页。
④ （明）王守仁撰：《王阳明全集》（上），上海：上海古籍出版社1992年版，第104页。
⑤ （清）黄宗羲著，沈芝盈点校：《明儒学案》（下），北京：中华书局2008年版，第715页。
⑥ （清）黄宗羲著，沈芝盈点校：《明儒学案》（下），北京：中华书局2008年版，第722页。

爱只于七尺三躯，所知只于百年之内而已，而不知自己性命悠久，实与天地作配于无疆。"① 李贽的学术之思所要解决的核心问题，即是"探讨自家性命下落"。在李贽看来，"性命下落"即是一种"与天地作配于无疆"的自由无碍的心灵境界："怕做官便舍官，喜作官便作官；喜讲学便讲学，不喜讲学便不肯讲学。此一等人心身俱泰，手足轻安。既无两头照顾之患，又无掩盖表扬之丑，故可称也。"② 只有在思想自由的前提下，才能根据个人的趣味喜好对传统思想作出自己的判断："人各有心，不能皆合。喜者自喜，不喜者自然不喜；欲览者览，欲毁者毁，各不相碍，此学之所以为妙也。若以喜者为是，而必欲兄丈之同喜；兄又以毁者为是，而复责弟之不毁。则是各见其是，各私所学，学斯僻矣。"③ "各不相碍"的学术自由为传统经典的重释以及新经典标准的确立开辟了新的文化空间。

阳明心学以一种"六经注我"的方式重新解释儒家经典，实际上动摇了儒家思想文化典籍的经典地位。李贽公开质疑儒学经典的权威性："若夫当行之言，则虽今日言之，而明日有不当行之者，而况千百世之上下哉！不独此也，举一人而言，在仲由则为当行，而在冉求则不当行矣。盖时异势殊，则言者变矣。故行随事迁，则言焉人殊，安得据往行以为典要，守前言以效尾生耶？是又当行之言不可以执一也。"④ 在李贽看来，由于"时异势殊"（即时地的改变），"当行之言"应该言人人殊，决不可"执一"，拘泥死守某一权威话语作为"典要"。

李贽一方面反对儒学话语的权威，另一方面却极力肯定普罗大众的话语权。他说："翻身此等，反不如市井小夫，身履是事，口说便是事。作生意者但说生意，力田作者但说力田，凿凿有味，真有德之言，令人听之忘厌倦矣"⑤；"如好货，如好色，如勤学，如进取，如多积金宝，如多买田宅为子孙谋，博求风水为儿孙福荫，凡世间一切治生产业等事，皆其所共好与共习，共知而共言者，是真迩言也。……但我之所好察者，百姓日用之迩言也。"⑥ 以上言论虽为批判假道学而发，实际上是为民众力争平等的话语权力。依此逻辑，文学作为一种"话语"，不应为某特殊阶层所专享，而应成为大众的声音，成为他们的日常践履。这在深层次上影响到传统士人对通俗文化与文学的趣味价值判断。比如，"前七子"之一的李梦阳认为，"真诗乃在民间。而文人学子，顾往往谓韵言谓之诗。……真者，音之发而情之原也。古者国异风，即其俗成声。今之俗既历胡，乃其曲乌得而不胡也？故真者，音之发而情之原也，非雅俗之辩也"。（《空同集》卷五十《诗集自序》）

---

① （明）李贽：《续焚书》卷一《答马历山》，见（明）李贽著，张建业主编：《李贽文集》（第一卷），北京：社会科学文献出版社 2000 年版，第 1 页。

② （明）李贽：《焚书》卷二《复焦弱侯》，见（明）李贽著，张建业主编：《李贽文集》（第一卷），北京：社会科学文献出版社 2000 年版，第 42 页。

③ （明）李贽：《焚书》卷二《复邓石阳》，见（明）李贽著，张建业主编：《李贽文集》（第一卷），北京：社会科学文献出版社 2000 年版，第 11 页。

④ （明）李贽：《焚书》卷三《先行录序》，见（明）李贽著，张建业主编：《李贽文集》（第一卷），北京：社会科学文献出版社 2000 年版，第 108 页。

⑤ （明）李贽：《焚书》卷一《答耿司寇》，见（明）李贽著，张建业主编：《李贽文集》（第一卷），北京：社会科学文献出版社 2000 年版，第 28 页。

⑥ （明）李贽：《焚书》卷一《书答邓明府》，见（明）李贽著，张建业主编：《李贽文集》（第一卷），北京：社会科学文献出版社 2000 年版，第 36 ~ 37 页。

《水浒传》等通俗文学能够成为经典，很大程度上可以说是大众文化的胜利。

儒学经典地位的动摇与新的经典标准的确立有很大的关联。李贽提倡以"童心"作为"至文"的标准："天下之至文，未有不出于童心焉者也。苟童心常存，则道理不行，闻见不立，无时不文，无人不文，无一样创制体格文字而非文者。诗何必古选，文何必先秦。降而为六朝，变而为近体；又变而为传奇，变而为院本，为杂剧，为《西厢曲》，为《水浒传》，为今之举子业，皆古今至文，不可得而时势先后论也。故吾因是而有感于童心者之自文也，更说甚么《六经》，更说甚么《语》、《孟》乎？"① 以此标准为参照，小说、戏曲等俗文学也具备经典的资格。比如，"李卓吾极赞《西厢》、《水浒》、《金瓶梅》为天下奇书"②。冯梦龙在他整理的《叙山歌》中说："山歌虽俚甚矣，独非《郑》、《卫》之遗欤？且今虽季世，而但有假诗文，无假山歌，则以山歌不与诗文争名，故不屑假。苟其不屑假，而吾藉以存真，不亦可乎？……若夫借男女之真情，发名教之伪药，其功于《挂枝儿》等，故录《挂枝词》而次及山歌。"与那些形式僵化的假诗文比较而言，冯梦龙更加肯定山歌在抒发真性情方面的艺术价值，因为它们所表达的是村老野夫日常的生活体验与个人性情："自楚骚唐律，争妍竞畅，而民间性情之响，遂不得列于诗坛，于是别之曰山歌，言田夫野竖矢口寄兴之所为，荐绅学士家不道也。唯诗坛不列，荐绅学士不道，而歌之权愈轻，歌者之心亦愈浅，今所盛行者，皆私情谱耳。虽然，桑间璞上，《国风》刺之，尼父录焉，以是为情真而不可废也。"③ 对"真情"的文学价值观的追求使得小说叙事更重人情世态的精细描摹。《水浒传》、《金瓶梅》等小说能够受到读者的欢迎，很大程度上是在描写人情世态上的成功，此即李贽批评《水浒传》所言："说淫妇便像个淫妇，说烈汉便像个烈汉，说呆子便像个呆子，说马泊六便像个马泊六，说小猴子便像个小猴子，但觉读一过，分明淫妇、烈汉、呆子、马泊六、小猴子光景在眼，淫妇、烈汉、呆子、马泊六、小猴子声音在耳，不知有所谓语言文字也何扬。文人有此肺肠，有此手眼，若令天地间无此等文字，天地亦寂寞了也。"（《明客与堂本忠义水浒传》第二十四回回评）此外，"真"、"趣"等也成为小说批评的一个重要标准。李贽在小说批评中用得最多的是"真"、"妙"、"趣"等术语。且看容与堂刻本《李卓吾先生批评忠义水浒传》：

1. ［小说文本］鲁达便去身边摸出五两银子放在桌上，看着史进道："洒家今日不曾多带得些出来，你有银子借些与俺，洒家明日便送还你。（第三回：史大郎夜走华阴县，鲁提辖拳打镇关西）

［眉批］"大丈夫，真男子。"

2. ［小说文本］鲁智深看着两个公人道："你两个撮鸟的头硬似这松树么？"二人答道："小人头是父母皮肉包着些骨头。"智深抢起禅杖，把松树只一下，打得树有二寸深痕，齐齐折了，喝一声道："你两个撮鸟，但有歹心，教你头也似这树一般。"（第九回：

① （明）李贽：《童心说》，见（明）李贽著，张建业主编：《李贽文集》（第一卷），北京：社会科学文献出版社 2000 年版，第 92～93 页。
② （清）徐谦：《桂宫梯》卷四，见朱一玄、刘毓忱编：《水浒传资料汇编》，天津：南开大学出版社 2002 年版，第 324 页。
③ （明）冯梦龙编著，陆国斌等校点：《冯梦龙全集》（序），南京：江苏古籍出版社 1993 年版。

柴进门招天下客，林冲棒打洪教头）

[夹批]"妙"；"妙"；"趣"；"妙绝；快绝！"

3.[小说文本]宋江、戴宗在楼上才饮得两杯酒，只听楼下喧闹起来。戴宗问道："在楼下作闹的是谁？"过卖道："便是如常同院长走的那个唤做铁牛李大哥，在底下寻主人家借钱。"（三十八回：及时雨会神行太保，黑旋风斗浪里白跳）

[眉批]"趣人来了。"

材料1中的"真"是对鲁智深仗义疏财、乐善好施的江湖侠士精神的高度概括。材料2中"妙"、"趣"、"快绝"赞扬了鲁智深力大无比却又绝不滥杀无辜的粗中有细的沉稳与成熟；也是对这一小说细节描写艺术性的喝彩。材料3中李逵还未出场，只是间接地被人提及，李贽便用"趣"字来形容他，这是李贽对李逵那种率直豪放的硬汉子形象的认同。李贽的小说批评重心在于人物形象，其批评主要是针对作品阅读鉴赏之后传达出来的心理感受，理论性文字不多，但这种鉴赏式批评非常符合作品的审美实际。

三、知识精英的评点与通俗文学地位的提升

中国古代小说在兴起之初，是一种供贩夫走卒等低层次读者阅读的读物，它要上升到经典地位，须经有文化裁判权的士人的认同。蒋大器的《三国志通俗演义序》曰："书成，士君子之好事者，争相誊录，以便观览，则三国之盛衰治乱，人物之出处臧否，一开卷，千百载之事，豁然于心胸矣。"[①] 宋明时期，小说、戏曲等开始受到上层知识分子（士人）的关注。嘉靖时期的武定侯郭勋就是一位喜欢小说的贵族文人。托名"天都外臣"的《水浒传序》载曰："嘉靖时，郭武定重刻其书，削去致语，独存本传。"[②] 郭勋在《水浒传》版本演化史上是一位无法绕过的重要人物。宇文所安对"16世纪末17世纪初袁宏道等作家对大众文化的赞美"这一文化现象作如此判断："如果把这种现象放到更广阔的文化史的范围内来考察，我们可以看出古典文学教育在当时迅速普及的迹象——那些一度被精英独占的经典知识已变成了公共知识。在这种情况下，转向大众文化就成了江南上层精英使自己区别于人数剧增的中级知识分子的一种策略。文学理论在这里与社会史和物质文化遇合，这种较开阔的视角有助于我们理解'大众文学'为何经常出现在只有富人才买得起的工艺精良的本子里。"[③] 根据宇文所安的理解，明代知识精英从经典知识转向通俗小说、戏曲等大众文化，是为了获得一种从普通知识分子中脱颖而出的文化资本。这个观点正确与否，此处存而勿论。但有一点可以明确，知识精英们参与通俗文学，客观上提升了通俗文学的文化地位。李贽曰："和尚自入龙湖以来，口不停诵，手不停批者三十年，而《水浒传》、《西厢曲》尤其所不释手者也。"可以说，明清通俗小说经典名著的背后都对应着一个或几个重量级的批评家，如毛宗岗之于《三国演义》、李贽之于《水浒

---

① 朱一玄编：《明清小说资料选编》（上），天津：南开大学出版社2006年版，第58～59页。

② 朱一玄、刘毓忱编：《水浒传资料汇编》，天津：南开大学出版社2002年版，第167页。

③ ［美］宇文所安著，王柏华、陶庆梅译：《中国文论：英译与评论》（序），上海：上海社会科学院出版社2003年版，第3页。

传》、张竹坡之于《金瓶梅》等。

精英文士的批点能够揭示通俗文学文本中特有的审美文化内涵。袁宏道说："人言《水浒传》奇，果奇。予每捡《十三经》或《二十一史》，一展卷，即忽忽欲睡去，未有若《水浒》之明白晓畅，语语家常，使我捧玩不能释手者也。若无卓老揭出一段精神，则作者与读者，千古俱成梦境。……虽然，吾安得龙湖老子于九原，借彼舌根，通人慧性；假彼手腕，开人心胸；使天下其以信卓老者信卓老，爱卓老者爱演义也？"（《东西汉通俗演义序》）。可见，《水浒传》等小说具有一种经史典籍读物所不具备的审美趣味，故招致文人雅士们的喜好："余嗜食肉，又喜小说家言；于肉最嗜猪肉，于小说最喜《水浒》。"① 小说文本语言虽然"明白晓畅，语语家常"，但字里行间亦有它特殊的审美韵致，对其发掘则仰赖于那些艺术素养比较高的知识精英的点拨，故杨定见曰："非卓老不能发《水浒》之精神。"（《忠义水浒全书·小引》）知识精英所写的序跋评语对小说的审美趣味有着精到的揭示作用，故此，这些名家批点的版本往往是文化市场上最流行的版本。金批《水浒传》即一显例。而精英文士的批点也有替读者导读的作用：

> 旧本去诗词之烦芜——一虑事绪之断，一虑眼路之迷，颇直截清明，第有得此以形容人态，顿挫文情者，又未可尽除。兹复为增定：或窜原本而进所有，或逆古意而去所无，惟周劝惩，兼善戏谑，要使览者动心解颐，不乏咏叹深长之致耳。……至字句之隽好，即方言谑詈，足动人心，今特揭出，见此书碎金，拾之不尽。（出象评点《忠义水浒全书发凡》）

李贽藏本《忠义水浒全书》对破坏小说情节（事绪）、打断读者思路的诗词进行革除，仅保留"形容人态，顿挫文情"的诗词，这样做的目的是"使览者动心解颐，不乏咏叹深长之致"，获得审美的心理快慰。李贽对"足动人心"的"方言谑詈"等字句的揭示也有着提醒读者注意的功能。在批点的导读功能方面，《忠义水浒全书发凡》中的一段话更具代表性：

> 书尚评点，以能通作者之意，开览者之心也。得则如着毛点睛，毕露神采；失则如批颊涂面，污辱本来，非可苟而已也。今于一部之旨趣，一回之警策，一句一字之精神，无不拈出，使人知此为稗家史笔，有关于世道，有益于文章，与向来坊刻，复乎不同。如按曲谱而中节，针铜人而中穴，笔头有舌有眼，使人可见可闻，斯评点听最贵者耳。②

评点者非常明确，评书的目的即"通作者之意"，把作者的创作意图传达给读者，使读者能够欣赏理解作品，由此达到"开览者之心"的效果。正是基于这样的批评目的，批点时才有必要"于一部之旨趣，一回之警策，一句一字之精神，无不拈出"。李贽等文人

---

① （明）水竹散人：《〈忠义水浒全传〉题记》（新镌李氏藏本），见南京大学中文系资料室编：《水浒研究资料》，南京：南京大学中文系资料室 1980 年版，第 62 页。

② 朱一玄编：《明清小说资料选编》（上），天津：南开大学出版社 2006 年版，第 284～285 页。

名士的批点促进了《水浒传》等通俗文学在社会上的传播。陈继儒说："坊间诸家文集，多假卓吾先生选集之名，下至传奇小说，无不称为卓吾批阅也。"（《国朝名公诗选》卷六《李贽》）清人梁章巨在《归田琐记》中曰："今人鲜不阅《三国演义》、《西厢记》、《水浒传》，即无不知有金圣叹其人者。"①瓻庵亦曰："《三国演义》一书，其能普及于社会者，不仅文字之力。余谓得力于毛氏之批评，能使读者不致如猪八戒之吃人参果，囫囵吞下，绝未注意于篇法、章法、句法。"②）

在通俗文学的评点过程中，知识精英除了揭示文本内在的审美文化旨趣外，还通过编修而参与文本的制作，从而使得文学文本在艺术上更精练成熟。金批《水浒传》即能够充分说明这一点。金圣叹"腰斩"《水浒传》，以梁山泊一梦作结，这在艺术上有其充分的依据。这也是金本《水浒传》能够在清以后的三百多年中成为最流行版本的重要原因。清人刘廷玑评曰："金圣叹加以句读字断，分评总批，觉成异样花团锦簇文字，以梁山泊一梦结局，不添蛇足，深得剪裁之妙。"③

总之，宋以来的商业经济的发展刺激了城市消遣娱乐等市民文化的繁荣；说书等通俗文化活动的盛行为长篇章回小说的发展打下了坚实的群众基础；印刷业的发达为小说的传播普及提供了必要的物质条件；阳明新学的勃兴为通俗文学的发展扫清了思想上的障碍；知识精英们积极参与通俗文学活动，大大抬高了小说、戏曲等通俗文学的文化地位。以上种种因素互相结合，由此形成一股巨大的合力，共同催生了小说经典时代的来临。

第二节 金圣叹与《水浒传》的"经典化"

一、《水浒传》：水浒故事书写的文本定型

在《水浒传》成书以前，已有文献史料记载水浒故事，其中征引较多的有：

1. 淮南盗宋江等犯淮阳军，遣将讨捕，又犯京东、江北，入楚海州界。命知州张叔夜招降之。（《宋史》卷二十二《徽宗本纪》"宣和三年"）
2. 宋江寇京东，侯蒙上书言："江以三十六人横行齐魏，官军数万无敢抗者，其才必过人。今清溪盗起，不若赦江，使讨方腊以自赎。"（《宋史》卷三百五十一）
3. 宋江起河溯，转略十郡，官军莫敢撄其锋。声言将至，张叔夜使间者觇所向，贼径趋海濒，劫巨舟十余，载卤获。于是募死士，得千人，设伏近城，而出轻兵距海诱之战，先匿壮卒海旁，伺兵合，举火焚其舟。贼闻之，皆无斗志。伏兵乘之，擒其副贼。江乃降。（《宋史》卷三百五十三）

① 朱一玄、刘毓忱编：《水浒传资料汇编》，天津：南开大学出版社2002年版，第320页。
② 朱一玄编：《明清小说资料选编》（上），天津：南开大学出版社2006年版，第110页。
③ 朱一玄编：《明清小说资料选编》（上），天津：南开大学出版社2006年版，第73页。

"宋江故事"不仅记载在官方史书中，而且在南宋民间也广为流布，并为文人所传写，宋末遗民龚圣与的《宋江三十六人赞》的自序曰：

> 宋江事见于街谈巷语，不足采著。虽有高如李嵩辈传写，士大夫亦不见黜，余年少时壮其人，欲存之画赞，以未见信书载事实，不敢轻为。……余然后知江辈真有闻于时者。[周密《癸辛杂识续集》（上）]

由以上史料可知，水浒故事似乎有一点历史的影子，但使它产生文化影响力的土壤是民间。最初的水浒故事的传播方式以口头传说为主，故事内容变化也大，如论者所言："这种的传说，当然是没有系统的，在京东的注意梁山泊，在京西的注意太行山，在两浙的注意平方腊，并且各地还有他所喜爱的中心英雄。这还是水浒故事口传的时期。"[1] 南宋时，宋江故事已在民间广为流布，并引起高如、李嵩等文人们的传写兴趣，由此完全可以想象，水浒故事的讲述与书写在当时已具艺术意味。所谓"壮其人，欲存之画赞，以未见信书载事实"，意味着宋江等梁山人物是能够引起人们精神亢奋的艺术文化符号，而非历史人物符号。

《大宋宣和遗事》（又称《宣和遗事》）记载的几则梁山好汉故事，已有一定的情节跨度，其中与《水浒传》相似的主要情节有：

1. 杨志、李进义、林冲、王雄、花荣、柴进、张青、徐宁、李应、穆横、关胜、孙立等十二人结义为兄弟，负责押运花石纲。后杨志在颍州遇雪阻，缺少果足，被迫卖宝刀，而与恶少发生厮争，因杀死恶少而获狱。杨志在服刑路上被其它十一个兄弟所救，他们同往太行山落草为寇。

2. 北京留守梁师宝，将十万贯金珠、珍宝、奇巧段物，差县尉马安国一行人担至京师为蔡太师上寿，行至五花营堤上田地里时，因贪酒解渴，被晁盖、吴加亮、刘唐、秦明、阮进、阮通、阮小七和燕青等八人用麻药麻倒，宝物被劫。后因酒桶上有"酒海花家"字样，被官府查出。郓城县押司宋江星夜报信给晁盖。晁盖等人得以逃脱，后邀约杨志等十二人，共二十人，结为兄弟，往太行山梁山泊落草为寇。

3. 晁盖为感激宋江恩义，密使刘唐带一对金钗酬谢宋江，不合被娼妓阎婆惜得知来历。阎婆惜与吴伟关系暧昧，此事激怒了宋江，二人为宋江所杀。宋江逃跑途中躲进九天玄女庙，为玄女娘娘所救，并获上面写有三十六将的天书。宋江带领朱仝、雷横、李逵、戴宗和李海等九人上梁山泊。时晁盖已死，吴加亮和李进义两人做首领。宋江把天书说与吴加亮等。吴加亮等人共推宋江为首领。宋江略州劫县，屡败官兵，后李横、呼延绰和鲁智深三人上梁山，三十六人数凑足。

4. 朝廷出榜招谕宋江等。张叔夜招诱宋江等三十六人归顺宋朝，各受武功诰敕，分注诸路巡检使。后宋江平方腊有功，封节度使。

---

① 李玄伯：《读〈水浒〉记》，见南京大学中文系资料室编：《水浒研究资料》，南京：南京大学中文系资料室1980年版，第134页。

《大宋宣和遗事》所用之材料，大多系南宋人的笔记和小说，故胡适"断定《宣和遗事》记的梁山泊三十六人的故事一定是南宋时代民间通行的小说"①。此意指水浒故事相当于文学叙事。同一时期，高如、李嵩等文人们也传写水浒故事，可见当时的水浒叙事极为驳杂自由，胡适据此认为："当时除《宣和遗事》之外一定还有许多更详细的《水浒》故事。"②《癸辛杂识》、《大宋宣和遗事》和《水浒传》中英雄们排座次的变化，可约略看出水浒故事叙述的自由（详见表1-1）。

表1-1　天罡星三十六英雄的排座次简表③

《癸辛杂识》	《大宋宣和遗事》	《水浒传》
呼保义宋江	呼保义宋江	呼保义宋江
智多星吴学究	智多星吴加亮	玉麒麟李俊义
玉麒麟卢俊义	玉麒麟李俊义	智多星吴用
大刀关胜	青面兽杨志	入云龙公孙胜
活阎罗阮小七	混江龙李海	大刀关胜
尺八腿刘唐	九纹龙史进	豹子头林冲
没羽箭张清	入云龙公孙胜	霹雳火秦明
浪子燕青	浪里白条张顺	双鞭呼灼绰
病尉迟孙立	霹雳火秦明	小李广花荣
浪里白条张顺	活阎罗阮小七	小旋风柴进
船火儿张横	立地太岁阮小五	扑天雕李应
短命二郎阮小二	短命二郎阮进	美髯公朱仝
花和尚鲁智深	大刀关必胜	花和尚鲁智深
行者武松	豹子头林冲	行者武松
铁鞭呼延灼	黑旋风李逵	双枪将董平
混江龙李俊	小旋风柴进	没羽箭张清
九文龙史进	金枪手徐宁	青面兽杨志
霹雳火秦明	赤发鬼刘唐	急先锋索超
黑旋风李逵	一撞直董平	神行太保戴宗
小旋风柴进	插翅虎雷横	赤发鬼刘唐
插翅虎雷横	美髯公朱仝	黑旋风李逵
神行太保戴宗	神行太保戴宗	九纹龙史进

---

①　胡适：《〈水浒传〉考证》，见施耐庵著，汪原放标点，胡适主编：《水浒》，海口：海南出版社1995年版，第8页。
②　胡适：《〈水浒传〉考证》，见施耐庵著，汪原放标点，胡适主编：《水浒》，海口：海南出版社1995年版，第8页。
③　参阅［日］佐竹靖彦著，韩玉萍译：《梁山泊——〈水浒传〉一〇八名豪杰》，北京：中华书局2005年版，第30～31页。

（续上表）

小李广花荣	扑天雕李应	金枪手徐宁
急先锋索超	赛关索王雄	没遮拦穆弘
立地太岁阮小五	病尉迟孙立	插翅虎雷横
青面兽杨志	小李广花荣	混江龙李俊
赛关索杨雄	没羽箭张清	立地太岁阮小二
一撞直董平	没遮拦穆横	船火儿张横
两头蛇解珍	浪子燕青	短命二郎阮小五
美髯公朱仝	花和尚鲁智深	浪里白条张顺
没遮拦穆弘	行者武松	活阎罗阮小七
拼命三郎石秀	铁鞭呼延绰	病关索杨雄
双尾蝎解宝	急先锋索超	拼命三郎石秀
铁天王晁盖	拼命二郎石秀	两头蛇解珍
金枪班徐宁	火船工张岑	双尾蝎解宝
扑天雕李应	摸着天杜千	浪子燕青
	铁天王晁盖	

　　根据《癸辛杂识》中的《宋江三十六人赞》、《大宋宣和遗事》和《水浒传》中英雄们排座次的变化，论者指出，"《水浒传》座次排列以及故事情节，从宋末元初至明初都没有多大变化而被继承下来，但从明初至《大宋宣和遗事》出现期间，可以看到它有了相当大的变化，随后从《大宋宣和遗事》至《水浒传》，配合林冲和公孙胜的出场特写，故事内容发生了变化"①。论者的判断是基于"《大宋宣和遗事》产生于明初"的前提。至于《大宋宣和遗事》是产生于元末还是明初，观点还无法统一，但可以肯定，自宋至明，水浒故事叙述的变化相当大。

　　元朝时期，水浒故事的传播也相当广泛，目前所见的水浒故事主要保存在元曲"水浒"戏中。据资料统计，保存下来的"水浒"戏有：高文秀的《黑旋风双献功》（《录鬼簿》作《双献头》）、《黑旋风乔教学》、《黑旋风借尸还魂》、《黑旋风斗鸡会》、《黑旋风诗酒丽春园》、《黑旋风穷风月》、《黑旋风大闹牡丹园》、《黑旋风敷演刘耍和》，杨显之的《黑旋风乔断案》，康进之的《李逵负荆》、《黑旋风老收心》，红字李二的《板踏儿黑旋风》、《折担儿武松打虎》、《病杨雄》，李文蔚的《同乐院燕青博鱼》、《燕青射雁》，李致远的《都孔目风雨还牢末》，无名氏的《争报恩三虎下山》、《张顺水里抱怨》等。

　　根据胡适的观点，元代水浒戏曲故事叙述比较混杂，"当时的戏曲家对于梁山泊好汉的性情人格的描写还没有到固定的时候，还在极自由的时代：你造你的李逵，他造他的李逵；你造一本李逵《乔教学》，他便造一本李逵《乔断案》；你形容李逵的精细机警，他

---

　　① ［日］佐竹靖彦地，韩玉萍译：《梁山泊——〈水浒传〉一〇八名豪杰》，北京：中华书局2005年版，第36页。

描写李逵的细腻风流"①。但水浒叙事已朝定型化方向发展。据胡适推断，"梁山泊好汉戏都有一种很通行的'梁山泊故事'作共同的底本。……这时代的'梁山泊故事'有可以推知的几点：①宋江的历史，小节细目虽互有详略的不同，但大纲已渐渐固定，成为人人皆知的故事。②《宣和遗事》的三十六人，到元朝渐渐变成了'三十六大伙，七十二小伙'，已加到百零八人了。③梁山泊的声势越传越大，到元朝时便成了'纵横河港一千条，四下方圆八百里'的水浒了。④最重要的一点是元朝的梁山泊强盗渐渐变成了'仁义'的英雄"②。胡适认为，水浒叙事的定型化趋势，为《水浒传》的成书作了很好的铺垫。胡适对此作了一个判断："《水浒传》乃是从南宋初年（西历十二世纪初年）到明朝中叶（十五世纪末年）这四百年的'梁山泊故事'的结晶。"③但胡适也指出，"元朝的水浒故事决不是现在的《水浒传》；又可以断定那时代决不能产生现在的《水浒传》"④，其原因是"元朝文学家的文学技术，程度很幼稚，决不能产生我们现有的《水浒传》"⑤。

至于《水浒传》成书于何人之手，已见的文献资料说法不一。可资参证的有以下几条：

1. 《三国》、《宋江》二书，乃杭人罗本贯中所编。予意旧必有本，故曰编。《宋江》又曰钱塘施耐庵的本。[（明）郎瑛《七修类稿》卷二十三《辩证类·三国宋江演义》]

2. 《忠义水浒传》一百卷。钱塘施耐庵的本，罗贯中编次。[（明）高儒《百川书志》卷六《史部·野史》]

3. 钱塘罗贯中本者，南宋时人，编撰小说数十种，而《水浒传》叙宋江等事，奸盗脱骗机械甚详。[（明）田汝成《西湖游览志馀》卷二十五]

4. 元人武林施某所编《水浒传》特为盛行，世率以其凿空无据，要不尽尔也。[（明）胡应麟《少室山房笔丛》卷四十一《庄岳委谈下》]

5. 《水浒传》，罗贯著。贯字本中，杭州人，编撰小说数十种，而《水浒传》叙宋江等事，奸盗脱骗机械甚详。[（明）王圻《续文献通考》卷一百七十七《经籍考·传记类》]

6. 《幽闺》为施君美作。君美名惠，即作《水浒传》之耐庵居士也。（吴梅《顾曲麈谈·幽闺》）

7. 《水浒传》相传为洪武初越人罗贯中作，又传为元人施耐庵作。田叔禾《西湖游览志》又云，此书出宋人笔。近日金圣叹自七十回之后，断为罗贯中所续，极口诋罗，复

① 胡适：《〈水浒传〉考证》，见胡适著，易竹贤辑录：《胡适论中国古典小说》，武汉：长江文艺出版社1987年版，第189页。
② 胡适：《〈水浒传〉考证》，见胡适著，易竹贤辑录：《胡适论中国古典小说》，武汉：长江文艺出版社1987年版，第191～192页。
③ 胡适：《〈水浒传〉考证》，见胡适著，易竹贤辑录：《胡适论中国古典小说》，武汉：长江文艺出版社1987年版，第184页。
④ 胡适：《〈水浒传〉考证》，见胡适著，易竹贤辑录：《胡适论中国古典小说》，武汉：长江文艺出版社1987年版，第188页。
⑤ 胡适：《〈水浒传〉考证》，见胡适著，易竹贤辑录：《胡适论中国古典小说》，武汉：长江文艺出版社1987年版，第195页。

伪为施序于前，此书遂为施有矣。[（清）周亮工《书影》]

《水浒传》作者是谁以及何时创编的问题很复杂，目前存在很多学术争论。但有一点已成共识，即《水浒传》是水浒故事书写的"集大成"之作，它在艺术审美上超越了其他的水浒叙事。对此，胡适的观点很有代表性：

我们拿宋元时代那些幼稚的梁山泊故事，来比较这部《水浒传》，我们不能不佩服"施耐庵"的大匠精神与大匠本领；我们不能不承认这四百年中白话文学的进步很可惊异！……到了明朝中叶，"施耐庵"又用这个原百回本作底本，加上高超的新见解，加上四百年来逐渐成熟的文学技术，加上他自己的伟大创造力，把那草创的山寨推翻，把那些僵硬无生气的水浒人物一齐毁去；于是重兴水浒，再造梁山，画出十来个永不会磨灭的英雄人物，造成一部永不会磨灭的奇书。这部七十回的《水浒传》不但是集四百年水浒故事的大成，并且是中国白话文学完全成立的一个大纪元。[①]

在胡适看来，《水浒传》的成书，体现了文学技术的成熟，也包含了一种伟大的艺术创造力，由此而成为水浒叙事的"正版"与"经典"。与之相比，其他民间戏台上的水浒故事，俨然是"山寨"版。郑振铎认为："《忠义水浒传》的出现，乃见长篇小说的技术更进一步；由仅仅叙述史事的正史的翻本，一变而成为着意于叙写极短时间的一部分在历史上若有若无的英雄豪杰的 Romance。这时长篇小说的叙述描写，已由历史的拘束解放出来而入于自由抒笔挥写的程度，真不能不说是一个大进步。"[②] 明代胡应麟也持类似看法，他在《少室山房笔丛》里说："世所传《宣和遗事》极鄙俚，然亦是胜国时间阎俗说。中有南儒及省元等字面；又所记宋江三十六人，卢俊义作李俊义，杨雄作王雄，关胜作关必胜，自余俱小不同，并花石纲等事，皆似是《水浒》事本，倘出《水浒》后，必不更创新名。"[③] 胡应麟认为"《宣和遗事》极鄙俚"，然后又指出几个水浒人物人名的不同，其参照文本是《水浒传》，可见《水浒传》在水浒叙事中已具有经典范本的意义。

二、《水浒传》"经典"意蕴的揭橥

明代胡应麟的《少室山房笔丛》载曰："今世传街谈巷语有所谓演义者，盖尤在传奇、杂剧下，然元人武林施某所编《水浒传》特为盛行，世率以其凿空无据，要不尽尔也。……今世人耽嗜《水浒传》，至缙绅文士亦间有好之者。"[④] 所谓"世人耽嗜《水浒传》"，可见《水浒传》在当时已是深受大众欢迎的流行读物。在中国文统观念中，小说是不登大雅之堂的俗文学，《水浒传》要成为经典，一个重要前提是要获得缙绅文士等精

① 胡适：《〈水浒传〉考证》，见胡适著，易竹贤辑录：《胡适论中国古典小说》，武汉：长江文艺出版社1987年版，第210～211页。

② 郑振铎：《郑振铎古典文学论文集》（上），上海：上海古籍出版社1984年版，第342页。

③ 朱一玄、刘毓忱编：《水浒传资料汇编》，天津：南开大学出版社2002年版，第78页。

④ （明）胡应麟著：《少室山房笔丛》，上海：上海书店出版社2001年版，第436～437页。

英文化阶层的认同。

事实上，正是借几位名家的评点，《水浒传》的思想与艺术价值才被揭橥。其中李开先、天都外臣［（明）沈德符《野获编》卷五说是汪太函（道昆）的托名］、胡应麟和李贽等人物功不可没。

李开先的《一笑散·时调》曰："崔后渠、熊南沙、唐荆川、王遵岩、陈后冈谓《水浒传》委曲详尽，血脉贯通，《史记》而下，便是此书。且古来更未有一事而二十册者。倘以奸盗诈伪病之，不知序事之法，学史之妙也。"① 李开先把《水浒传》抬到很高的艺术地位：一方面，把它与司马迁的《史记》相比较，本身就意味着《水浒传》的价值不容忽视；另一方面，高度赞扬《水浒传》"委曲详尽，血脉贯通"的结构艺术。从篇幅规模看，"一事而二十册"在当时可视为鸿篇巨制。明代的天都外臣在《水浒传序》中认为，"小说之兴，始于宋仁宗。……其书无虑数百十家，而《水浒》称为行中第一"②。胡应麟则指出：

> 二十年前所见《水浒传》本尚足寻味，十数载来为闽中坊贾刊落，止录事实，中间游词余韵、神情寄寓处一概删之，遂几不堪覆瓿，复数十年无原本印证，此书将永废矣。［（明）胡应麟《少室山房笔丛》卷四十一《庄岳委谈下》］

胡应麟认为，《水浒传》"述情叙事针工密致，亦滑稽之雄也"；"至其排比一百八人，分量重轻，纤毫不爽，而中间抑扬映带，回护咏叹之工，真有超出语言之外者"③。"述情叙事"的评语，承续了李开先和天都外臣等人评价《水浒传》的观点；"排比一百八人，分量重轻，纤毫不爽"，涉及《水浒传》在人物个性塑造方面的艺术；"抑扬映带，回护咏叹之工，真有超出语言之外"，意味着《水浒传》具有一种值得细嚼的精英艺术趣味。这为后来李贽和金圣叹等人的《水浒传》评点开启了艺术批评空间。

李贽在他的《童心说》中，以"童心"作为文学批评标准，以新的历史眼光看待文学。他在《童心说》中提出："诗何必古选，文何必先秦。降而为六朝，变而为近体；又变而为传奇，变而为院本，为杂剧，为《西厢曲》，为《水浒传》，为今之举子业，皆古今至文，不可得而时势先后论也。"④ 李贽打破雅俗文学的界限，把《水浒传》看作"至文"，大大抬高了它的文学地位。

在思想主题方面，李贽在《明容与堂本忠义水浒传·序》中认为，《水浒传》是"发愤之所作"，其时代原因是"宋室不竞，冠屦倒施，大贤处下，不肖处上"。在序中，李贽肯定水浒好汉都是"大力大贤有忠有义之人"，尤其肯定宋江的"忠义"之心，同时认为《水浒传》有很好的社会教育意义，即"有国者不可以不读，一读此传，则忠义不在水浒，而皆在于君侧矣。贤宰相不可以不读，一读此传，则忠义不在水浒，而皆在于朝廷矣。兵部掌军国之枢，督府专阃外之寄，是又不可以不读也，苟一日而读此传，则忠义不

① 朱一玄、刘毓忱编：《水浒传资料汇编》，天津：南开大学出版社 2002 年版，第 167 页。
② 朱一玄、刘毓忱编：《水浒传资料汇编》，天津：南开大学出版社 2002 年版，第 167 页。
③ （明）胡应麟著：《少室山房笔丛》，上海：上海书店出版社 2001 年版，第 437 页。
④ （明）李贽著，张建业整理：《李贽文集》，北京：社会科学文献出版社 2000 年版，第 127 页。

在水浒，而皆为干城心腹之选矣"①。概言之，李贽认为《水浒传》是符合正统思想观念的。在艺术审美方面，李贽强调《水浒传》的艺术虚构性、人物个性及其叙事艺术。鉴于李贽的文化影响力，明末许多评点著作都托名"李贽"。

从上述几个批评家的评点可以看出，《水浒传》获好评之处在于以下几个方面：其一，是它的鸿篇巨制。长期以来，我国主流文学传统以诗词歌赋等抒情性文学为主，这些文学体裁的篇幅相对短小，相比而言，《水浒传》的篇幅确实算得上创举。其二，是它的叙事性，尤其是它的叙事结构艺术。其结构技巧体现在文本前后呼应以及省略、悬念等造成的艺术效果上。其三，是它的虚构性。这方面可以看作是对史传叙事传统的突破。其四，是它的写人艺术。总体来看，《水浒传》的艺术审美趣味得到了批评家们的认同。批评家对《水浒传》的评点，一方面凸显了《水浒传》的文学经典价值，另一方面也为清初金圣叹的《水浒传》批评作了充分的理论准备。

三、金圣叹与《水浒传》的"经典化"

据清人段玉裁《说文解字注》，"经典"一词中的"经"字解释为"织之从丝谓之经，必有经而后有纬。是故三纲五常六艺谓之天地之常经"②。"经"字后被引申为"标准"、"规范"等意义；"典"被释为"典，大册也"③，意指重要的册书。可见，"经典"概念意味着文本的规范化和定型化。在《水浒传》"经典化"过程中，金圣叹的一个重要贡献是按照自己的美学理解，对《水浒传》文本进行规范定型。他腰斩《水浒传》，把《水浒传》整合为七十回，目的是使《水浒传》成为一个首尾贯通的经典文本："如《水浒传》七十回，只用一目俱下，便知其二千馀纸，只是一篇文字。中间许多事体，便是文字起承转合之法。"④ 他的经典观在《西厢记》评点中也有过表露："《西厢记》乃是如此神理，旧时见人教诸忤奴于红氍毹上扮演之，此大过也。"在金圣叹看来，案头化、经典化的《西厢记》在艺术上已超越舞台上伶人演出的《西厢记》。同理，金圣叹也希望自己删批的《水浒传》能够成为"封关之丸泥"："夫身为庶人，无力以禁天下之人作书，而忽取牧猪奴手中之一编，条分而节解之，而反能令未作之书不敢复作，已作之书一旦尽废，是则圣叹廓清天下之功为更奇于秦人之火，故于其首篇叙述古今经书兴废之大略如此。虽不敢自谓斯文之功臣，亦庶几封关之丸泥也。"⑤

金圣叹之所以这样做，与他心目中固有的经典观念是分不开的。对此，我们可以他的《水浒传序一》为例略加解析。表面来看，金圣叹在他的《水浒传序一》中，并没有直接对《水浒传》进行品评、批点，而是绕弯去探讨圣人作书的问题。《水浒传序一》言道：

① （明）李贽：《忠义水浒传序》，见朱一玄、刘毓忱编：《水浒传资料汇编》，天津：南开大学出版社 2002 年版，第 172 页。

② （清）段玉裁：《说文解字注》，上海：上海古籍出版社 1981 年版，第 644 页。

③ （清）段玉裁：《说文解字注》，上海：上海古籍出版社 1981 年版，第 200 页。

④ （清）金圣叹：《读第五才子书法》，见朱一玄、刘毓忱编：《水浒传资料汇编》，天津：南开大学出版社 2002 年版，第 219 页。

⑤ （清）金圣叹：《水浒传序一》，见朱一玄、刘毓忱编：《水浒传资料汇编》，天津：南开大学出版社 2002 年版，第 211 页。

"原夫书契之作，昔者圣人所以同民心而出治道也。"① 金圣叹认为："作书圣人之事也，非圣人而作书，其人可诛其书可烧也。何也？非圣人而作书其书破道，非天子而作书其书破治，破道与治，是横议也。横议则乌得不烧？横议之人则乌得不诛？故秦人烧书之举，非直始皇之志亦仲尼之志。"② 在金圣叹看来，"作书"是天子圣人之事，反过来说，天子圣人所作之书当然是经典之作，其他乱七八糟的书都在可烧之列，因为这些书的存在会遮蔽经典的光芒。金圣叹狠批汉以来的"求书"之祸："无何汉兴，又大求遗书。当时在廷诸臣，以献书进者多有。于是四方功名之士，无人不言有书。一时得书之多，反更多于未烧之日。今夫自古至今，人则知烧书之为祸至烈，又岂知求书之为祸尤烈哉？烧书而天下无书，天下无书，圣人之书所以存也；求书而天下有书，天下有书，圣人之书所以亡也。"③ 金圣叹对于书籍有着强烈的经典意识。他认为经典之作应当是作者呕心沥血、精心营构的精品之作。"故依世人之所谓才，则是文成于易者才子也；依古人之谓才，则必文成于难者才子也。依文成于易之说，则是迅速挥扫，神气扬扬者才子也；依文成于难之说，则必心绝气尽，面犹死人者才子也。……若夫施耐庵之书，而亦必至于心尽气绝，面犹死人，而后其才前后缭绕，始得成书。"④ "才子书"的观念使《水浒传》的文本价值得以充分凸显。

金圣叹把《水浒传》看作第五才子书，认为"天下之文章，无有出《水浒》右者；天下之格物君子，无有出施耐庵先生右者"⑤。这个判断是金圣叹对《水浒传》艺术审美特质的总概括。统观金批《水浒传》，能够发现，金圣叹主要从以下两个方面阐释《水浒传》的艺术审美性：

其一，用传统诗文的文法观念批点《水浒》，初步建立起中国叙事学的理论框架。金圣叹认为："《水浒》之文精严，读之即得读一切书之法也。汝真能善得此法，而明年经业既毕，便以之遍读天下之书，其易果如破竹也者，夫而后叹施耐庵《水浒传》真为文章之总持。"⑥ 在金圣叹看来，《水浒传》"字有字法，句有句法，章有章法，部有部法"⑦。他总结出《水浒传》"非他书所曾有"的许多文法，其中有"倒插法"、"夹叙法"、"草蛇灰线法"、"大落墨法"、"绵针泥刺法"、"背面铺粉法"、"弄引法"、"獭尾法"、"正犯法"、"略犯法"、"欲合故纵法"、"横云断山法"、"鸾胶续弦法"等。金圣叹认为，阅读

① （清）金圣叹：《水浒传序一》，见朱一玄、刘毓忱编：《水浒传资料汇编》，天津：南开大学出版社 2002 年版，第 206 页。

② （清）金圣叹：《水浒传序一》，见朱一玄、刘毓忱编：《水浒传资料汇编》，天津：南开大学出版社 2002 年版，第 207 页。

③ （清）金圣叹：《水浒传序一》，见朱一玄、刘毓忱编：《水浒传资料汇编》，天津：南开大学出版社 2002 年版，第 208 页。

④ （清）金圣叹：《水浒传序一》，见朱一玄、刘毓忱编：《水浒传资料汇编》，天津：南开大学出版社 2002 年版，第 210～211 页。

⑤ （清）金圣叹：《水浒传序三》，见朱一玄、刘毓忱编：《水浒传资料汇编》，天津：南开大学出版社 2002 年版，第 213 页。

⑥ （清）金圣叹：《水浒传序三》，见朱一玄、刘毓忱编：《水浒传资料汇编》，天津：南开大学出版社 2002 年版，第 215 页。

⑦ （清）金圣叹：《水浒传序三》，见朱一玄、刘毓忱编：《水浒传资料汇编》，天津：南开大学出版社 2002 年版，第 214 页。

旧时《水浒传》，只是"晓得许多闲事"，而读他的批点本，"便晓得许多文法"。这样，金批《水浒传》就从其他版本的《水浒传》中脱颖而出，成为智识者品阅的精良文本："旧时《水浒传》，贩夫皂隶都看。此本虽不曾增减一字，却是与小人没分之书。必要真正锦绣心肠者，方解说道好。"①金圣叹认为《水浒传》在叙事艺术方面超越了《史记》，其原因是"《史记》是以文运事，《水浒》是因文生事。以文运事，是先有事生成如此如此，却要算计出一篇文字来。虽是史公高才，也毕竟是吃苦事。因文生事即不然，只是顺着笔性去，削高补低都由我"②。可见，《水浒传》的叙事已摆脱史实束缚，充分获得文学叙事的自由。

其二，初步建立小说人物性格理论。在人物性格塑造方面，金圣叹认为，"《水浒》所叙，叙一百八人，人有其性情，人有其气质，人有其形状，人有其声口"③。《水浒传》独特的艺术魅力之一，即在于作品的人物性格刻画："别一部书，看过一遍即休。独有《水浒传》，只是看不厌。无非为他把一百八个人性格，都写出来。《水浒传》写一百八个人性格，真是一百八样。若别一部书，任他写一千个人，也只是一样。便只写得两个人，也只是一样。"④在人物刻画方法上，一方面尽量写出同一人物性格的丰富性，如写鲁达，"论粗卤处，他也有些粗卤；论精细处，他亦甚是精细"⑤。另一方面，也尽量写出同类性格人物之不同个性："《水浒传》只是写人粗卤处，便有许多写法：如鲁达粗卤是性急，史进粗卤是少年任气，李逵粗卤是蛮，武松粗卤是豪杰不受羁勒，阮小七粗卤是悲愤无说处，焦挺粗卤是气质不好。"⑥

对于《水浒传》的人物刻画方法，金圣叹作了很好的概括。其中他提出"未临文"、"亲动心"、"因缘生法"等艺术创作理念。比如，《第五才子书施耐庵水浒传》第五十五回回评曰：

盖耐庵当时之才，吾直无以知其际也。其忽然写一豪杰，即居然豪杰也；其忽然写一奸雄，即又居然奸雄也；甚至忽然写一淫妇，即居然淫妇；今此篇写一偷儿，即又居然偷儿也。……谓耐庵非淫妇非偷儿者，此自是未临文之耐庵耳。……若夫既动心而为淫妇，既动心而为偷儿，则岂惟淫妇、偷儿而已。惟耐庵于三寸之笔，一幅之纸之间，实亲动心而为淫妇，亲动心而为偷儿。既已动心则均矣，又安辩泚笔点墨之非入马通奸，泚笔点墨之非飞檐走壁耶？经曰："因缘和合，无法不有。"自古淫妇无印版偷汉法，偷儿无印版做

① （清）金圣叹：《读第五才子书法》，见朱一玄、刘毓忱编：《水浒传资料汇编》，天津：南开大学出版社 2002 年版，第 225 页。（金圣叹名人瑞，本书所引其作品原署"金人瑞"处，径改为"金圣叹"。）

② （清）金圣叹：《读第五才子书法》，见朱一玄、刘毓忱编：《水浒传资料汇编》，天津：南开大学出版社 2002 年版，第 219 页。

③ （清）金圣叹：《水浒传序三》，见朱一玄、刘毓忱编：《水浒传资料汇编》，天津：南开大学出版社 2002 年版，第 213 页。

④ （清）金圣叹：《读第五才子书法》，见朱一玄、刘毓忱编：《水浒传资料汇编》，天津：南开大学出版社 2002 年版，第 220 页。

⑤ （清）金圣叹：《读第五才子书法》，见朱一玄、刘毓忱编：《水浒传资料汇编》，天津：南开大学出版社 2002 年版，第 221 页。

⑥ （清）金圣叹：《读第五才子书法》，见朱一玄、刘毓忱编：《水浒传资料汇编》，天津：南开大学出版社 2002 年版，第 221 页。

贼法，才子亦无印板做文字法也。因缘生法，一切具足。……而耐庵作《水浒》一传，直以因缘生法为其文字总持，是深达因缘也。①

在金圣叹看来，作者一旦进入"亲动心"的创作状态，则可"因缘生法"，调动一切资源，进行想象性营构，从而创作出颇具艺术个性的作品。

总之，金圣叹是《水浒传》"经典化"过程中非常重要的一个批评家。一方面，他腰斩评点的七十回本《水浒传》文本在艺术上显得更成熟，故成为清以来最流行的版本。对此，清代学者黄叔瑛曰："院本之有《西厢》，稗官之有《水浒》，其来旧矣。一经圣叹点定，推为'第五才子'、'第六才子'，遂成锦心绣口，绝世妙文，学士家无不交口称奇，较之从前俗刻，奚啻［音］什佰过之？信乎笔削之能，功倍作者。"②刘半农亦有过类似的评价："金圣叹对于《水浒》之功，第一在于删改；他把旧本中要不得的部分削去了，把不大好的部分改好了。第二在于圈点和批语……对于初学，我却以为正当的圈点和批语，是很有帮助的。……用我们现在的眼光看金圣叹的《水浒》，他的删改，亦许可以说还没有达到理想的程度，他的圈点和批语，亦许还有些地方过于酸溜溜。但他毕竟是个才子。就全体而论，他对于《水浒》只是有功，不是有罪。"③郑振铎也认为："金圣叹本也有它的优点。第一，它已经包括《水浒传》的精华和主要部分，第二，在文字上也是一般地比其他的版本洗练和统一些。它在近三百年来最流行，是有原因的。"④另一方面，金圣叹通过揭示《水浒传》的叙事与人物刻画艺术，基本确定了清以后《水浒传》批评阐释的框架模式。

当然，金圣叹把《水浒传》看作才子之文，把《水浒传》的艺术成就归之于个人（施耐庵），实际上是把《水浒传》这部基于口头传播的世代累积型作品完全看成是文人独创的小说，故他对《水浒传》的批评阐释出现了一些不容忽视的偏差。以第二十四回"王婆贪贿说风情 郓哥不忿闹茶肆"中王婆给西门庆设计"十分光"的情节为例：

我却走将过去，问他讨茶吃，却与这雌儿说道："有个施主官人，与我一套送终衣料，特来借历头，央及娘子与老身拣个好日，去请个裁缝来做。"他若见我这般说，不睬我时，此事便休了。他若说："我替你做。"不要我叫裁缝时，这便有一分光了。我便请他家来做。他若说："将来我家里做。"不肯过来，此事便休了。他若欢天喜地说："我来做，就替你裁。"这光便有二分了。若是肯来我这里做时，却要安排些酒食点心请他。第一日，你也不要来。第二日，他若说不便，当时定要将家去做，此事便休了。他若依前肯过我家做时，这光便有三分了。这一日，你也不要来。到第三日晌午前后，你整整齐齐打扮了

① （清）金圣叹：《贯华堂所藏古本水浒传前自有序一篇今录之》，见朱一玄、刘毓忱编：《水浒传资料汇编》，天津：南开大学出版社2002年版，第285～286页。

② （清）黄叔瑛：《第一才子书三国志序》，见朱一玄编：《明清小说资料选编》（上），天津：南开大学出版社2006年版，第71页。

③ 刘半农：《影印贯华堂原本〈水浒传〉序》，见南京大学中文资料室编：《水浒研究资料》，南京：南京大学中文系资料室1980年版，第299页。

④ 郑振铎：《〈水浒全传〉序》，见南京大学中文系资料室编：《水浒研究资料》，南京：南京大学中文系资料室1980年版，第484页。

来，咳嗽为号。你便在门前说道："怎地连日不见王干娘？"我便出来，请你入房里来。若是他见你入来，便起身跑了归去，难道我拖住他？此事便休了。他若见你入来，不动身时，这光便有四分了。坐下时，便对雌儿说道："这个便是与我衣料的施主官人。亏煞他！"我夸大官人许多好处，你便卖弄他的针线。若是他不来兜揽应答，此事便休了。他若口里应答说话时，这光便有五分了。我却说道："难得这个娘子与我作成出手做。亏煞你两个施主：一个出钱的，一个出力的。不是老身路歧相央，难得这个娘子在这里，官人好做个主人，替老身与娘子浇手。"你便取出银子来央我买。若是他抽身便走时，不成扯住他？此事便休了。他若是不动身时，事务易成，这光便有六分了。我却拿了银子，临出门对他道："有劳娘子相待大官人坐一坐。"他若也起身走了家去时，我也难道阻当他？此事便休了。若是他不起身走动时，此事又好了，这光便有七分了。等我买得东西来，摆在桌子上，我便道："娘子且收拾生活，吃一杯儿酒，难得这位官人坏钞。"他若不肯和你同桌吃时，走了回去，此事便休了。若是他只口里说要去，却不动身时，此事又好了，这光便有八分了。待他吃的酒浓时，正说得入港，我便推道没了酒，再叫你买，你便又央我去买。我只做去买酒，把门曳上，关你和他两个在里面。他若焦躁，跑了归去，此事便休了。他若由我曳上门，不焦躁时，这光便有九分了。只欠一分光了便完就。这一分倒难。大官人，你在房里，着几句甜净的话儿，说将入去。你却不可躁暴，便去动手动脚，打搅了事，那时我不管。你先假做把袖子在桌上拂落一双箸去，你只做去地下拾箸，将手去他脚上捏一捏。他若闹将起来，我自来搭救，此事也便休了，再也难得成。若是他不做声时，此是十分光了。他必然有意，这十分事做得成。①

潘金莲与西门庆的故事，在《水浒传》中算是写得比较精彩的。但稍加注意即可看出，这段王婆给西门庆出谋划策的故事叙述，基本上沿用一个套路模式：王婆或西门庆做哪些事，随后观察潘金莲的反应如何。潘金莲如果怎样，此事"便有×分光了"；而如果不怎样，"此事便休了"。一口气竟能叙述到"十分光"。这种捣烂揉碎的叙述模式恐怕只有在古代说书中才能见到。更烦琐的是，小说后面的文本又依葫芦画瓢，大致按照这个模式把故事复述一遍。从说书的角度看，这种安排有其道理。这是因为，一方面，说书面对的听众文化水平不高，提前交代故事，能够给听众铺个底，使他们在听后面的故事时不至于感到突兀；另一方面，王婆的计谋本身也很"精彩"，听众愿意听，说书者为取悦听众，所以就乐此不疲地讲，此即说书的技巧："热闹处，敷衍得越久长"（《醉翁谈录·舌耕叙引》）。当然，纯文人独创的小说一般会采取极速跳跃的叙述策略。这样的情节安排不仅节省笔墨，也给读者心里留下悬念，读者由此更关注这条锦囊妙计如何实施。

金圣叹显然没有注意到"十分光"情节中的口头文化遗存，反而认为这是施耐庵的才气使然，他评论道："写王婆定计，只是数语可了。看他偏能一波一桀，一吐一吞，随心恣意，排出十分光来；于十分光前，偏又能随心恣意，先排出五件事来：真所谓其才如

① 本书所引的《水浒传》原文以人民文学出版社1975年版本为依据，后文不再一一注明。引自《水浒传》的第325~326页。

海，笔墨之气，潮起潮落者也。"① 由此可见，金圣叹在文本阐释上的偏差，往往表现为过分夸大《水浒传》的审美艺术价值。另外，他的文法批评观念及方法也受后人诟病："金圣叹这个人，见解虽独高千古，究竟是三百年前的评文大选家，使用评文的眼光，批点水浒；说什么：'倒插法'，'夹叙法'，……种种等类；已觉得有些陈腐，沾染八股的习气；他还要逐句评断，更不免支离穿凿，把一部水浒，弄得凌迟碎剐，反不能够直截了当，爽爽快快的读下去；所以我凭着愚见，决意把一切评法，尽行除掉，免得断断续续，分了读者的心；并且要读者自己用一点脑力，辨辨这部水浒传的滋味，方不被古人的铁板注脚，拘住了我的观念……"②

第三节　"以西律中"批评观与《水浒传》的现代阐释

一、中西小说观的差异

在西方文论发展史上，学者们在建构其理论时，只是把欧洲文学作为学术考察的范围，并未把世界其他地区的文学考虑在内，这明显存在欧洲中心主义倾向。英国美学史家鲍桑葵认为，古代或近代的中国和日本等东方艺术中的"审美意识还没有达到上升为思辨理论的地步"③。这一判断除无视"他者"文化的艺术审美特质之外，明显有文化歧视的意味，即"把一切对欧洲艺术意识的连续性发展没有关系的材料排除在外"④；"中国和日本的艺术之所以同进步种族的生活相隔绝，之所以没有关于美的思辨理论，肯定同莫里斯先生所指出的这种艺术的非结构性有必然的基本联系"⑤。近现代以来，伴随着西方文化越来越强势，这种学术观念正逐渐渗透到世界各地。从这个角度上看，后殖民主义提出的欧洲文化霸权观不无道理。我们现代的文学观实际上也是从西方文学经验中提炼出来的文学观，亦即"literature"⑥。由于文化语境的不同，这种西化的文学观与中国传统的文学经验存在较大差异。

中国的文学观念经历了不同的变化。在古籍文献中，"文学"一词最早见于《论语》，其中载曰："文学：子游，子夏。"（《论语·先进》）一般认为，孔子的"文学"概念是指文章博学。总体而言，中国文学观念的内涵是不断变化的。"诗言志"（《尚书·尧典》）、"诗缘情"（陆机《文赋》）、"诗者，吟咏情性也"（严羽《沧浪诗话》）、"诗者，

---

① （清）金圣叹：《贯华堂所藏古本水浒传前自有序一篇今录之》，见朱一玄、刘毓忱编：《水浒传资料汇编》，天津：南开大学出版社 2002 年版，第 252 页。
② 江荫香：《新式水浒编订大意》，见南京大学中文系资料室编：《水浒研究资料》，南京：南京大学中文资料室 1980 年版，第 176 ~ 177 页。
③ ［英］鲍桑葵著，张今译：《美学史》（前言），北京：商务印书馆 1985 年版，第 2 页。
④ ［英］鲍桑葵著，张今译：《美学史》（前言），北京：商务印书馆 1985 年版，第 2 页。
⑤ ［英］鲍桑葵著，张今译：《美学史》（前言），北京：商务印书馆 1985 年版，第 3 页。
⑥ "literature"在西方不同历史时期有不同的指涉内涵。

根情，苗言，华声，实义"（白居易《与元九书》）等论断，从不同的角度丰富了对文学（诗）的理解。

就小说体裁而言，中西文学观念的差别更大。在古代中国，"小说"一词最早见于《庄子·外物》："饰小说以干县令，其于大达亦远矣。"庄子的"小说"概念是指相对于高言大义而言的一种"琐屑之言"或"小言"，这可视为中国"小说"的原初义。此后，"小说"概念逐渐发生一些变化。东汉桓谭的《新论》曰："若其小说家，合丛残小语，近取譬论，以作短书，治身理家有可观之辞。"① 桓谭认为，"小说"虽不能作为施政育民的"大道"，但已具有"治身理家"的价值。班固的《汉书·艺文志》② 认为："小说家者流，盖出于稗官，街谈巷语、道听涂说者之所造也。孔子曰：'虽小道必有可观者焉，致远恐泥，是亦君子弗为也。然亦弗灭也。'闾里小知者之所及，亦使缀而不忘，如或一言可采，此亦刍荛狂夫之议也。"在先秦诸子分类中，班固把"小说家"与儒家、道家、墨家等并列。根据班固的理解，小说虽划归为缺乏根据的野史奇谈，但有其"可观"之处。而他的推断——"盖出于稗官，街谈巷语、道听涂说者之所造"——中的"造"字则点出了小说的虚构性质，接近今天的小说概念。

东汉时期，"小说"包括神怪事迹，属于儒家"敬而远之"的范畴。据此而论，魏晋时期的《搜神记》也可看作"小说"。可见，魏晋时期的"小说"概念主要是文化学意义上的概念，而非现在的文体概念。唐宋时期，刘知几把小说分为十类："其流有十焉：一曰偏记，二曰小录，三曰逸事，四曰琐言，五曰郡书，六曰家史，七曰别传，八曰杂记，九曰地理书，十曰都邑簿。"（《史通杂述》）③ 参照刘知几的说法，"小说"是典型的杂文体。这一时期，与现代小说概念相近的是"传奇"。总之，宋以前的小说被很多学者称为"古小说"，这种古小说既不同于宋明时期起源于说书话本的通俗章回体小说，更不同于西方现代的小说。

由以上粗略的梳理可知，中西的小说概念有很大差异。但在19世纪中期，随着西方文化观念传入中国，林纾、严复等人借用"小说"一词翻译西方的"fiction"与"novel"概念，故"小说"逐渐成为一种与西方接轨的文体。

维新派人士梁启超等注意到小说启迪民众的教育作用，于是大力倡导"小说界革命"。梁启超的《论小说与群治之关系》曰：

欲新一国之民，不可不先新一国之小说。故欲新道德，必新小说；欲新宗教，必新小说；欲新政治，必新小说；欲新风俗，必新小说；欲新学艺，必新小说；乃至欲新人心、欲新人格，必新小说。何以故？小说有不可思议之力支配人道故。④

① （汉）桓谭著：《新论》，上海：上海人民出版社1977年版，第71页。
② 学者王齐洲先生根据《汉书·艺文志》的著录情况，提出小说起源于汉武帝时的方士。参阅王齐洲：《中国小说起源探迹》，见王齐洲：《中国文学观念论稿》，武汉：湖北教育出版社2004年版，第393~406页。
③ 任继愈主编：《中华传世文选·骈文类纂》，长春：吉林人民出版社1998年版，第66页。
④ （清）梁启超：《论小说与群治之关系》，见陈平原、夏晓虹编：《二十世纪中国小说理论资料》（第一卷），北京：北京大学出版社1989年版，第33页。

这段概括性的文字充分体现了梁启超的"新小说"观。其一，梁启超赋予小说以超强的社会功能："欲新一国之民，不可不先新一国之小说。故欲新道德，必新小说；欲新宗教，必新小说；欲新政治，必新小说；欲新风俗，必新小说；欲新学艺，必新小说；乃至欲新人心，欲新人格，必新小说。"梁启超认为，小说具有改良教育、宗教、政治和国民性格等多种社会功能。故此，小说的地位空前提高，被尊为"文学之最上乘"，而不是过去所认为的"街谈巷语"和"琐屑之言"。其二，小说社会功能的实现仰赖于"小说有不可思议之力支配人道"。也就是说，小说社会功能的实现，在于小说本身有一种强大的审美力量，它能够"导人游于他境界，而变换其常触常受之空气"，从而使读者有一种"身外之身、世界外之世界"的别样人生体验。其三，小说能够艺术地再现人们"行之不知，习矣不察"的生活表象，从而唤起读者"于我心有戚戚焉"的真切感受。借用俄国形式主义理论的观点，即在日常生活中，人们对熟知的事物虽感觉麻木，但艺术能够以一种陌生化或新奇的方式，重新唤起对事物的新奇感。

显然，梁启超的小说观念是一种典型的西方小说观念，他对小说抱有很高的期望值："今日欲改良群治，必自小说界革命始！欲新民，必自新小说始！"而以这种小说观念来反观中国的古典小说，它们则有许多不足，亟待"改良"：

今我国民轻弃信义，权谋诡诈，云翻雨覆，苛刻凉薄，驯至尽人皆机心，举国皆荆棘者，曰惟小说之故。今我国民轻薄无行，沉溺声色，缱恋床笫，缠绵歌泣于春花秋月，销磨其少壮活泼之气；青年子弟，自十五岁至三十岁，惟以多情多感多愁多病为一大事业，儿女情多，风云气少，甚者为伤风败俗之行，毒遍社会，曰惟小说之故。今我国民绿林豪杰，遍地皆是，日日有桃园之拜，处处为梁山之盟，所谓"大碗酒，大块肉，分秤称金银，论套穿衣服"等思想，充塞于下等社会之脑中，遂成为哥老、大刀等会，卒至有如义和拳者起，沦陷京国，启召外戎，曰惟小说之故。①

从梁启超的"新小说"观来看，《水浒传》等中国传统小说有诸多缺陷，对社会伦理道德更是有很大的负面影响，这是梁启超倡导"小说界革命"的重要原因。小说观念的更新必然渗透到具体作品的批评阐释中。

二、"以西律中"批评视域下的《水浒传》阐释

受西学东渐的文化思潮的影响，在中国近代文化发展史上，"取外来之观念与固有材料之互相参证"②，成为普遍的学术取向。这种学术观念在中国小说批评中也明显存在。学者刘勇强先生指出："'以西例律我国小说'成为该时代的一种小说观，并深刻影响到

---

① （清）梁启超：《论小说与群治之关系》，见陈平原、夏晓虹编：《二十世纪中国小说理论资料》（第一卷），北京：北京大学出版社1989年版，第36页。

② 陈寅恪：《王静安先生遗书·序》，见刘桂生、张步洲编：《陈寅恪学术文化随笔》，北京：中国青年出版社1996年版，第5页。

后来中国小说观念的发展。"① 同时，根据该学者的说法："'以西例律我国小说'出自《新小说》1905 年刊《小说丛话》中定一之语。它很精确地概括了按照西方小说的标准来衡量和要求中国小说的批评观念与方法。"②

从文学批评层面而言，"以西律中"的小说批评现象有两点值得注意：其一，就小说文体而言，由于中国小说一直处于不登大雅之堂的通俗文学地位，故完整的学术批评体系并未建立起来③。比如，陈钧在《小说通义》中认为，中国小说"由来虽久，著作虽多，而历数千年，至今从未有能阐明其微旨，与确当不易之界说，固不得不借助于西人之论也"④。当时的中西小说已成为一种读者受众面很广的文学读物，文学实践经验的发展，要求学术理论批评作出回应。其二，一方面，在"西例"的观照下，中国传统小说的缺点尽显无遗；另一方面，中国传统小说价值的阐扬，也是靠西方审美理论的辉映。比如，王国维在《〈红楼梦〉评论》中认为《红楼梦》是一部"彻头彻尾的悲剧"，其背后深层的学术观念则是《红楼梦》"大背于吾国人之精神"。

刘勇强先生对"以西例律我国小说"的理论利弊作了总结。一方面，其弊端在于，"在长期的演变过程中，古代小说形成了一套自己独特的结构方式。例如在通俗小说的早期，说书艺人在自己的艺术实践中，创造了一系列适应表演伎艺与听众接受习惯的结构方式，在时间叙事中的'说时迟，那时快'、'有话则长，无话则短'，空间叙事中的'花开两朵，各表一枝'等，以及在叙事节奏中以情节单元为中心，组织段落，并最终形成章回体制，都不能简单地纳入'西例'当中去。从观念层面来看，一部小说作品，尤其是长篇小说，往往还具有外在表层叙述结构与深层思想结构的相互配合，诸如因果报应、轮回、大团圆等，都可能成为中国小说结构的关键要素，这些同样无法简单地纳入'西例'中去"⑤。另一方面，其积极作用则在于：①"新的小说观从抬高小说的社会作用入手，使小说，特别是通俗小说作为一种人类的审美活动，得到了充分的肯定，从而形成了真正意义上的小说本体论"；②"'以西例律我国小说'也揭示出传统小说理论所不注意的一些艺术特点"；③"'以西例律我国小说'还为中国传统的小说理论的改造与发展提供了有参考意义的借鉴"；④"在西方小说及理论的参照下，中国小说的独特地位与特点才有可能得到相应的思考"⑥。刘勇强先生的概括是非常精当的。

因及诲淫诲盗的负面影响，清政府把《水浒传》列为禁书。但在"小说界革命"的文学改良运动中，一些受西方观念影响的新知识分子，看到了小说在宣传思想政治方面的舆论工具价值，于是大力抬高小说在文学中的地位，"我国小说，汗牛充栋，而其尤者，

---

① 刘勇强：《一种小说观及小说史观的形成与影响——20 世纪"以西例律我国小说"现象分析》，《文学遗产》2003 年第 3 期，第 109 页。

② 刘勇强：《一种小说观及小说史观的形成与影响——20 世纪"以西例律我国小说"现象分析》，《文学遗产》2003 年第 3 期，第 109 页。

③ 李贽、金圣叹的评点批评只是一种文学鉴赏，缺乏现代学理批评的学术追求，因此算不上严格的学术批评。

④ 严家炎编：《二十世纪中国小说理论资料》（第二卷），北京：北京大学出版社 1997 年版，第 300 页。

⑤ 刘勇强：《一种小说观及小说史观的形成与影响——20 世纪"以西例律我国小说"现象分析》，《文学遗产》2003 年第 3 期，第 121 页。

⑥ 刘勇强：《一种小说观及小说史观的形成与影响——20 世纪"以西例律我国小说"现象分析》，《文学遗产》2003 年第 3 期，第 122 页。

莫如《水浒传》、《红楼梦》二书"①；"如《水浒》武大郎一传，叙西门庆、潘金莲等事，初非有奇事新理，不过就寻常日用琐屑叙来，与人人胸中之情理相印合，故自来言文章者推为绝作"②。也有论者运用西方的民主、民权等政治观念来解读《水浒传》，认为《水浒传》具有很大的思想价值。定一认为："有说部书名《水浒》者，人以为崔苻宵小传奇之作，吾以为此即独立自强而倡民主、民权之萌芽也。何以言之？其书中云，旗上书'替天行道'，又书于其堂曰'忠义堂'，以是言之耳。虽然，欲倡民主，何以不言'替民行道'也？"③ 这种阐释基本上是以西方的政治思想观对《水浒传》作生硬解释。天僇生（王钟麒）则认为："吾尝谓《水浒传》，则社会主义之小说也。"④ 他在《中国三大家小说论赞》一文中进一步认为："生民以来，未有以百八人组织政府，而人人平等者，有之，惟《水浒传》。使施耐庵而生于欧美也，则其人之著作，当与柏拉图、巴枯宁、托尔斯泰、迭盖司诸氏相抗衡。观其平等级，均财产，则社会主义小说也；其复仇怨，贼污吏，则虚无党之小说也；其一切组织，无不完备，则政治小说也。"⑤ 黄人则说："《水浒》一书，纯是社会主义。其推重一百八人，可谓至矣。自有历史以来，未有以百余人组织政府，人人皆有平等之资格，而不失其秩序，人人皆有独立之才干而不枉其委用者也。山泊一局，几于乌托邦矣。"⑥

欲为《水浒传》的"进步"思想找到充分理据，必得与其产生的时代背景及施耐庵个人挂钩。《新世界小说社报》第八期刊载的匿名文章《中国小说大家施耐庵传》，详释了施耐庵与《水浒传》政治思想主题之间的关系⑦。这些批评阐释在提升《水浒传》价值地位的同时，明显有过度阐释之嫌。吴趼人曾对此提出严厉批评："轻议古人固非是，动辄牵引古人之理想，以阑入今日之理想，亦非是也。吾于今人之论小说，每一见之。如《水浒传》，志盗之书也，而今人每每称其提倡平等主义。吾恐施耐庵当日，断断不能作此理想，不过彼叙此一百八人聚义梁山泊，恰似一平等社会之现状耳。"⑧

---

① （清）卧虎浪士：《〈女娲石〉序》，见陈平原、夏晓虹编：《二十世纪中国小说理论资料》（第一卷），北京：北京大学出版社1989年版，第130页。

② （清）别士：《小说原理》，见陈平原、夏晓虹编：《二十世纪中国小说理论资料》（第一卷），北京：北京大学出版社1989年版，第57页。

③ （清）定一：《小说丛话》，见黄霖、韩同文编：《中国历代小说论著选》（下），南昌：江西人民出版社2000年版，第68页。

④ （清）天戮生：《论小说与改良社会之关系》，见黄霖、韩同文编：《中国历代小说论著选》（下），南昌：江西人民出版社2000年版，第309页。

⑤ （清）天戮生：《中国三大小说家论赞》，见陈平原、夏晓虹编：《二十世纪中国小说理论资料》（第一卷），北京：北京大学出版社1989年版，第324页。

⑥ （清）黄人：《小说丛话》，见黄霖、韩同文编：《中国历代小说论著选》（下），南昌：江西人民出版社2000年版，第266页。

⑦ 李贽和金圣叹也有通过施耐庵这个关节点去阐释《水浒传》思想主题的做法。但在具体的批评文本中，对《水浒传》思想主题的揭发并不是李贽和金圣叹批评的旨归。而近代的批评者在一种新的历史语境中，为了现实政治的需要，进一步强化了作者思想等于作品思想这样一个批评观念。

⑧ （清）吴趼人：《说小说·杂说》，见黄霖、韩同文编：《中国历代小说论著选》（下），南昌：江西人民出版社2000年版，第242页。

以西方资产阶级的政治思想观阐释《水浒传》，燕南尚生的《新评水浒传》①可谓到了"集大成"的地步。《新评水浒传》在批评方法上虽采用评点的传统批评方式，但其批评立脚地却是以"新思想"重评《水浒传》。他反对金圣叹对《水浒传》的评点，认为《水浒传》"横遭金人瑞小儿之厉劫，任意以文法之起承转合、理弊功效批评之，致文人学士，守唐宋八家之文而不屑分心，贩子村人，惧不通文章，恐或误解而不敢寓目，遂使纯重民权，发挥公理，而且表扬最早极易动人之学说，湮没不彰，若存若亡，甘让欧西诸国，莳花而食果，金人瑞能辞其咎欤？"②燕南尚生认为金圣叹只是揭示了《水浒传》的叙事文法，而没有揭示出《水浒传》所蕴含的现代思想精神，从而使得《水浒传》的真正价值被湮没。燕南尚生在《新评水浒传》一书的封面，标示《水浒传》为"祖国第一政治小说"。这个石破天惊的断语，概括了《新评水浒传》的阐释基点，他从民主、民权、自由等多个角度，系统阐释了《水浒传》的思想内涵：第一，反封建的民主思想；第二，立宪共和之思想；第三，民权思想。总之，燕南尚生基本上是以政治术语去解读《水浒传》的，得出的亦是政治性结论，完全忽略了《水浒传》的艺术审美价值。这种典型的政治批评模式在 1949 年以后还时有泛起。

"五四"新文化运动中，从艺术审美的角度去阐释《水浒传》的亦不乏其人。陈独秀、胡适、鲁迅、谢无量、郑振铎和潘力山等对《水浒传》作出了很有影响力的评价，现择其要者作一简述。

陈独秀在为《水浒传》写的新序中强调了《水浒传》的两个方面：一是小说的主旨；二是小说的技术。陈独秀认为，"赤日炎炎似火烧，田中禾黍半枯焦。农夫心内如汤煮，公子王孙把扇摇"这四句诗表现了《水浒传》的本旨。他对这四句诗的内涵未作深入解析。在他看来，《水浒传》的真正魅力在于它的文学技术："《水浒传》的理想不过尔尔，并没有别的深远意义，为什么有许多人爱读他？是了，是了，文学的特性重在技术，并不重在理想。理想本是哲学家的事，文学家的使命，并不是创造理想；是用妙美的文学技术，描写时代的理想，供给人类高等的享乐。"③陈独秀指出，《水浒传》吸引读者的魅力不在于其思想主题的深刻性，而在于它的"文学技术"。作为一个文学革命的倡导者，陈独秀主要是从白话文学的角度肯定《水浒传》的。

胡适从文本结构的角度论证《水浒传》"文学技术"的进步。这一点集中体现在他的《〈水浒传〉考证》一文中。胡适的《〈水浒传〉考证》与《〈红楼梦〉考证》，在基本原则与方法上较为一致，都重视"根据可靠的版本与可靠的材料"；"处处尊重证据，让证据做向导，引我到相当的结论上去"④。他的这一篇两万多字的《〈水浒传〉考证》主要"说明和引证"了一个观点："《水浒传》乃是从南宋初年（西历十二世纪初年）到明朝中

①　此书仅存一册。《新评水浒传序》、《水浒传新或问》、《水浒传命名释义》三篇文章也集中体现了燕南尚生的观点。

②　朱一玄、刘毓忱编：《水浒传资料汇编》，天津：南开大学出版社 2002 年版，第 343 页。

③　（明）施耐庵著，汪原放标点，胡适主编：《水浒》，海口：海南出版社 1995 年版，第 35 页。

④　胡适：《〈水浒传〉考证》，见胡适著，易竹贤辑录：《胡适论中国古典小说》，武汉：长江文艺出版社 1987 年版，第 71 页。

叶（十五世纪末年）这四百年的'梁山泊故事'的结晶。"① 在对元曲"水浒戏"的研究结论中，他认为，"（甲）元朝只有一个雏形的水浒故事和一些草创的水浒人物，但没有《水浒传》。（乙）元朝文学家的文学技术程度很幼稚，决不能产生我们先有的《水浒传》"②，并在其后加一条"附注"以示强调："近来我研究元代的文学，才知道元人的文学程度实在很幼稚，才知道元代只是白话文学的草创时代，决不是白话文学的成人时代。即如关汉卿马致远两位最大的元代文豪，他们的文学技术与文学意境都脱不了'幼稚'的批评。故我近来深信《水浒》，《西游》，《三国》都不是元代的产物。"③ 在胡适看来，相比宋元时代那些幼稚的梁山泊故事，《水浒传》是文学技术很成熟的小说，体现了"四百年中白话文学的进步"，即"《水浒传》原本居然把三百年来的水浒故事贯通起来，用宋元以来的梁山泊故事做一个大纲，把民间和戏台上的三十六大伙，七十二小伙的种种故事作一些子目，造成一部草创的大小说，总算是很难得的了。到了明朝中叶，'施耐庵'又用这个原百回本作底本，加上高超的新见解，加上四百年来逐渐成熟的文学技术，加上他自己的伟大创造力，把那草创的山寨推翻，把那些僵硬无生气的水浒人物一齐毁去；于是重兴水浒，再造梁山，画出十来个永不会磨灭的英雄人物，造成一部永不会磨灭的奇书。这部七十回的《水浒传》不但是集四百年水浒故事的大成，并且是中国白话文学完全成立的一个大纪元"④。为此，他很佩服"施耐庵"（胡适认为"施耐庵"是明朝中叶一个文学大家的假名）的"大匠精神和大匠本领"。胡适是站在白话文学的角度来评价《水浒传》的。在胡适眼里，白话文学才是文学的正宗。在崇尚白话文学的历史语境中，《水浒传》成了"中国白话文学完全成立的一个大纪元"。胡适论断的一个重要理由是《水浒传》所展现的丰富想象力和创造力。他在《〈三国志演义〉序》一文中把《水浒传》与《三国志演义》作了一个比较，认为《三国志演义》"拘守历史的故事太严，而想象力太少，创造力太薄弱"⑤，因此，"只能成一部通俗历史，而没有文学的价值"，而《水浒传》"全是想象，故能出奇出色"⑥。

关于《水浒传》的思想主旨，谢无量提出"平民革命论"与"平民阶级与中等阶级联合论"。他认为，"我们看《水浒传》，要看一般人为什么缘故，先后跑上梁山泊。他们都是英雄好汉，他们所遭遇的事情，直是不得不落草，所以后来就有'逼上梁山'的口头语。可见一个人或一个阶级受压迫太甚，自然有反动，自然要革命的，于是梁山泊成了个

① 胡适：《〈水浒传〉考证》，见胡适著，易竹贤辑录：《胡适论中国古典小说》，武汉：长江文艺出版社1987年版，第184页。
② 胡适：《〈水浒传〉考证》，见胡适著，易竹贤辑录：《胡适论中国古典小说》，武汉：长江文艺出版社1987年版，第196页。
③ 胡适：《〈水浒传〉考证》，见胡适著，易竹贤辑录：《胡适论中国古典小说》，武汉：长江文艺出版社1987年版，第196页。
④ 胡适：《〈水浒传〉考证》，见胡适著，易竹贤辑录：《胡适论中国古典小说》，武汉：长江文艺出版社1987年版，第211页。
⑤ 胡适：《〈三国志演义〉序》，见胡适著，易竹贤辑录：《胡适论中国古典小说》，武汉：长江文艺出版社1987年版，第283页。
⑥ 胡适：《〈三国志演义〉序》，见胡适著，易竹贤辑录：《胡适论中国古典小说》，武汉：长江文艺出版社1987年版，第283页。

好汉聚会的中心"①。当然，谢无量注意到梁山好汉中有一部分中上层阶级的人士。为弥补"平民革命观"的不足，谢无量提出"平民阶级与中等阶级联合论"："主张平民革命，也须得中流社会有势力的、有本事的人来帮助，所以，梁山泊要柴进、卢俊义来做重要的人物……大半平民革命的事业，起首的时候，不得中流社会有势力、有本事的人来帮助，是不容易成功的。所以罗贯中在《水浒传》当中特别称许这两个人，他的意思，是赞成平民阶级和中等阶级联合起来办革命的事业。"② 很明显，谢无量是用马克思主义的阶级革命理论来阐释《水浒传》的。"文学是社会生活的反映"是马克思主义文学批评观的一个基本思路。基于此，谢无量不得不为他的"平民革命论"寻找社会生活的依据，他认为："宋亡元兴，中国被外族侵入，受异种压迫，其原因也因为宋朝政治不良，不能抵御外侮，才有这种结果。那时平民社会，自然应当起一种觉悟，并有一种反动。所以，平民革命的趋向，在元朝时代是无论如何不能避免的。"③ 为了使这一观点成立，他认为《水浒传》是元朝的书，而不是明朝的书。从论证方式来看，这是一种因果模式的社会学逻辑，完全忽略了文学产生的其他因素。另外，其论断"《水浒传》决定是元朝的书"，也缺乏支撑性的文献资料。

郑振铎对《水浒传》的阐释也是立足于版本考据，相比而言，他对《水浒传》的评论则表达了一些新观点。他在《鲁智深的家庭》一文中认为，"《水浒传》作者所着意描写的人物，不过林冲、鲁达（即智深）、武松、李逵数人而已；除了这几个虎虎有生气的英雄外，他若晁盖、宋江、吴用、卢俊义诸大头领却都写得不大动人"④。另外，他在《武松与其妻贾氏》一文中对水浒英雄不近女色的特点也不满意："不知什么缘故，中国小说里所写的大英雄，全都是妇人憎厌者。不贪女色，或不近女色，乃是英雄之所以为英雄的一个特点。一讲到恋爱，便不算英雄。……这乃是中国式的英雄！武松如此，石秀如此，鲁达如此，李逵亦如此。"⑤ 对此，他还把水浒英雄与欧洲中世纪的骑士作对比："欧洲中世纪的英雄，却无不以服役于妇女为无上的光荣。比武之场，无不有美妇贵女亲临，许多英雄都是为他的情人的缘故而献身，而专意的去战争。……这是如何的浪漫而美丽呢！"⑥ 相比之下，他颇为感慨地认为，"真实的浪漫的英雄的恋爱故事，则在中国尚有待于创造"⑦。

潘力山的论文《〈水浒传〉之研究》则明确提出，他是针对《水浒传》的思想和艺术而作评论："《水浒》事实和本子的考证，我一概不论，专论他的思想和艺术。"⑧ 他反对陈独秀和谢无量的评价，认为他们的评价太主观。关于《水浒传》的思想，他着重谈了两点：一是"凶残"，二是"官逼民反"，并声称这是以"历史的眼光"作出的评价。

由以上论述可以看出，在晚清民国时期，《水浒传》在思想内涵与艺术审美价值两方

---

① 谢无量著：《平民文学之两大文豪》，上海：商务印书馆 1924 年版，第 78 页。
② 谢无量著：《平民文学之两大文豪》，上海：商务印书馆 1924 年版，第 79 页。
③ 谢无量著：《平民文学之两大文豪》，上海：商务印书馆 1924 年版，第 76 页。
④ 郑振铎著：《郑振铎文集》（第五卷），北京：人民文学出版社 1988 年版，第 666 页。
⑤ 郑振铎著：《郑振铎文集》（第五卷），北京：人民文学出版社 1988 年版，第 668 页。
⑥ 郑振铎著：《郑振铎文集》（第五卷），北京：人民文学出版社 1988 年版，第 668 页。
⑦ 郑振铎著：《郑振铎文集》（第五卷），北京：人民文学出版社 1988 年版，第 669 页。
⑧ 《小说月报》第十七卷"中国文学研究专号"。

面被赋予新的因子。由于思想与艺术上的突出成就，《水浒传》大大拉开了与同类型作品的差距。故此，思想的深度与文本的完美被看作是《水浒传》作为经典名著的重要标尺。相应地，《水浒传》文学价值形成的原因也归于其作者名下，虽然这个作者是谁及其生平经历如何等问题，还有许多谜团待解。总的来说，从《水浒传》的版本、思想主题、艺术成就以及作者等几个维度去探讨《水浒传》作为名著价值的分析阐释框架得以确立。从方法论的角度而言，其基本的研究方法是西方的。

新中国成立初期，为巩固新政权，文化领域内进行了广泛的教育运动，其目的是以社会主义意识形态改造其他的思想意识形态，以期达到意识形态的统一。其内容之一，即在古典文学领域内开展教育活动。1955 年 7 月 27 日，《人民日报》发表社论《坚决地处理反动、淫秽、荒诞的图书》，社论中列出了一些反动、淫秽书籍。但一些被认为是优秀文化的精华读物却在保护之列，《水浒传》被认可为精华艺术。《文艺学习》杂志刊登署名张侠生的文章《〈水浒传〉、〈西游记〉和武侠神怪小说有什么区别》，通过回答读者提问的方式，明确提出《水浒传》与一般武侠神怪的区别："《水浒传》、《西游记》和一般的所谓武侠神怪小说，从表面上看，虽然都是写绿林好汉、英雄侠义和神魔故事的，但在内容上有着根本不同。它们本质的区别就在于前者是反映社会现实生活的矛盾和斗争的优秀的现实主义作品，后者是掩饰社会的阶级矛盾，对现实生活采取虚伪态度的反现实主义的作品。"① 鉴于《人民日报》和《文艺学习》刊物的特殊地位，这实际上是以官方权威的方式肯定了《水浒传》作为优秀文学的价值。

新中国成立之初，国内文学研究界基本上是以马克思主义的社会历史批评方法为指导，《水浒传》的批评观出现了"统一"。此时期的批评一致认为，《水浒传》以现实主义的艺术方法，反映了封建社会的阶级矛盾，并认为它描写的是农民革命。② 这一时期对宋江的评价总体上是积极肯定的，认为他是一个优秀的农民革命领导，而他身上的缺陷则是时代的缺陷。

1975 年，对《水浒传》的批判可谓一场轰轰烈烈的文艺批判运动。这场文艺批判运动的实质是一种政治斗争。该年 9 月 4 日，《人民日报》发表社论《开展对〈水浒〉的评论》，并同时刊登毛泽东对《水浒传》的评论：

《水浒》这部书，好就好在投降。做反面教材，使人民都知道投降派。……《水浒》只反贪官，不反皇帝。屏晁盖于一百〇八人之外。宋江投降，搞修正主义，把晁的聚义厅改为忠义堂，让人招安了。宋江同高俅的斗争，是地主阶级内部这一派反对那一派的斗争。宋江投降了，就去打方腊。

而鲁迅在《三闲集·流氓的变迁》中对《水浒传》的一段评语也被广泛应用：

① 洪子诚编：《二十世纪中国小说理论资料》（第五卷），北京：北京大学出版社 1997 年版，第 121 页。
② 冯雪峰写的一篇长文《回答关于〈水浒〉的几个问题》（分载于《文艺报》1954 年第三、第五、第六、第九、第十一号）第一次明确提出《水浒传》描写的是农民起义。

一部《水浒》，说得很分明：因为不反对天子，所以大军一到，便受招安，替国家打别的强盗——不"替天行道"的强盗去了。终于是奴才。①

"文革"结束之后的新时期，《水浒传》的批评进入一个新时期。伴随文学研究界"方法热"、"文化热"的出现，许多学者运用新方法和新理论研究《水浒传》，研究热点集中于以下几个方面：一是思想主题的阐释；二是对宋江的评价；三是《水浒传》的女性观；四是《水浒传》的文化问题，其中包括侠义、复仇等。表1-2所示的是1949—1980年《水浒传》的重要版本。

表1-2　1949—1980年《水浒传》重要版本简表

书名（回数）	出版社	出版时间	备注
《水浒》（七十一回）	人民文学出版社	1952年	1953年第二版；1973年第十一次印刷
《水浒全传》（一百二十回）	人民文学出版社	1954年	郑振铎作序
《水浒全传》（一百二十回）	中华书局上海编辑所	1961年	书后附李希凡一文《谈谈〈水浒全传〉的思想、情节和人物》
《节本〈水浒〉》（四十八回）	北京宝文堂书店	1955年	
《水浒》评注本（七十回）	人民文学出版社	1965年	
《影印明双峰堂刻〈水浒志传评林〉》（二十五卷）	文学古籍刊行社	1956年	
《影印〈明容与堂本水浒传〉》（一百回本）	中华书局上海编辑所	1966年	
《缩版影印〈明容与堂本水浒传〉》（一百回本）	上海人民出版社	1975年	
《水浒全传》（一百二十回）	上海人民出版社	1975年	本版为中华书局上海编辑所1962年版《水浒全传》重印版
《水浒传》（一百回）	人民文学出版社	1975年	底本为北京图书馆藏明万历末年（1610年左右）杭州容与堂本

三、"以西律中"批评观的学理反思

实际上，我们传统的文学经典观是西方柏拉图以来所形成的文学经典观念。这种经典

① 鲁迅著：《鲁迅全集》（第四卷），北京：人民文学出版社1981年版，第155页。

观要求文本的固定化，因为只有定型的文本才能体现作品的思想深度、艺术的完美性以及天才作家的独创性。基于此，关于文学经典的研究方法就是以哲学、美学、社会学和心理学等为理论依据，对文本作精细的阐释，对作者作幽微的考探①。以西方的文学批评观评价《水浒传》，往往抓不住问题的要害，得出的结论也不大令人信服。对此，我们考察美国资深汉学家浦安迪（Andrew H. Plaks）对《水浒传》的学术批评。

浦安迪在《明代小说四大奇书》一书中明确说明了他的研究原则和方法："我是以比较文学的方法论，尤其是从西方文学批评中的现代小说理论这一角度来分析作品的。我坦率地承认这一点。我希望对中国作品的这种研究方法将不仅能使外国学者把这些作品泛称'novel'更名副其实，（我曾在别处对这个问题进行专门论述），而且同时还可以拓宽'novel'这一术语的定义，使之能接纳非西方传统中类似的文学情况的范例。"② 由这段话可以看出，浦安迪是用西方小说的理论来阐释中国传统小说的。虽然他想通过对非西方小说的研究来拓展西方小说的概念，但是，这种研究方法必然要斩断中国小说生成的文化血脉，从而对小说文本作封闭性的阐释。在具体研究中，他遵照西方文学观念，尽力把明代四大小说归为"文人小说"的概念，强调作者个人对作品审美的独特贡献。同时，在文学研究中，他注重文本细读以及文本技术构造过程。《明代小说四大奇书》一书的"作者弁言"明确表达了这一研究理念：

> 本书的核心论调原来是从比较文学理论的观点出发的，即视明清小说文类为一种归属书香文化界的出产品，因此始终标榜着"文人小说"的概念。这个看法并不否认所谓"四大奇书"各各脱胎于通俗文化的民间故事、说书等现象，而只是强调这些长篇小说是经过文人撰著者手里的写造润色才得出一新的文体来，这个体裁除了反映明清文人的美学手法、思想抱负之外，也常呈现一层潜伏在错综复杂的字里行间、含蕴深远的寓意，惯用反讽的修辞法来提醒读者要在书的反面上去追寻"其中味"。③

浦安迪以"反讽"的修辞手法来囊括"四大奇书"的审美文化意蕴。浦安迪批评阐释《水浒传》的副标题是"英雄豪气的破灭"。从这个副标题可以看出，浦安迪的观点与我们传统的肯定梁山好汉的观点相颉颃。他认为："该小说的主旨既不盲目赞美梁山精神而忽视其不祥含义，也不一概否定绿林好汉所代表的一切，而基本上是持一种暧昧态度。这无非是反讽叙述的反面，是对个别英雄人物的本性及人类行为的意义中某些根深蒂固的信仰提出质疑。"④ 从"对个别英雄人物的本性及人类行为的意义中某些根深蒂固的信仰提出质疑"这个判断来看，浦安迪明显是用一种普世性的文学价值标准来衡量《水浒传》的，其目的是想把《水浒传》提升到一定的文学水平高度。为此，在文学技术层面上，他把"反讽"艺术作为《水浒传》超拔独绝的核心因素："它（指反讽，笔者注）终究是把繁本《水浒传》与其原始素材、也是在较小程度上把它与同时代简本和同一题材的其他通

---

① 参阅卢永和：《试论文学经典的文本活态化》，《内蒙古社会科学》2008 年第 5 期。
② ［美］浦安迪著，沈亨寿译：《明代小说四大奇书》（序言），北京：中国和平出版社 1993 年版，第 2 页。
③ ［美］浦安迪著，沈亨寿译：《明代小说四大奇书》（作者弁言），北京：中国和平出版社 1993 年版，第 1 页。
④ ［美］浦安迪著，沈亨寿译：《明代小说四大奇书》，北京：中国和平出版社 1993 年版，第 262 页。

俗文学作品区别开来的东西。我已说过，也正是它使这些作品无愧于英语所称的‘novel’这一文体之名。"① 从具体的批评文本中，我们看看他是怎么分析"武松"这一形象的：

武松画象阴暗面的最有力描写莫过于第 31 回血溅鸳鸯楼那场令人毛骨悚然的大屠杀。表面上，武松的狂怒杀人完全有理，他的牺牲品毕竟不久前还都参与了谋害他本人的冷酷阴谋。因此，只有在作者运用他那神来之笔，通过对无辜奴婢们绝望乞怜、武松席卷金银器皿而走等细节描写，以及逗引我们回想到武松为玉兰姿色曾不免动心的微妙表现之后，这才加强了对武松任性滥杀狂暴的最后印象。换言之，作者的手法就是以无情复仇为主题让其先后发生在两种不同的情境下，从而促使读者去体会其中的某些深层含意。

从那以后，武松的遭遇急转直下，表现最生动的一幕恐怕就是紧接着发生的蜈蚣岭事件。这里，武松恼火的动机简直是讳莫如深。他在窥见道士与一位看来是自愿的女友调情时的暴怒，原因暧昧不明，而对被救的姑娘却似乎含情脉脉，这与后世口头流传的武松故事里把这一细节描绘成武松见义勇为救弱女适成尖锐的对比。

最后，在小说专写武松英雄事迹一段里，这位无敌的打虎英雄和专打抱不平的救星竟成了一个可怜虫。我们看见他在第 13 回里挨打谎供罪状，第 31 回里被捆绑待毙，而最生动的还是第 32 回里他掉进河中拼力挣扎的狼狈情景。这里，人们不免会回想起这个角色在第 22 回首次出场时一个身患疟疾、神情沮丧的乞丐形象，同时也会联想到他在小说末尾成为一位独臂的"废人"。②

这段批评文字集中体现了浦安迪的批评旨趣。浦安迪认为，《水浒传》等"四大奇书"是文人小说，它们"反映那个时代对书香文化中美学及道德价值观的思想寄托"③。也就是说，它们体现了当时那些优秀文人共同的审美标准。其中，"反讽"这一美学见解是共同审美标准的一个核心。小说中武松形象由"英勇"转为"暴戾"，由"高大"转向"委琐"，实际上是"反讽"艺术运用的结果。此论断是浦安迪细读小说文本的结果，美国新批评强调的文本细读方法，是浦安迪最倚重的研究中国小说的方法。虽然他在《明代小说四大奇书》一书中，也探讨了明代文人小说产生的历史文化背景，但这些只是作为帮助理解小说文本的背景资料。他明确指出了他的学术研究理路，即"首先，我将在每一章节里论述各个论据，从而设法阐明这些特定版本比我们据传的或现存的早期资料确实有重大的改进。然后，我将对这些文本的结构和修辞进行详尽的分析，以证明它们在行文上如何错综复杂、艺术手法上达到何等精湛的程度。一旦完成了这项基础的工作，我就将转向全文的细读和阐述，并设法把这些阐释与当时的某些特定思潮联系起来"④；"我的论述便可依循这样一条思路进行下去：我们应该对这些特定版本进行最详尽的研读和阐释，至于这些作品的其他文本，则只能归之为中国小说发展史上的一般文献资料而已"⑤。

---

① [美] 浦安迪著，沈亨寿译：《明代小说四大奇书》，北京：中国和平出版社 1993 年版，第 262 页。
② [美] 浦安迪著，沈亨寿译：《明代小说四大奇书》，北京：中国和平出版社 1993 年版，第 263～264 页。
③ [美] 浦安迪著，沈亨寿译：《明代小说四大奇书》，北京：中国和平出版社 1993 年版，第 13 页。
④ [美] 浦安迪著，沈亨寿译：《明代小说四大奇书》（序言），北京：中国和平出版社 1993 年版，第 2 页。
⑤ [美] 浦安迪著，沈亨寿译：《明代小说四大奇书》（序言），北京：中国和平出版社 1993 年版，第 1 页。

由于中外学术文化环境的差异，浦安迪在分析阐释《水浒传》的过程中，明显受到美国新批评学术观念的深刻影响。我们在阅读他的批评阐释时，确实能感受到域外学者的学术个性，但总体感觉上，他的分析批评与我们的审美理解出现很大差异，甚至显得隔靴搔痒、不得要领。首先，他无法解释中国民众为什么喜欢武松这个形象。有学者指出："《水浒》也是一部贴近政治（虽然不是现实政治）的作品，它曾因'海盗'而被列为禁书，又曾被抬举为农民起义的颂歌。它曾被毛泽东定为'反面教材'，近年又有对《水浒》崇尚暴力的批判。而所有对《水浒》主题意向的概括和批判，都不会影响这部小说的文学地位。"① 此番简明扼要的评价确实很中肯。而我们需要继续追问的是，什么原因能够解释《水浒传》为什么在中国拥有那么高的文学地位？

这个问题当然很复杂，除小说的艺术形式之外，恐怕还有深层次的文化原因，影响着读者对《水浒传》的接受。有一句话说得好，没有情感的理性是苍白无力的。实际上，武松形象承载了中华民族传统文化中的文化想象与情感积淀，如抛开这种民族文化积淀，而作孤立的文本分析，这个问题显然无法解释。同时，这种分析也斩断了小说文本与民间文化之间的血缘关系，忽略了小说源于说书等口头文化的事实。试把浦安迪与杨义这两位学者对武松的分析作一个小小的比较，这种文化差异与文化隔膜则更容易凸显出来。杨义先生这样分析小说中的武松形象：

《水浒传》里写得最好的是武松，"武十回"。怎么写的？这里头有个中国文化的问题，尤其是江湖文化的问题。一个是写打虎，显示他的神威；一个实际上是写他跟五个女人的关系。潘金莲、孙二娘、快活林的老板娘、鸳鸯楼的玉兰，还有蜈蚣岭张太公的女儿。这五个女人，有家庭里的，看伦理上的问题他怎么处理。有江湖上的，孙二娘，看江湖上的人物他怎么处理。有的是敌人，有的是歌楼上里的歌女，还有一个无家可归的，在深山老林里要跟着你的女人，他男子汉心里刚强的那一部分和柔软的那一部分也就从各个角度显示出来了。中国过去的小说不是不注意心理吗？这些人有美，有丑，有贞，有淫，有爱，有恨，用各个状态把你的心理、你的行为方式都抖落出来。你绿林好汉好酒不好色，但是偏要用女色来缠着你。他为什么这样写？在说书人，在金圣叹们来看，他是认为山中的老虎可怕，心中的老虎更可怕。他是把女色当成心中的老虎。武松只有在降伏了山中的老虎，又降伏了心中的老虎之后，才成为民间社会和江湖社会所共同接受的、共同崇拜的一个堂堂正正的绿林好汉。②

杨义先生指出："在文化层面的侧重点上说，小说更多地联系着民间心理，诗文更多地联系着士人的性情。"③ 基于这个基本的文化立场，他认为《水浒传》的研究必须重视民间文化的视角。应该说，如果缺乏一种深邃的文化穿透力，而单纯展开形式主义文论那种封闭的文本分析，是很难读出《水浒传》中这种精彩绝伦的艺术韵味的。文学不是一个

---

① 刘纳：《写得怎样：关于作品的文学评价——重读〈创业史〉并以其为例》，《文学评论》2005年第4期，第22页。

② 杨义著：《重绘中国文学地图通释》，北京：当代中国出版社2007年版，第170～171页。

③ 杨义：《经典的发明与血脉的贯通》，《文艺争鸣》2007年第1期，第1页。

孤立的文本存在，它与其产生的文化语境有着割舍不断的关联。因此，在分析文学文本时，正确的做法是还原这种文化纽带关系。而长期以来，在《水浒传》的传统研究思路中，一个最大的问题，就是割裂了它的民间文化传统渊源，忽视《水浒传》脱胎于说书等民间口头文化传统这样一个事实，认为它通过文人的加工，已经超越同类题材的文艺作品，对《水浒传》作孤立的文本研究，造成了《水浒传》批评的歧义迭生、矛盾重重。随着学术水平的推进，除杨义先生之外，也有其他学者注意到这个研究弊端。有论者指出："在《水浒传》的研究上，特别是在《水浒传》作者的研究上，最大的误区在于对《水浒传》的文学性质的错误认识上。许多分歧也因此而起，是按研究《红楼梦》、《金瓶梅》的研究方向和方法去研究《水浒传》呢，还是按民间文学的研究方向和方法去研究《水浒传》？这就是说，《水浒传》的文学性质是民间文学，还是士人文学？是无名氏的作品，还是士人或名士的作品？罗贯中、施耐庵是编者还是作者？是'著书以自娱'，还是编书以娱人？"①

浦安迪以一种比较文学的思路去研究明代的"四大奇书"，其目的一方面是发现中国明代小说中所具有的西方"novel"（小说）的审美性质，把它们当成中国的"novel"范本；另一方面也能够使西方的"novel"（小说）概念"扩容"，以接纳中国的小说叙事文本。而这种"以西释中"的批评观念，实际上斩断了《水浒传》生成的历史文化语境，其结论则显得有点削足适履，难免出现学术偏差。杨义先生曾指责过这种"以西释中"的文学批评倾向："因为西方的概念一来，你就对号入座地往上凑，这很难把我们的那点味道、那点精髓、那点神韵充分地富有魅力地传达出来，原因在于西方的观念和中国本土的经验本身就存在着错位，并不是丝丝入扣的。"② 从对中国小说审美水平的认定来看，这实际上是一种以短比长，《水浒传》真正的审美趣味必须从民间文化空间里去发掘。有论者指出：

在评价《水浒传》时，我们必须明白，它不是由一个作者构思写成的，而是以民间传说为基础的好几个作者共同努力的结果。所以，我们不能采用诸如情节、人物等衡量现代小说的通常标准。也就是说，我们只能用对待民间叙事诗或民间传说的态度来研究它。在对英雄好汉的崇拜上，在形成的方式上，这部小说和民间叙事诗、民间传说很相似。③

总的来看，20世纪以降，对《水浒传》的褒贬抑扬，都是在"以西律中"的文学批评阐释观念下形成的学术结论。需要指出的是，我们在评价中国传统小说时，如何能够"通过对中国文化的客观认识，达到对中国小说的客观认识"④，这是批评阐释《水浒传》应持有的一个基本文化立场。在具体的批评实践中，我们应充分挖掘《水浒传》文本所遗存的民间文化因子，只有这样，才能真正把握《水浒传》的内在文化精蕴。

---

① 李殿元、王珏著：《〈水浒传〉之谜》，北京：中国广播电视出版社2006年版，第42页。
② 杨义著：《重绘中国文学地图通释》，北京：当代中国出版社2007年版，第180页。
③ ［美］刘若愚著，周清霖、唐发铙译：《中国之侠》，上海：生活·读书·新知三联书店1991年版，第110页。
④ 杨义著：《重绘中国文学地图通释》，北京：当代中国出版社2007年版，第114页。

第二章

民间水浒叙事： 以武松故事为例

第一节　民间水浒叙事述略

前文已述，《水浒传》成书之前，各种水浒故事在宋代已广泛流行。这些故事主要见于《宋史》、《癸辛杂识续集》（周密）和《大宋宣和遗事》等文献资料。其中《大宋宣和遗事》所记载的水浒故事已具备一定的情节，可称得上是故事的"雏形"。《大宋宣和遗事》是艺人"说话"所使用的底本，可见，水浒故事主要以民间艺术形式存在。

据《醉翁谈录》"舌耕叙引"的记载，南宋时期，"说话"颇为盛行，其中包括灵怪、烟粉、传奇、公案、朴刀、杆棒、神仙、妖术等几大类。孙楷第的《〈水浒传〉旧本考》指出："水浒故事，当宋金之际盛传于南北。南有宋江之水浒故事，北有金之水浒故事。其伎艺人之所敷演，虽不必尽同，亦不致全异其趣……及元平金宋，南北混同，其时梁山故事之在南北，当亦因政治之统一而渐成混合之象。南人说梁山泺故事，可受北人影响；北人说梁山泺故事，可受南人影响。故水浒故事源于北宋，分演于南宋、金、元，而集大成于元。"①

元代已产生许多水浒杂剧。鲁迅在《中国小说史略》中认为，"南宋亡，杂剧消歇，说话遂不复行"②；"惟说话消亡，而话本终蜕为著作"③。鲁迅的说法值得审慎分析。首先，文献资料记载的元代"说话"话本确实不多，这是事实。有论者指出，其原因主要有两条："一是因为这些说话话本自宋末至明初逐渐蜕变为小说，精华被小说吸收，自身则淘汰迭亡。另一个重要原因，是说话属于小说末流，属于下层民众、贩夫走卒们的主要文化娱乐形式，不被文人学士们所看重。元杂剧在文化界的影响盖过了说话，使人产生元代只行杂剧，说话消亡的错觉。"④ 洪东流先生认为，说话在元代的下层民众中相当活跃，有着强盛的艺术生命力。在当时，除我们熟知的有名有目的元杂剧"水浒戏"外，还有一

---

① 洪东流著：《水浒解密》，上海：学林出版社2007年版，第217页。
② 鲁迅著：《鲁迅全集》（第九卷），北京：人民文学出版社1981年版，第117页。
③ 鲁迅著：《鲁迅全集》（第九卷），北京：人民文学出版社1981年版，第120页。
④ 洪东流著：《水浒解密》，上海：学林出版社2007年版，第235页。

些带水浒味的边缘"水浒戏"。比如说，关汉卿《钱大尹智勘绯衣梦》的第三折云："比及拿'王矮虎'，先缠住'一丈青'。"无名氏《逞风流王焕百花亭》云："官拜征西马步禁军都元帅，正授延安府筹处招讨经略使。……那为首获功者，洛阳王焕也。""王焕"曾出现于《水浒传》第七十八回"十节度议取梁山泊"①。根据这些材料，论者作出判断："'水浒戏'和《水浒传》都从说话话本获取素材，吸收养料，两者出现一些形似貌合之处。……'水浒戏'与《水浒传》同本同源，同出于宋元说话话本。两者平行发展，并不构成源流关系。"② 与这个观点相一致的学者还有：胡适在《〈水浒传〉考证》中也断定"元代的水浒故事决不是现在的《水浒传》"；曲家源在《元代水浒杂剧非〈水浒传〉来源考辨》③ 一文中也明确提出此观点；刘若愚在论及元代"水浒戏"时也指出："有些戏的部分内容不见于《水浒传》，同一人物的性格有时和这部白话小说相异。这就显然说明这些戏早于小说的初版，可能是以口头流传的故事为基础的，《水浒传》中的一些内容也以口头故事为基础。"④ 日本学者佐竹靖彦根据鲁智深和武松在《大宋宣和遗事》中受冷遇这一点指出，"像这样受欢迎的人物，却在《大宋宣和遗事》正文中遭到冷遇，这似乎表明在《水浒传》形成阶段，在将以宋江和李逵为中心的水浒戏作为小说《水浒传》的主要脉络来加以构思时，还没有充分考虑到他们两人在说书世界里所具有的魅力。然而，一旦给予他们活跃的舞台，他们便在现行本《水浒传》里占有极大的比重。现行本的前半部分，反倒是以二人遭冷遇的说书世界为基础构成的，后半部分则以水浒戏小说化为轴心而构成"⑤。元代"水浒戏"与《水浒传》的关系复杂，故导致诸说纷纭，但有一点可以肯定，异于《水浒传》的水浒故事叙述（以各种艺术形态方式）自宋以来就绵延存在。

元末明初的施耐庵等下层文人对水浒故事进行改编与再创造，形成定型本小说《水浒传》。《水浒传》的作者是把不同年代、不同地区的梁山英雄故事糅合在一起的。《水浒传》成书以后，水浒故事叙述受到《水浒传》一定的规范，但并未完全定型。比如在戏曲领域，有些故事讲述受《水浒传》的影响比较大，主要是敷演《水浒传》中的故事，如李开先的传奇《宝剑记》、许自昌的《水浒记》、沈璟的《义侠记》、沈自晋的《翠屏山》、李素甫的《元宵闹》、清代叶承宗的杂剧《黑旋风寿张乔坐衙》以及张韬的杂剧《戴院长神行蓟州道》等。这些故事在叙述框架上与《水浒传》大体一致，但在局部方面作了不少改动。以李开先的传奇《宝剑记》为例：

《宝剑记》是明代传奇中出现较早、影响较广的一部水浒戏曲名作。吕天成《曲品》、祁彪佳《远山堂曲品》和清人《曲海总目提要》（卷五）均有载录。全剧叙述的是林冲被逼上梁山的故事，它虽取材于小说《水浒传》，但其戏曲情节有所不同。在《水浒传》中，高衙内（高俅之子）见林妻张氏貌美，图谋霸占，遂设计陷害林冲，林冲被逼无奈，手刃仇人，雪夜投奔梁山。而在《宝剑记》里，作者有意作了改动，将林冲刻画成一个忠

---

① 洪东流著：《水浒解密》，上海：学林出版社2007年版，第235页。

② 洪东流著：《水浒解密》，上海：学林出版社2007年版，第236页。

③ 曲家源：《元代水浒杂剧非〈水浒传〉来源考辨》，《山西师大学报》（社会科学版）1986年第2期。

④ ［美］刘若愚著，周清霖、唐发铙译：《中国之侠》，上海：生活·读书·新知三联书店1991年版，第148页。

⑤ ［日］佐竹靖彦著，韩玉萍译：《梁山泊——〈水浒传〉一〇八名豪杰》，北京：中华书局2005年版，第48～49页。

臣义士,把张氏写成一个孝妇贞妻。剧中写林冲曾两次奏本弹劾高俅、童贯等权奸结党营私,败坏朝政,祸国殃民,此举触怒了高俅、童贯一伙,他们于是设下"宝剑计"陷害林冲,让其误入白虎节堂,林冲以此蒙冤,但后来因宝剑而与张氏夫妻团圆。《宝剑记》把高衙内图谋张氏一事,移到林冲发配之后,从而突出忠与奸、正义与邪恶斗争的主线。锦儿代主母殉节,张氏投奔梁山,入庵为尼,林冲手刃高俅父子等情节均为增饰。①

有的水浒故事叙述则明显不受《水浒传》的影响,如明代阙侠的杂剧作品《宋公明喜赏新春会》则"故事不见《水浒传》所载"②。在民间,各种水浒故事以民间说唱和传说的艺术形式加以演绎,其故事情节与《水浒传》差异甚大。就笔者的文献资料阅读范围而言,明代初期和中期的民间艺人演说水浒故事的情况已无从查考,而明末说书艺人柳敬亭演说武松故事的情况被文人张岱记录下来:

> 余听其说景阳岗武松打虎白文,与本传大异。其描写刻画,微入毫发,然又找截干净,并不唠叨嘈夹,声如巨钟。说至筋节处,叱咤叫喊,汹汹崩屋。武松到酒店沽酒,店内无人,謩地一吼,店中空缸空甏,皆瓮瓮有声。(《陶庵梦忆》卷五)③

"白文与本传大异"的文献描述显示,柳敬亭演说的武松故事与《水浒传》中的武松故事有很大差异。这意味着《水浒传》成书以后"经典"与"民间"两套水浒故事系统各自演绎发展的事实。

清代乾隆时期,出现了几个著名的"水浒"说书艺人,其中有王德山、范松年、周德敷和邓光斗等。《扬州画舫录》明确记载:"清乾隆时王德山说《水浒记》,郡中称为绝技";"大面范松年为周德敷之徒,尽得其叫跳之技;说《水浒记》评话,声音容貌,摹写殆尽。"而生于乾隆后期的民间艺人邓光斗被认为是"扬州评话水浒"的开山祖师。由于他精通拳术,并将其运用于说书表演中,故他说的《水浒》被人称为"跳打水浒"。"扬州评话水浒"发展到后来,最为著名的是王玉堂一门,后称"王派水浒"。经过几代说书艺人的不断加工,"王派水浒"的故事内容相比小说《水浒传》有了很大扩充,其中增添了不少人物和细节描绘,改编了不少情节,书词较原著扩充了数倍乃至数十倍。"王派水浒"有王玉堂、王少堂、王筱堂和王丽堂四代传人,其中王少堂更是集众家之所长,神意兼备,说表俱到,饮誉书坛;其孙女王丽堂继承祖父的说书传统,在"甜、粘、锋、辣"艺术风格的基础上又有所创新,说演更为脆雅,更具现代特色。其吐字清晰、咬字讲韵,节奏张弛有致,用气、换气灵活自如,圆口、方口、活口运用娴熟,有"秀口"和"桶脱盆倾一串珠"之誉。总的来看,通过"邓光斗—邓复堂—于焕堂—张慧堂—王玉堂—王少堂—王筱堂—王丽堂"这条跨时一百五十多年的民间艺人之链,"扬州评话水浒"作为一套非经典的水浒故事系统,被传承延续下来。④

---

① 参阅佛惜华编:《水浒戏曲集》(第二集),上海:上海古籍出版社1985年版,第3~97页。
② 庄一拂编著:《古典戏曲存目汇考》(中),上海:上海古籍出版社1982年版,第568页。
③ (明)张岱著:《陶庵梦忆》,杭州:西湖书社1982年版,第62页。
④ 参阅陈辽:《从〈武松〉谈民间艺人对〈水浒〉文学的贡献》,见汪复昌等编:《王派〈水浒〉评论集》,北京:中国曲艺出版社1990年版,第97页。

山东快书是另一支以说唱水浒故事而闻名的曲艺流派。山东快书产生于鲁中西南地区，关于它的起源，主要有两种说法。一说是始于清咸丰年间的山东济宁艺人赵大桅，他吸收当时著名大鼓艺人何老凤的"捽缰腔"，编演唱词，并以梨花大鼓的梨花片作为击节乐器，形成山东快书的前身"武老二"；另一说是在山东落子说唱武松故事的传统节目基础上演变而成，以山东落子的竹板为击节乐器。此外，还有创始于明万历年间的武举人刘茂基、清道光年间的落第举人李长清等不同说法。根据对艺人师承关系的考察，多认为李长清传艺于傅汉章，傅汉章传艺于赵震及弟子魏玉河，遂形成两支，流传至今。魏玉河一支的著名艺人有弟子卢同武，再传至杨立德，杨立德擅长"俏口"、"贯口"，自成一家，被誉为"杨派"。赵震一支的著名艺人有戚永立，再传至高元钧，高元钧以注意刻画人物、表演生动风趣见长，被誉为"高派"。自清代末年以来，戚永立等名家曾到南京、上海、杭州、汉口等地演唱，扩大了山东快书的影响。山东快书自形成以来就以武松故事为主，因此演员被称为"说武老二的"、"唱大个子的"。正书之外有些风趣的小段子，叫做"书帽"，如《大实话》、《柿子框》等。

在"非经典"的水浒故事叙述中，除扬州评话和山东快书这两支著名的曲艺流派之外，还有许多单独的水浒故事曲目和文本。从民众接受的角度来看，这些通俗的水浒故事的受众面甚至比《水浒传》还要广泛。对此，老舍关于《三国演义》与民间"三国"故事的一段论述深有启示：

　　有人说，《三国演义》是最伟大的通俗作品。是吗？拿街头上卖的唱本儿和"三国"比一比，"三国"实在不俗。不错，戏班里，书馆里，都有多少以"三国"为根源的戏剧，歌词，与评书。可是这正足见"三国"并不易懂，而须由伶人，歌者，评书者，另行改造，替"三国"作宣传。"三国"根本是由许多传说凑成的，再由不同的形式宣传出去，专凭它本身的文字与内容，它绝不会有那么大的势力。即在今日，民间还有许多传说，也是关于刘关张与赵子龙等人的，虽不见于"三国"，而民间总以为必在"三国"中有根据。这些传说，虽然是口传的；若从民众口中写录下来，便绝不会像"三国"那么之乎者也的乱转文。论其含蕴，无论在思想上与故事上，也都比"三国"更俗浅，更合乎民间的逻辑与脾味。这样，"三国"的威风实在是由比它本身更通俗的许多有效的方法给维持着；而不是它自己果有惊人的本领。[①]

小说《三国演义》的社会影响力是不是靠民间三国故事来维持的问题，很不好判断。但有一点可以肯定，异于《三国演义》的三国故事在民间广泛传播是不争的事实。这些民间的三国故事有自己的故事情节与文化趣味，为许多识字不多的老百姓所接受的三国故事兴许就是这些民间版的三国故事。与此情形一样，水浒故事在民间妇孺皆知，也不是通过阅读《水浒传》来实现的。大量的史料能够证明，民间有自己的水浒故事形式与文化传播系统。总体来看，这些民间水浒故事表达了一种异于《水浒传》的独特的文化趣味，其中，武松故事就是一个显例。

① 老舍著：《老舍曲艺文选》，北京：中国曲艺出版社1982年版，第10~11页。

第二节 "王派水浒"中的武松故事

一、武松故事述略

关于武松这个人物，文献资料中有记载。《临安县志》、《西湖大观》、《杭州府志》和《浙江通志》等史籍，均载北宋时期杭州知府中一个名叫武松的提辖为民除恶的侠义之举。史籍中，武松原系江湖卖艺之人，"貌奇伟，尝使技于涌金门外"，"非盗也"。杭州知府高权为武松的高强武艺所折服，遂让他做都头，武松不久因功被提拔为提辖。后来高权因得罪权贵而罢官，武松受此牵连而被赶出衙门。继任的新知府是太师蔡京的儿子蔡鋆，此人倚仗父权，惑政殃民，百姓怨称蔡鋆为"蔡虎"。武松决计为民除害。一日，武松身藏利刃，在蔡府前刺杀了蔡鋆，而他自己也被官兵捕获，后惨死于狱中。"百姓深感其德，葬于杭州西泠桥畔"，后人立碑题曰"宋义士武松之墓"①。另据资料《佣余漫墨》载，包僎翁《闸河日记》云："土人颂之曰：山东有三宝，东阿驴胶，阳谷虎皮……相传为武松打死于景阳冈者"；"土人又言，……阳谷县知县武姓者，甚贪虐，有二妻，一潘一金，俱助夫婪索。西门，有庆大户，尤被其毒。人民切齿，呼之为武皮匠。"② 王士祯《香祖笔记》载："阳谷县西北有冢，俗呼西门冢。有大户潘、吴二氏。……吴氏族，使演水浒记，潘族谓辱其姑，聚族大闹，互控于县。"③这些资料与水浒故事中的武松到底有多大关系，暂无从考证。

作为水浒故事叙述中的一个人物形象，"武松"的名字在龚圣与的《宋江三十六人赞》里已出现，赞词曰："汝优婆塞，五戒在身。酒色财气，更要杀人。"④ 罗烨在《醉翁谈录》甲集卷一《舌耕叙引·小说开辟》也有"武行者"的记录："言这花和尚、武行者、飞龙记、梅大郎、斗刀楼、拦路虎、高拔钉、徐京落草、五郎为僧、王温上边、狄昭认夫，此为杆棒之序头。"在小说《水浒传》中，武松的故事占很大篇幅，小说介绍武松是山东清河县人，身材高大魁梧，为人疾恶如仇，恩怨分明，因排行老二，故江湖上也称之为"武老二"，后因杀人避祸，改扮行者，所以又叫"行者武松"。小说中的"景阳冈武松打虎"、"供人头武二郎设祭"、"武松醉打蒋门神"、"武松大闹飞云浦"、"张都监血溅鸳鸯楼，武行者夜走蜈蚣岭"等篇章都描绘了这个脍炙人口的人物形象。

---

① 参阅何华龙：《水浒人物武松和历史人物武松》，《中学生时代》2006年第2期，第32~33页。
② 刘平、郑大华主编：《中国近代思想家文库包世臣卷》，北京：中国人民大学出版社2013年版，第184页。
③ （清）王士祯著，李毓芙选注：《王渔洋诗文选注》，济南：齐鲁书社1982年版，第365页。
④ 朱一玄、刘毓忱编：《水浒传资料汇编》，天津：南开大学出版社2002年版，第21页。

二、武松故事："王派水浒"与小说《水浒传》的文本差异

"王派水浒"中的武松故事，又称"武十回"。此十回书①，即"景阳冈打虎"、"杀嫂祭兄"、"斗杀西门庆"、"十字坡打店"、"醉打蒋门神"、"大闹飞云浦"、"夜杀都监府"、"夜走蜈蚣岭"、"吊打白虎镇"、"智取二龙山"，号称"虎起龙收"。核心故事内容有武松寻兄，景阳冈打虎；潘金莲与西门庆通奸，毒死武大郎，武松杀死潘、西门后发配孟州；十字坡打店，巧会张青、孙二娘夫妇；天王庙结识施恩，快活林醉打蒋门神，遭张都监陷害；蒋门神指使打手欲中途暗算武松，武松遂夜回孟州杀死仇人，后得张青夫妇相助，改扮头陀前往二龙山，途经蜈蚣岭，剪除恶人吴千与李二头陀，路经白虎镇，误打孔亮，与宋江相会，最后与鲁智深、杨志等会合，智取二龙山，落草。在"王派水浒"中，武松的故事结构最为完整，它以武松的活动贯穿全书，情节跌宕曲折。著名作家老舍曾盛赞此书："《武松》是一部大著作！字数虽多，读起来却不吃力；处处引人入胜，不忍释手；这真是一部大著作！无以名之，我姑且管它叫作通俗史诗吧！"②

从以上粗略的介绍可以看出，扬州评话"王派水浒"中武松故事的情节，在叙事框架上遵循小说《水浒传》的叙述线索，但叙述的具体内容与《水浒传》有很大差异。有论者指出："说话人是以说话为润口之资养家糊口。一个好的题材，一个引人注目的英雄故事，说话人必然要添油加醋，节外生枝，大展其才，尽情发挥，以便最大限度地拓展财路。"③《水浒传》前七十回关于武松故事的文本叙述约十万字，主要集中在二十三回到三十二回。但扬州评话"王派水浒"《武松》的篇幅最初达一百万字，经删节出书后，大约还有八十万字篇幅。可见，它的故事容量比小说翻了几倍。作为一种说书，"王派水浒"《武松》主要靠增添故事情节、改编故事情节、丰富故事细节、穿插"荤口"与"题外话"四个方面来扩展内容。

（一）增添故事情节

与小说《水浒传》相比，"王派水浒"《武松》的文本叙述横生了许多枝节。正是这些枝节叙事，大大拉长了评话《武松》的故事篇幅。

在《水浒传》第二十三回"横海郡柴进留宾　景阳冈武松打虎"中，先写宋江与武松在柴进府相识，并结交为兄弟；后写武松景阳冈打虎，被提拔为都头，在大街上偶遇武大郎。全回七千多字。但评话《武松》增加了"三碗不过冈"酒名的来历介绍、老虎为何跑到景阳冈、潘金莲嫁给武大郎的经过等小说中并没有的故事情节，文字叙述大约有七万字的篇幅。而在第二回"杀嫂祭兄"中，增加了"月下传刀"和"武大托兆"的故事情节。在"月下传刀"这一节中，讲述了周侗传授武功给武松的详细经过。其中，周侗在

① 王丽堂讲述的扬州评话"王派水浒"的武松故事已整理成书。（参阅王丽堂口述，郭铁松、王鸿整理：《扬州评话王派水浒·武松》，北京：中华书局2005年版）出于行文方便的考虑，故以书的方式对"王派水浒"武松故事进行概述。下文关于扬州评话"王派水浒"武松的故事，均以此文本为依据。
② 老舍著：《老舍曲艺文选》，北京：中国曲艺出版社1982年版，第219页。
③ 洪东流著：《水浒解密》，上海：学林出版社2007年版，第217页。

他家里教给武松一绝招（名叫"猿猴坠枝"的夺命刀法），这一招能够起到败中取胜的效果。① "武大托兆"的故事讲述的是武松不明白其兄武大郎的死因，武大郎化作一个黑球从他的供桌肚内滚出来，告诉了武松他被害的经过，评书人评道：

> 可怜他说不尽凄凉告不尽苦，讲不尽离愁洗不尽冤。阵阵阴风悲切切，腾腾怨气黑浓浓。惨惨哀怜声细细，平平言语咛谆谆。供台上灯光不闪明，凄凄惨惨鬼哭声。天上淡云星数点，月照窗槛夜深深。街上黄犬汪汪吠，谯楼击鼓报五更。可怜人称三寸丁，生前糊涂死精灵。只因前生未相遇，怨鬼从此夜现形。②

（二）改编故事情节

在小说《水浒传》中，武松是作为打虎英雄在大街游行时与其兄武大郎不期而遇的，在此之前，武松并不知道他的兄弟在阳谷县。而在评话水浒《武松》的第一回"景阳冈打虎"中，故事作了大的改动：

> 武松在家惯打不平。二年前在家乡打死一个恶霸，怕吃官司，远离家乡，投奔河北沧州，躲在小梁王柴进府中避祸，一住二载。他有个胞兄武植，在家靠卖炊饼为生，兄弟二人十分义气。武松离家两年，时刻挂念胞兄。就在那年九月间，山东济州郓城县宋江，因在家杀死阎惜姣，也逃到沧州柴进府中避祸。宋江路过阳谷县时，路遇武植，武植托口信给武松，说清河县的命案，因无人作证，官府不再追究；武植已迁阳谷县，等武松到阳谷县相会，以求兄弟团聚。宋江、武松二人在柴进府中一见如故，并结拜金兰。宋江把武植的话告诉了武松。武松得到哥哥的消息，归心似箭，第二天就辞别柴进、宋江，赶奔阳谷县寻兄。③

小说《水浒传》在第二十二回"阎婆大闹郓城县　朱仝义释宋公明"和第二十三回"横海郡柴进留宾　景阳冈武松打虎"写了这段故事：

> ……宋江起身去净手。柴进唤一个庄客，提碗灯笼，引领宋江东廊尽头处去净手，便道："我且躲杯酒。"大宽转穿出前面廊下来。俄延走着，却转到东廊前面。宋江已有八分酒，脚步趄了，只顾踏去。那廊下有一个大汉，因害疟疾，当不住那寒冷，把一锨火在那里向。宋江仰着脸，只顾踏将去，正吼着火锨柄上，把那火锨里炭火，都掀在那汉脸上。那汉吃了一惊，——惊出一身汗来。
>
> 那汉气将起来，把宋江劈胸揪住，大喝道："你是甚么鸟人？敢来消遣我！"宋江也吃

---

① 民间传说中有关于武松与周侗的故事，但在具体内容方面与评话《武松》稍有出入。根据樊兆阳先生整理的民间水浒资料，周侗在相国寺传授武功给武松，同时，那一败中取胜的绝招叫"兔子蹬鹰"。参阅《武松学艺》，樊兆阳、张庆建编：《民间大水浒》，北京：中国文史出版社2007年版，第136～138页。
② 王丽堂口述，郭铁松、王鸿整理：《扬州评话王派水浒·武松》，北京：中华书局2005年版，第252～253页。
③ 王丽堂口述，郭铁松、王鸿整理：《扬州评话王派水浒·武松》，北京：中华书局2005年版，第1页。

一惊，正分说不得，那个提灯笼的庄客慌忙叫道："不得无礼！这位是大官人最相待的客官。"（第二十二回）

话说宋江因躲一杯酒，去净手了，转出廊下来，呲了火锨柄，引得那汉焦燥，跳将起来，就欲要打宋江。柴进赶将出来，偶叫起宋押司，因此露出姓名来。那大汉听得是宋江，跪在地下，那里肯起，说道："小人'有眼不识泰山'！一时冒渎兄长，望乞恕罪。"宋江扶起那汉，问道："足下是谁？高姓大名？"柴进指着道："这人是清河县人氏，姓武，名松，排行第二，今在此间一年矣。"宋江道："江湖上多闻说武二郎名字，不期今日却在这里相会，多幸，多幸！"……

……相伴宋江住了十数日，武松思乡，要回清河县看望哥哥。柴进、宋江两个都留他再住几时，武松道："小弟的哥哥多时不通信息，因此要去望他。"宋江道："实是二郎要去，不敢苦留。如若得闲时，再来相会几时。"……

武松在路上行了几日，来到阳谷县地面。……（第二十三回）

从以上两则叙述文本可知，评话水浒《武松》的故事情节与小说《水浒传》有比较大的差异：

第一，"王派水浒"《武松》里，"宋江路过阳谷县时，路遇武植，武植托口信给武松"，然后"宋江把武植的话告诉了武松"，于是武松去阳谷县找他哥哥武植。而在小说《水浒传》中，武松是"回清河县看望哥哥"。

第二，"王派水浒"《武松》里，武松在和宋江见面的第二天，就与宋江辞别而去寻兄。在小说《水浒传》中，武松与宋江见面后，"相伴宋江住了十数日"。

第三，小说中对武松与宋江初识并结交的过程和细节交代得详细而生动。宋江在去净手的廊边，一不小心踩在武松烤火的火锨柄上，把那火锨里的炭火都掀在武松脸上，武松欲打宋江，柴进偶叫起宋押司，武松由此结识宋江。在这段故事的叙述中，武松的火爆脾气暴露无遗，而宋江送银子给武松也彰显了他的慷慨大方。从艺术表现的角度看，这段故事的叙述是比较成功的。但在"王派水浒"《武松》里，只粗略地交代："宋江、武松二人在柴进府中一见如故，并结拜金兰。"讲述者有意回避与小说文本的重复，可能基于两方面考虑：一方面是讲述者很难超越小说叙述的艺术魅力；另一方面是讲述者采用取舍剪裁的策略，目的是为其他的故事讲述腾出艺术空间。

在"王派水浒"《武松》中，改编故事情节的目的是塑造武松的新形象。小说中的武松固然受大众喜爱，但也有人指出武松滥杀无辜、对女人缺少柔情等缺点。在第三十一回"张都监血溅鸳鸯楼　武行者夜走蜈蚣岭"中，武松杀了养马的后槽、张夫人、张家亲随、丫鬟和唱曲儿的养娘韩玉兰等众多无辜者。小说如此描写武松滥杀的血腥场景：

武松却闪在胡梯边，看时，却是两个自家亲随人，便是前日拿捉武松的。武松在黑处让他过去，却拦住去路。两个入进楼中，见三个尸首，横在血泊里，惊得面面厮觑，做声不得，正如"分开八片顶阳骨，倾下半桶冰雪水"。急待回身，武松随在背后，手起刀落，早剁翻了一个。那一个便跪下讨饶，武松道："却饶你不得。"揪住也砍了头。杀得血溅画楼，尸横灯影。武松道："一不做，二不休，杀了一百个，也只是这一死。"提了刀，下楼来。

夫人问道："楼上怎地大惊小怪？"武松抢到房前，夫人见条大汉入来，兀自问道："是谁？"武松的刀早飞起，劈面门剁着，倒在房前声唤。武松按住，将去割时，刀切头不入。武松心疑，就月光下看那刀时，已自都砍缺了。武松道："可知割不下头来！"便抽身去后门外去拿取朴刀，丢了缺刀，复翻身再入楼下来。只见灯明，前番那个唱曲儿的养娘玉兰，引着两个小的，把灯照见夫人被杀死在地下，方才叫得一声："苦也！"武松握着朴刀，向玉兰心窝里搠着。两个小的，亦被武松搠死，一朴刀一个结果了。走出中堂，把拴拴了前门，又入来，寻着两三个妇女，也都搠死了在房里。

应该说，武松是能够避免上述杀人行为的。尤其是在割张夫人的头时，他发现刀居然砍缺了，又去后门外拿把朴刀，再入楼来杀戮一番，自己才感到心满意足，走时还把银酒器等值钱的东西带走。从这一系列的杀人活动过程来看，武松已不配"英雄"称号；相反，是一个活脱脱的"杀人狂"形象。

在"王派水浒"中，讲述者感觉到《水浒传》中这段故事很不合理，玷污了武松作为一个正面英雄的形象。为此，讲述者在第七回"夜杀都监府"中，对这段故事情节进行了大胆改窜，其中最有趣味的是第四节"巧遇韩玉兰"。这一节叙述的武松形象不是一个嗜杀的武夫，而是一个有着几许侠骨柔情的英雄好汉，笔者认为有必要对此作简要述评。

该节故事情节大致如此：武松放过张都监的林大太太后，想从后花园逃走。在花园的太湖石背后，看到蝴蝶厅口有一个美貌无比的年轻女子（韩玉兰）在焚香祷告，祷告曰："空中日月星三光：难女每夜朝天三炷香，望神圣要庇佑这位清河壮士、打虎英雄早出龙潭虎穴，逢凶化吉，遇难呈祥！"① 武松听后大吃一惊，正准备举刀砍韩玉兰的头时，突生自责心理："我太鲁莽，岂能杀她？"武松遂打消杀人念头。在彼此的对话交流中，武松知晓韩玉兰被张都监欺压的悲惨身世。韩玉兰交代了张都监替她做媒嫁给武松，借此陷害武松的事情。韩玉兰却把武松看作自己的未婚夫，由此心系武松命运。武松为韩玉兰所感动，并询问她将来有何打算。韩玉兰欲托付终身于武松。但武松认为自己血案在身，会由此牵连韩玉兰，影响她的终身大事。韩玉兰感到自己已没有与武松结合的希望，于是催促武松赶快逃命。武松叫韩玉兰把她老家的地址给他，去替她报信。韩玉兰说她老家已无亲丁骨肉，并希望与武松在来世结为夫妻。武松应允。当武松恋恋不舍之时，韩玉兰谎称官兵来了，武松跳墙逃跑。韩玉兰怕拖累武松，趁机头撞檐石，尽节而死。武松伤痛不已，用刀挖浮土埋葬玉兰，以示情义。②

从以上的故事情节来看，武松不但不是一个专嗜杀戮的冷血动物；相反，他是一个敢爱敢恨、颇有几分儿女柔情的侠士。比如，当韩玉兰看到浑身充满血气和杀气的武松时，吓得战战兢兢，惊恐地问武松是人还是鬼。武松安慰她说："你不要惊慌，你看我在月光

---

① 王丽堂口述，郭铁松、王鸿整理：《扬州评话王派水浒·武松》，北京：中华书局2005年版，第851页。

② 参阅王丽堂口述，郭铁松、王鸿整理：《扬州评话王派水浒·武松》，北京：中华书局2005年版，第849～858页。

之下，照射有影，讲话有声。我不是鬼，我是人。"① 此刻，武松面对一个弱女子，表现出他应有的关怀之情。听韩玉兰讲完她被张都监所害的悲惨经历后，武松以一种怜悯之情问韩玉兰："大姐这一来怎么好？"② 说书人如此解释这句话："你可怜啊！你是一个无依无靠的孤女，如有张都监做官，你临时的衣食还有靠；我把他全家已杀了，虽然大太太尚存，她是一个孀居，岂能养闲人？你这一来靠哪个呢？女子当然是嫁夫随夫，由夫做主，你现在承认我是你的未婚夫，我现在不能承认你是我的未婚妻，我对这个婚姻根本就不同意；何况我有血案在身，连自身都难保，我岂能把你带走？你这一来无依无靠，怎么办？"③ 武松此时身陷困境，但还能够为一个与他毫无瓜葛的女人着想，由此足见他的博爱情怀。

出于对韩玉兰生命安危的顾虑，武松不忍心抽身离去，并想办法拯救她。当韩玉兰要武松答应她俩在来世结为夫妻时，武松起初有点犹豫。在他看来，今世都没有答应她，来世就显得更为渺茫。但武松考虑到韩玉兰心里的情感诉求，于是应允道："大姐，谅你我今生不能如愿，来世里决定奉陪。"④ 借此一言，武松与韩玉兰的分离更显得凄美。韩玉兰怕自己延误武松脱身的时机，故意用分神法把武松惊走，武松一走，她就撞石尽节而死。武松为之深深动容，痛哭不已。说书人评论道："像武松这样的英雄，今日为这么一个青年女子，跪哭在地，这也算桩奇事了。"⑤

总之，通过对小说《水浒传》原故事情节的改编，"王派水浒"《武松》塑造了一个有血有肉、情感丰富的新武松形象。从民众情感的角度而言，这样的武松形象更易让人接受。此外，武松的可人形象亦是在长期的说书等民间艺术活动中所形成的民众集体无意识情感，此即《东坡志林》中王彭所言："聚坐听说古话。至说三国事，闻刘玄德败，颦蹙有出涕者；闻曹操败，即喜唱快。以是知君子小人之泽，百世不斩。"⑥

（三）丰富故事细节

为使故事讲述得更为清楚具体，"王派水浒"《武松》在小说文本的空白与缝隙之处，作了充实细化处理。比如，《水浒传》第二十四回"王婆贪贿说风情　郓哥不忿闹茶肆"中是这样介绍武大郎的："这武大郎身不满五尺，面目生得狰狞，头脑可笑，清河县人见他生得短矮，起他一个诨名，叫做'三寸丁，谷树皮'。"应该说，这只是粗略交代武大郎"丑陋"的外貌特征。他丑得如何？文本叙述中没有给我们留下太多感性印象。而在"王派水浒"《武松》第一回"景阳冈打虎"中，讲述者却对武大郎的外貌特征进行了细致的描摹：

这位个子不高，身高不满三尺。在宋朝，人的个子才到三尺高就难看了，六尺都为矮

① 王丽堂口述，郭铁松、王鸿整理：《扬州评话王派水浒·武松》，北京：中华书局2005年版，第854页。
② 王丽堂口述，郭铁松、王鸿整理：《扬州评话王派水浒·武松》，北京：中华书局2005年版，第854~855页。
③ 王丽堂口述，郭铁松、王鸿整理：《扬州评话王派水浒·武松》，北京：中华书局2005年版，第852页。
④ 王丽堂口述，郭铁松、王鸿整理：《扬州评话王派水浒·武松》，北京：中华书局2005年版，第857页。
⑤ 王丽堂口述，郭铁松、王鸿整理：《扬州评话王派水浒·武松》，北京：中华书局2005年版，第858页。
⑥ （宋）苏轼撰：《东坡志林》，北京：中华书局1981年版，第7页。

哩！他比矮个子还要打个对折——不满三尺。不但个子矮，相貌丑陋：头尖目暴，结喉露齿，一脸核桃麻子，一嘴络腮胡子，小小两个招风耳。头戴一把抓的帽子，身穿蓝布长衫，布腰带，闪青布袜子，破鲢鱼头鞋子，前头衣角塞住。①

通过细化描述，武大郎的外貌特征更直观具体：身高方面，三尺的概念就是"比矮个子还要打个对折"；面部特征上，"头尖目暴，结喉露齿，一脸核桃麻子，一嘴络腮胡子，小小两个招风耳"等描述生动细腻。另外，讲述者还在武大郎的绰号上大做文章。除"三寸丁"、"谷树皮"之外，讲述者还给武大郎封了"结不熟"、"土星墩"和"人塞子"等绰号。最有意思的是，讲述者还介绍了绰号"人塞子"的来由："人塞子怎么讲？譬如有个人要找他，他朝人群里一拱，躲到大个子的胯裆里，就找不到他，所以别名叫'人塞子'。"②

小说语言注重模糊美。但作为一种评话艺术，讲述者直接面对观众，尤其是文化程度不高、艺术素养有限的观众。为了调动观众的情绪，制造热烈的现场效果，讲述者不仅要把故事讲得明白具体，还有必要作一些能够刺激观众欣赏胃口的艺术处理。《水浒传》中的第二十四回这样描写西门庆与潘金莲在王婆家楼上调情：

且说西门庆自在房里，便斟酒来劝那妇人，却把袖子在桌上一拂，把那双箸拂落地下。也是缘法凑巧，那双箸正落在妇人脚边。西门庆连忙蹲身下去拾，只见那妇人尖尖的一双小脚儿，正跷在箸边。西门庆且不拾箸，便去那妇人绣花鞋儿上捏一把。那妇人便笑将起来，说道："官人休要罗唣！你有心，奴亦有意。你真个要勾搭我？"西门庆便跪下道："只是娘子作成小生。"那妇人便把西门庆搂将起来。

在"王派水浒"《武松》中，讲述者对西门庆借拾箸之机，在饭桌底下挑逗潘金莲这一段故事作了大量细化与扩展的艺术处理：

金莲的脚放在桌肚里头，西门庆望望，有趣！实在是三寸金莲，一点不假。不但小，而且样子油气、波俏、好看，鞋帮穿得又干净，鞋花又鲜亮。右手三个指头就朝她左脚脚面上这一放，又不敢用劲捏，恐其喊起来，那就没趣，微微地碰了下子。金莲呢？金莲觉得桌肚内有样东西碰脚，就把左脚朝后一缩，脚后跟刚好抵住椅子腿。西门庆见她左脚缩回，接着三个指头朝她右脚脚尖上一放，微微碰了下子，金莲又把右脚朝起一缩，右脚脚后跟也抵住椅子腿。西门庆望望，这一来你跑不掉了！你两脚抵住椅子腿，看你还朝哪里缩？你总不能把双脚缩到椅肚里去吧。西门庆又往前进了一步，完全就趴在地下，他也不顾脏不脏，左手手心靠地，就把自己左边嘴巴子朝手面上一托，右眼梢从桌肚内射上去，望着金莲的脸色，右手三个指头在她左脚脚尖上这一摆，就摆在她脚尖上了，指头就捏住她的脚尖，他这一刻道道地地成为一个捏脚的了。不但捏脚，眼睛还勾着金莲的脸

---

① 王丽堂口述，郭铁松、王鸿整理：《扬州评话王派水浒·武松》，北京：中华书局2005年版，第36页。
② 王丽堂口述，郭铁松、王鸿整理：《扬州评话王派水浒·武松》，北京：中华书局2005年版，第36～37页。

色。要望着她脸色做什么？生怕她不受。一个不受，脸色不对，就要赶紧把手缩回，所以非望她的脸不可。他捏住金莲的脚，两只眼睛盯着金莲望。

金莲怎么样？金莲脚也没处缩了，只好听他摆布，把脊背就贴在椅背上，眼睛垂着，眼光朝桌边上射去，也望着西门庆。……

通过这样的细节扩展，西门庆和潘金莲之间的偷情虽有庸俗之嫌，但也为文化层次低的观众助添了不少趣味。

在艺术趣味方面，"王派水浒"的评书者在武打动作上下了不少功夫，在叙述打斗的地方写得更具体，更讲究武功招式。这一点比较接近现代武侠小说的艺术审美风格。比如，小说《水浒传》第二十九回写武松醉打蒋门神的过程相对较简单：

蒋门神见了武松，心里先欺他醉，只顾赶将入来。说时迟，那时快，武松先把两个拳头去蒋门神脸上虚影一影，忽地转身便走。蒋门神大怒，抢将来，被武松一飞脚踢起，踢中蒋门神小腹上，双手按了，便蹲下去。武松一蒇，蒇将过来，那只右脚早踢起，直飞在蒋门神额角上，踢着正中，望后便倒。武松追入一步，踏住胸脯，提起这醋钵儿大小拳头，望蒋门神脸上便打。原来说过的打蒋门神扑手：先把拳头虚影一影，便转身，却先飞起左脚，踢中了，便转过身来，再飞起右脚。这一扑有名，唤做玉环步，鸳鸯脚。这是武松平生的真才实学，非同小可。打的蒋门神在地下叫饶。

从这一段文字来看，武松与蒋门神整个打斗过程的描述仅有二百多字篇幅，涉及的武功招式只有"玉环步"、"鸳鸯脚"，打斗并不精彩。而在"王派水浒"《武松》第五回"醉打蒋门神"中，讲述者把武松与蒋忠交手的身腰步法、姿势交代得清楚明白，犹如体育比赛中的现场解说评论。整个打斗过程用了近一万字的篇幅。[①] 我们可截取一个故事片段来鉴赏：

武松一个白鹤亮翅的姿势，上、中、下三关大开门，让他来打。蒋忠蹦上来，两脚立稳，一双掌对着武松胸前劈来。他既想用腿，怎么用双掌？双掌用的虚的，分他的神。武二爷两只手朝当中一插，用兔儿蹦鹰的着法，就想来削他的双掌。蒋忠见他来削，双掌收回，收手就起腿。左脚直立，右腿一悬，右脚尖对着武松裆门就挑，用的是一挑腿。武松见他一挑腿来，双手朝左边地下一趴，这一着叫"韩湘子伏地攻书"。他两只手捺住地，左脚着根，右腿朝外一伸，对着蒋忠左腿曲膝一脚踩去，这一着腿法叫鸳鸯腿，其形像鸳鸯伸腿。……

蒋忠退得快，武二爷打得快。左右开弓，这种腿法叫车轮腿，又叫连环腿。……蒋忠朝下一蹲，大腿才算落地，双手就来抓武松右腿的脚面，这一着的姿势叫"猫儿捕鼠"。……

---

① 参阅王丽堂口述，郭铁松、王鸿整理：《扬州评话王派水浒·武松》，北京：中华书局2005年版，第579～590页。

武二爷见他蹲下来捕他的腿，正合自己的心意。他把右脚收回，朝起一竖，脚心朝天；两手在地下一捺，左脚在地下一挺劲，嘴里喊了两个字："起来！"一阵风，人就离地了，飞身就腾空，这一着醉八仙叫"韩湘子紫燕双飞"，飞了有一丈七八尺高。也不要问他什么样的功夫，他本来伏在地下，猛然间朝上一飞，在他这个人方圆二三尺以内，地下找一点塘灰都没有，什么树叶、草屑也没有。因他猛然间从地下飞上去，这股吸劲，把塘灰、树叶、草屑一齐吸带上去了。

这一段文字描述的武功招式有"白鹤亮翅"、"韩湘子伏地攻书"、"鸳鸯腿"、"连环腿"和"韩湘子紫燕双飞"等，再加上其他处所言及的"金鸡独立"、"铁拐李独脚下云梯"、"蜈蚣跌背"、"迎风八踩"、"明腿"、"暗腿"等，这一篇武松与蒋忠的打斗文字简直成了武功大荟萃。

（四）穿插"荤口"与"题外话"

评话是一种在茶楼、酒肆等商业场合表演的大众娱乐艺术。艺人们主要靠评书的收入来养家糊口，茶楼聘请他们的目的是聚人气，促销生意。其中很多听众的文化素质并不高，艺术审美趣味也谈不上高雅，他们只是借欣赏评话来打发时间，找点乐子。为赢得这些听众的捧场，评话也不得不穿插一些"荤口"来满足市井小民的娱乐需求。

比如说，在第二回"杀嫂祭兄"中，评书者说西门庆好色，且有个坏癖，即专门勾搭良家妇女，也叫做玩"私料子"：

> "私料子"怎么讲？这话我先前也不懂，我因要说这个书，当然要请教别人了。在过去是有这句话哩。这个私，就是指有管束的妇女，如有夫之妇，闺门之女，私底下和男人干些不正经的事，谓之私通。这是古风，闺门之女不能不守规矩，有夫之妇丝毫也不能讹过，西门庆就专门勾搭如有夫之妇，闺门之女。①

显然，像"私料子"这样的"插科打诨"，对故事情节的推动和人物形象的塑造没有太大帮助，纯粹是为了活跃现场气氛。这些可谓评书者制造现场效果的"佐料"，这些"佐料"与故事本身关系不大，只能看作评书者拉观众票的技巧手段。在这一回的第二节"王婆谋奸"中，评书者转述了王婆传授给西门庆在秦楼楚馆与女人私混的宝贵"经验"。这些"经验"概括起来就是"潘、邓、小、闲、驴"。"潘"字意味着要有古代美男子潘安的英俊外表；"邓"字的意思就是要像古人邓通那样富有，在女人面前舍得花钱；"小"字就是"在妇女面前要做小服低，要刻刻卖温柔，灌米汤，不能玩大老官脾气，一点不到，桌子一拍，拿片子送官，今生也不成功"；"闲"字则是"做这种事要有功夫，要有时间，天天来，日日来，时时见面，刻刻见面，越亲越近"。如果说，前面四个字还比较

---

① 王丽堂口述，郭铁松、王鸿整理：《扬州评话王派水浒·武松》，北京：中华书局2005年版，第85页。

文雅，那么，对"驴"字的解释就"粗俗"得有点出格了。这个字的解释是通过两人的对话"猜"出来的：

西门庆："啊唷，干娘，你把我头都闹大了！你老讲五个字，上头四个字讲得很清白，唯有这个驴字，含混不清，什么缘故呢？"

王婆："不是含混不清哎，我不好说哎！"

西门庆："噢，你老不好说，那我怎么会明白呢？你老既不好说，我就不要你老说。既是我的东西，我来猜，由头至脚地猜。"

王婆："倒也罢了，省得我说了，你就猜吧！"

西门庆："慢着，我这一刻可曾带出来？"

王婆："哪个啊，怎么带出来啊？就长在你身上哎！"

西门庆："噢，就长在我身上？这一说我由头至脚地猜，我就先打头来起。"

王婆："咦喂，过大了！"西门庆："脖子？"王婆："过奖了！"

西门庆："两个膀子？"王婆："过长了！"

西门庆："小肚子？"王婆："问到前邻了！"

西门庆："两条大腿？"王婆："问到左右邻居了！"

西门庆："两个腿膝，两只脚？"王婆："不好了，不好了，又上岔路了！讹错一大截子，回头顺着小肚子一直走，大腿当中那一家。"①

可见，讲述者是在卖关子，用一些擦边球式的半黄笑话来取悦观众。这些"荤口"对故事情节的发展没多大帮助，纯粹是增加评书的"戏份"。撇开不健康的因素考虑，评书中这些"荤口"能够给听众带来消遣娱乐的效果。鲁迅在《中国小说史略》中论及小说的起源时说："至于小说，我以为倒是起于休息的。人在劳动时，既用歌吟以自娱，借它忘却劳苦了，则到休息时，亦必要寻一种事情以消遣闲暇。这种事情，就是彼此谈论故事，而这谈论故事，正就是小说的起源。"②从根本目的而言，"诨口"与说故事在某种程度上具有一致的趣味诉求。

与"荤口"的艺术功能相关联的，就是一些游离于主题之外的所谓"题外话"。这些"题外话"以"知识信息"的形式满足观众的某种猎奇心理。比如，小说《水浒传》在"武松打虎"章节中，对其中的"老虎"没有具体介绍，只借县里告示交代："景阳冈上，新有一只大虫，伤害人命。"而"王派水浒"《武松》的讲述者却说，这只老虎是因为发情，才跑到景阳冈来的。讲述者详细讲述了老虎发情、猫发情（猫像虎形，二者的发情有可比之处）以及老虎所吃的食物等。这些文字描述与刻画武松的英雄形象没有多大帮助，只是丰富了评书本身的"看点"。试看一段：

请问：这只老虎是天上掉下来的，还是地上蹦出来的？这件事我当然要表白。天上也

---

① 王丽堂口述，郭铁松、王鸿整理：《扬州评话王派水浒·武松》，北京：中华书局2005年版，第100～101页。

② 鲁迅著：《鲁迅全集》（第九卷），北京：人民文学出版社1982年版，第302～303页。

不能掉老虎，地上也不会生老虎，这只老虎是因发情，由远方跑到此地来的。老虎这畜牲发了情，站在山峰高处，不住嘴地喊，喊个三五天，连食都不吃。雄虎能喊只母虎来，母虎能喊只雄虎来。喊来并不交，头对头相隔三五丈，你望住我，我望住你，都要喊个一天半日，随后才交。这是什么道理？如同人一样，初次见面不能就无礼。喊喊等于谈谈，这叫卖风流，灌米汤，谈得亲热起来才交配。①

这种凿空无据的"虎评"，显然是为了给观众以调笑和逗趣。另有一种"题外话"没有这样庸俗，其目的或许是拓展观众的民间知识视野。比如，讲述者介绍八仙拳有八个母子，八个母子有八句词，而其中一个拳母子变化八招，因此，八仙拳总计有六十四招。这八句词是这样的：

拐李扬拳把人欺，翻身遇着汉钟离。
蓝采和提篮便打，何仙姑一躲头低。
曹国舅推窗望月，韩湘子紫燕双飞。
吕纯阳醉归洞府，张果老倒跨仙驴。

最后，我们引用老舍在《谈〈武松〉》一文的有关论述，对"王派水浒"武松故事作了概括性评价：

凡是好的评书演员都象少堂老人那样，总是把近代的人情世态与传说中的古代英雄人物联系起来，绘声绘色地叫我们看见听见英雄们如何路见不平，拔刀相助，同时也看见听见受欺侮的人们的形象与呼吁。这样，他们虽然是在评讲英雄的故事，可是给我们画出一幅我们所能了解的、我们所关心的社会图景。……事实上，听评书的人并不是历史学家，而是普通人民。人民需要什么，评书演员才供给什么。
……
武松走到一个山村，或进了一座酒楼，听众就希望看见山村或酒楼的全貌。因此，评书演员的生活知识必须极为丰富，上自绸缎，下至葱蒜，无所不知，说得头头是道。②

第三节 "高派"山东快书中的武松故事

一、山东快书述略

山东快书是一种伴有山东鲁中南方言土语的韵诵体曲艺形式，艺术风格以幽默风趣见

---

① 王丽堂口述，郭铁松、王鸿整理：《扬州评话王派水浒·武松》，北京：中华书局2005年版，第12～13页。
② 老舍著：《老舍曲艺文选》，北京：中国曲艺出版社1982年版，第219～221页。

长。据说它最早产生于清末道光、咸丰年间的鲁中、鲁西南一带农村。关于山东快书的起源，大致有两种说法①：其一，相传明朝万历年间祖籍山东临清的刘茂基是一个不得志的武举人，为混饭吃，他采集当地流传的武松故事，编成顺口溜，逢集赶会说上两段，以敲打两块瓦片作为乐器伴奏。其二，相传清咸丰年间，祖籍山东济宁的赵大桅是个落魄的文人，会编词。他起初把武松的故事编成押韵的顺口溜。他比较了解山东的一种曲艺形式——山东大鼓的"窜纲腔"，所以把山东大鼓的伴奏乐器——犁花片移植过来。犁花片即今天山东快书演员用的鸳鸯板。山东快书发展到今天，已有数百年历史。山东快书起初没有固定名称，一般根据传统演出书目中主人公的名号和使用的击节乐器命名，因其主要书目为《武松传》，俗称"武老二"、"说武老二的"或"唱大个子的"，又因其击节乐器为竹板，亦名"竹板快书"。20世纪30年代前后，高元钧在宁、沪一带演唱《武松传》，因其艺术风格滑稽幽默，故有人称之为"滑稽快书"。

较早以前，山东快书以说唱梁山好汉武松的故事为主，从农村到城市，由"撂地"到"书馆"，后来走上了大舞台，这个地方性的曲艺形式被传播到大江南北，最终屹立于中国民族艺术之林。山东快书在数百年的发展过程中，产生了不少誉满全国的艺术名家，从清代至今，有傅汉章、赵震、戚永立、于小辫、高元钧、杨立德等人。当代的主要流派有：①以高元钧为代表的"高派"，注重人物刻画，表演风趣生动；②以杨立德为代表的"杨派"，擅长俏口，语言幽默；③以于传宾为代表的"于派"，以四页竹板伴奏，演唱有气势。山东快书正是通过一代又一代民间艺人的传承才得以不断地丰富和发展的。而其中影响面最广、艺术成就最高的艺人，首推久负盛誉的高元钧。

高元钧（1916—1993），原名高金山，河南省宁陵县和庄村人，幼年家贫，7岁随兄流落江湖卖唱，14岁在南京怡和堂露天杂耍园子拜民间"说武老二的"名艺人戚永立为师，学艺三年，随后辗转于镇江、蚌埠、徐州、芜湖、上海、青岛、潍县、济宁、泰安、济南等地卖艺。高元钧在艺术旨趣上融众家之所长，形成了亲切朴实、口风甜脆、重说重做、擅抖"包袱"、擅模拟的技法，故其表演具有形神兼备、声情并茂的乡土喜剧味。"高派"山东快书艺术风格被誉为"一人多角、快书戏做"，屡屡赢得艺术名家的好评。郭沫若盛赞高元钧是"民间艺术一面旗帜"。茅盾同志曾写下"轻敲绰板轻摇舌，既慷慨兮复诡谲，绝技快书高元钧，沁人心脾如冰雪"的诗句。吕骥同志则称他是"语言的大师"、"动作的大师"和"山东快书大师"。1961年，人民艺术家老舍先生在参加镇业、高景佐拜师会时贺词说："高元钧同志是我的好朋友，他为人好，不藏私，思想好，艺术好，希望两位学员继承他的艺术，也学习他的为人。"鉴于高元钧的高水平艺术，笔者在分析山东快书中的武松故事时，以高元钧的演出本《武松传》作为文本依据②。

---

① 以下关于山东快书与高元钧资料的介绍参阅：中国山东快书网（www. shandongkuaishu. com，2008年9月28日）；江山月：《高元钧和山东快书〈武松传〉》，见《传统山东快书〈武松传〉》（高元钧演出本），北京：中国曲艺出版社1987年版，第602~603页。

② 高元钧表演的山东快书武松故事，已整理成书。为行文方便，故以书的方式对山东武松故事进行描述分析。下文关于山东快书武松故事，均以此文本为依据。

二、武松故事："高派"山东快书与小说《水浒传》的文本差异

高元钧的山东快书《武松传》里的武松故事，在叙述框架上与小说《水浒传》大体一致，但在某些回目安排和具体的文本叙述方面有较大差异。其中原因，一方面，说话曲艺与小说艺术分属不同门类的艺术，因此在艺术表达和艺术旨趣上会有所不同；另一方面，从故事取材的角度来看，高元钧的山东快书《武松传》并不是取材于小说《水浒传》，而是"以宋末元初民间流传下来的'武松故事'为基础，经历代艺人不断传唱、丰富、加工而成的"①。由于山东快书《武松传》的故事取自民间流传故事，其传播主要依靠口头方式，故高元钧演绎的武松故事属于典型的民间"水浒"。根据论者江山月的观点，高元钧演出本的山东快书版武松故事原来并无文字记录，1947 年 9 月才由高元钧口述，经肖亦五、马立元记录成文。另据他的介绍："高元钧的原演出本《武松传》，堪称是一部泥沙俱下，鱼龙混杂，糟粕与精华并陈的传统'蔓子活'。最明显的问题就是被艺人们称之为'荤口'（淫秽情节及黄色词语）在书词中占有较大比重的问题；再就是在它的书词中杂糅着的无聊科诨、双关秽语（暗臭）以及封建迷信观、因果报应说、宿命论，与主题无关横生枝节的'书外书'和冗俗的'买卖呱儿'，以及结构上残缺不整或重复的问题等等。"② 为了使演出本在文本形式上更完美，高元钧做了大量的修改工作，其中主要表现在三个方面：其一是删掉了原本中的"荤口"以及其他封建性糟粕；其二是在保持原书主题不变的基础上，重新改写原书回目；其三是增补部分章节和回目，目的是进一步完善故事情节结构和人物形象。可见，目前所见的经过净化的文本，与当时高元钧在书场演出的武松故事有很大出入，这是必须指出的。从山东快书《武松传》的定型文本来看，它与小说《水浒传》里的武松故事的差异主要体现在几个方面③：

（一）增加故事情节

与小说《水浒传》相比，山东快书《武松传》的故事内容集中于小说的前七十回。山东快书《武松传》中的武松故事叙述，从武松在家乡的东岳庙打李家五虎恶霸开始，到二龙山与鲁智深、宋江、张青和孙二娘等英雄会合结束。其中安排的主要回目有"东岳庙"、"景阳冈"、"阳谷县"、"十字坡"、"石家庄"、"闹当铺"、"闹公堂"、"闹南监"、"快活林"、"调虎计"、"飞云浦"、"鸳鸯楼"、"张家店"、"蜈蚣岭"、"白虎庄"和"二龙山"等。

从这些回目讲述的内容来看，山东快书《武松传》故事叙述的基本脉络也是景阳冈打虎、阳谷县杀嫂祭兄、斗杀西门庆、快活林醉打蒋门神、鸳鸯楼杀张都监等小说叙述线索。但是，"高派"山东快书《武松传》的主题非常集中，主要刻画武松那种疾恶如仇、

---

① 江山月：《高元钧和山东快书〈武松传〉》，见《传统山东快书〈武松传〉》（高元钧演出本），北京：中国曲艺出版社 1987 年版，第 605 页。

② 江山月：《高元钧和山东快书〈武松传〉》，见《传统山东快书〈武松传〉》（高元钧演出本），北京：中国曲艺出版社 1987 年版，第 605 页。

③ 此处关注的差异不包括曲艺与小说两个不同的艺术门类所体现的显性差异，比如小说语言与说书语言的区别。

除暴安良、见义勇为的好汉形象，正如每回开头多次强调的"闲言碎语不要讲，表一表好汉武二郎"①。有一种观点认为，小说《水浒传》里的武松报私仇（比如杀潘金莲和西门庆）、泄私愤（比如杀张都监及其家人等）和为朋友两肋插刀（比如替施恩打蒋门神）等行为主要是出于个人目的。故在一些人眼里，武松的英雄形象打了折扣。但在"高派"山东快书中，情况就大为改观。武松斗杀的对象全是恶霸之类的人民公敌，且对手与他个人利益没有关系。武松的出手完全是出于惩强扶弱、打抱不平的目的。

整体来看，"高派"山东快书是围绕着刻画为民除害的武松形象来设计情节的。与小说相比，其武松故事作了较大改动。从回目安排可以看出，增加的内容有"东岳庙"、"石家庄"、"闹当铺"、"闹公堂"、"闹南监"等《水浒传》中完全没有的情节。其中，"东岳庙"讲述的是武松和周通除掉李家五个恶霸兄弟的故事。"石家庄"讲述的是武松乔扮媳妇，除掉石家庄恶霸方豹的故事。这个故事情节的设计，与鲁智深在桃花村刘老汉家的销金帐中，冒充他的女儿，痛打小霸王周通的情节相仿，故有移花接木之嫌。"闹当铺"讲述武松惩罚巧取豪夺的当铺主"冯百万"，从而帮助一个乡下的老大娘取回被讹诈的金银首饰。"闹公堂"和"闹南监"这两回讲述武松不惧威严，敢于与县太爷施正堂和两个监头"催命鬼"、"活阎王"作坚决的斗争。从这些添加的故事情节来看，武松打抱不平，完全是主动出击，急他人之所急，想他人之所想，丝毫不考虑个人的生命安危。可见，"高派"山东快书中的武松是一个理想化的英雄典型。

（二）减缩故事情节

与小说《水浒传》前七十回相比，被删略的情节有第二十四回"王婆贪贿说风情 郓哥不忿闹茶肆"和第二十五回"王婆计啜西门庆 淫妇药鸩武大郎"。撇开人伦道德层面的问题不论，仅从艺术表现的角度看，《水浒传》这两节的内容写得比较精彩，尤其是西门庆和王婆设计勾引潘金莲的所谓"十分光"情节，具有较强的审美趣味。但在"高派"山东快书第三回"阳谷县"中，这些情节被删略掉了，只是在武松外出回来后，讲述人通过旁白的形式作了简单交代：

"坏了！""怎么啦？""要出事！""什么事？""要麻烦！""你什么毛病？""要没命了！""谁呀？""不是你也不是我。""谁？""你怎么装糊涂？"武松到汴梁这几个月，开茶馆的王婆子图了西门庆的银子，从中拉纤儿，使得西门庆勾搭上了潘氏金莲，把武老大活活给害死了；听说死得可惨了。西门庆之坏，王婆子之毒，潘金莲之狠，一个人活到一、二十，三、四十，五、六十，七、八十，十啦十，也不准能再见到第二回。武松这一回来，乱子能小得了吗？②

"高派"山东快书《武松传》中对西门庆和潘金莲故事的删节或许是出于这几种考

① 开头语的语言表述还包括"话少说，论刚强，再表表好汉武二郎"、"闲言碎语不要讲，接着再说武二郎"等，表述虽异，但大意相同。

② 《传统山东快书〈武松传〉》（高元钧演出本），北京：中国曲艺出版社 1987 年版，第 76 页。

虑：其一，西潘故事与武松毕竟没有直接关系，如果把它们插进来，容易使武松故事的叙述多一些"枝蔓"，造成情节的割裂。其二，西潘故事的讲述与武松形象的塑造没有多大联系。其三，从审美的角度来看，小说《水浒传》中西潘故事的描述相当成功。在说书人看来，他们在故事讲述的艺术上很难超越小说，因此不如采取避重就轻的策略，把这段故事省略掉。

在小说《水浒传》的第三十一回"张都监血溅鸳鸯楼　武行者夜走蜈蚣岭"中，武松血洗鸳鸯楼，除杀掉张都监、张团练和蒋门神三个罪不可恕的恶人之外，前前后后还杀了马槽、丫鬟、张夫人和养娘韩玉兰等无辜者。在快书"鸳鸯楼"一回中，武松滥杀无辜的情节一概被删除。整个"鸳鸯楼"故事在杀完张蒙方、张亮和蒋忠等恶人之后就结束了，结尾处写道：

> 武松这才出了口气，
> 一阵阵心里犯思量：
> 杀了人我走了，
> 怕只怕连累百姓遭灾殃，
> 罢罢罢！大丈夫生在天地间，好汉做事好汉当！
> 哧啦啦！——在张都监身上割下袍一块，
> 楼板上边蘸血浆，
> 粉皮墙上写大字，
> 八个大字冒红光：
> "杀人者打虎武松也！"
> 到后来，谁不赞好汉武二郎！
> 武松想：大仇已报走了吧，
> 实不行奔走梁山上！
> 这一回血溅鸳鸯楼，
> 下一回里更紧张。

从结尾的叙述可以看出，武松在"鸳鸯楼"只是杀了该杀的人，未杀害其他人，此即所谓"冤有头，债有主"。值得一提的是，小说中的武松在墙上题写"杀人者打虎武松也"，其中有泄私愤和个人逞能的意味。而在"高派"山东快书中，武松题写"杀人者打虎武松也"，目的是"好汉做事好汉当"，免得"连累百姓遭灾殃"。这一艺术处理，提升了武松那种男子汉大丈夫的英勇形象。老舍在谈到通俗艺术的创作时说："人物的描写要黑白分明，要简单有力地介绍出；形容得过火一点，比形容得恰到好处更有力。要记住，你的作品须能放在街头上去，在街头上只有'两个拳头粗又大，有如一对大铜锤'，才能不费力地抓住听众，教他们极快的接收打虎的武二郎。"[1] 可见，黑白分明的武松形象在情感上更容易让普通老百姓接受。

---

① 老舍著：《老舍曲艺文选》，北京：中国曲艺出版社 1982 年版，第 14 页。

为凸显武松形象的正面性，快书对小说的第二十七回"母夜叉孟州道卖人肉　武都头十字坡遇张青"中武松"调戏"孙二娘的情节也作了删节。小说这一回叙写武松发配途中住十字坡店时，识破该店是个黑店，并揣测到孙二娘的"不怀好意"，故决计要耍她一回，文中最精彩的是武松假装麻翻倒地，从而"调戏"孙二娘的一幕，小说文本叙述道：

> 那妇人一头说，一面先脱去了绿纱衫儿，解下了红绢裙子，赤膊着，便来把武松轻轻提将起来。武松就势抱住那妇人，把两只手一拘拘将拢来，当胸前搂住，却把两只腿望那妇人下半截只一挟，压在妇人身上。那妇人杀猪也似叫将起来。那两个汉子急待向前，被武松大喝一声，惊的呆了。那妇人被按压在地上，只叫道："好汉饶我！"那里敢挣扎。

如果单从艺术审美的角度来看，这一细节叙述的艺术趣味性很强；同时，也丰富了武松那种刚柔相济的人物个性。但文本故事中的武松，也有好色之嫌。于是，在"高派"山东快书的"十字坡"一回中，武松"戏耍"孙二娘的肉麻情节给删掉了，改为武松假装麻翻后，孙二娘背着他去剥人房。这一删节，过滤掉了武松的不雅之举，目的是净化武松的英雄性格。

（三）改动故事情节

快书对小说的部分情节也作了一些改动。其原因在于：其一，人物形象塑造与情节安排的需要；其二，乡土文化趣味的渗透；其三，艺术风格的要求。对此，我们结合具体文本作简要分析：

1. 人物形象塑造与情节安排的需要

前文已述，"高派"山东快书中的武松形象更富理想性，更趋完美。为达到这个目的，快书中的故事情节作了一些改动。武松帮助施恩打蒋门神的故事，集中在小说的第二十八回"武松威镇安平寨　施恩义夺快活林"和第二十九回"施恩重霸孟州道　武松醉打蒋门神"。小说写武松在发配途中告别张青和孙二娘之后，来到东平府牢城营前的安平寨。在牢营的点视厅，武松正要吃"杀威棒"时，管营相公身边的一个人在管营相公耳旁略说了几句，管营于是以武松生病为借口，放过了武松，武松免遭毒打。小说如此描述管营相公身边的那个人："六尺以上身材，二十四五年纪；白净面皮，三柳髭须；额头上缚着白手帕，身上穿着一领青纱上盖，把一条白绢搭膊络着手。"此人正是施恩。接下来的日子里，武松受到好酒好饭款待，而且换了新的住处，"里面干干净净的床帐，两边都是新安排的桌凳什物"。数日之后，武松与施恩相见，小说这样描述道：

> 只见施恩从里面跑将出来，看着武松便拜。武松慌忙答礼，说道："小人是个治下的囚徒，自来未曾拜识尊颜；前日又蒙救了一顿大棒，今又蒙每日好酒好食相待，甚是不当；又没半点儿差遣，正是无功受禄，寝食不安。"……施恩道："既是村仆说出了，小弟只得告诉：因为兄长是个大丈夫，真男子，有件事欲要相央，除是兄长便行得；只是兄长

路远到此，气力有亏，未经完足；且请将息半年三五个月，待兄长气力完足，那时却对兄长说知备细。"（第二十八回）

施恩要说的就是请武松帮忙打蒋门神的事情。而他与蒋门神结怨的原因，小说通过施恩之口作了详细交代：

施恩道："小弟自幼从江湖上师父学得些小枪棒在身，孟州一境，起小弟一个诨名，叫做金眼彪。小弟此间东门外，有一座市井，地名唤做快活林；但是山东、河北客商们，都来那里做买卖；有百十处大客店，三二十处赌坊兑坊。往常时，小弟一者倚仗随身本事，二者捉着营里有八九十个拼命囚徒，去那里开着一个酒肉店，都分与众店家和赌坊兑坊里。但有过路妓女之人，到那里来时，先要来参见小弟，然后许他去趁食。那许多去处，每朝每日，都有闲钱；月终也有三二百两银子寻觅。（第二十九回）

从施恩的说话可知，武松对施恩施以援手，有"哥们帮哥们"的江湖义气成分。这是小说中的武松受人诟病的原因之一。山东快书的演艺者显然注意到了这个问题，故对小说中的这段故事作了大幅度改动。快书中的"快活林"一回，省略了小说中施恩多次款待武松，却不把真实情况道出，弄得武松感到事有蹊跷等内容，而是直接道出施恩来狱牢里探望武松，文本描述道：

> 少爷施恩进了监，
> 脸面前跪下了一大帮：
> 这个说："大少爷！我两天吃了一顿饭！"
> 那个说："我一天喝了一碗汤，
> 回官宅，见了老爷垫句话，
> 快给俺们添干粮！"
> 大少爷倒说："好！好！好！
> 回去我把话递上！"
> 禁卒进前忙施礼：
> "少爷！有什么事情来到南监房？"
> 少爷倒说："事不大，
> 我来看看武二郎。"
> （白）"谁？"
> "阳谷县来的武松！"①

从这一段文本可以看出，施恩似乎也是一个乐善好施的善良之辈。快书借武松之眼描述施恩的英武形象：

---

① 《传统山东快书〈武松传〉》（高元钧演出本），北京：中国曲艺出版社1987年版，第375页。

武松后边紧跟上；
正走之间抬头看，
打量少爷施一郎：
年纪不大二十多岁，
模样长得怪漂亮：
只见他插花将头巾戴，
素罗花袍穿身上，
丝绦一根腰中系，
薄底快靴二足装；
……①

施恩来见武松，是因为武松与宋江是结拜兄弟，而他自己与宋江也是结拜兄弟。这样，武松于他而言则是"兄弟之兄弟"。这种人际关系的安排处理，滤除了小说中武松被施恩利用的嫌疑。同时，也因为这种"兄弟之兄弟"的关系，武松与施恩也焚香结拜为兄弟了：

施恩打着火就把香焚上；
施恩进前下了跪：
"狱神老爷听其详：
保佑保佑多保佑，
保佑弟子施一郎；
跟二哥武松结拜仁兄弟，
俺们俩结拜一炉香；
我要有三心并二意，
转心壶，毒药酒下一命亡！"
武松万般无其奈，
"扑通"！——扎跪地中央，
磕了个头，开言道：
"狱神爷！保佑弟子武二郎；
我跟施恩结拜了仁兄弟，
我们俩磕头一个娘；
我要有三心并二意，
五雷击顶一命亡！"
……②

---

① 《传统山东快书〈武松传〉》（高元钧演出本），北京：中国曲艺出版社 1987 年版，第 378 页。
② 《传统山东快书〈武松传〉》（高元钧演出本），北京：中国曲艺出版社 1987 年版，第 384 页。

如果武松仅出于哥们义气而帮助施恩的话，武松的行为算不得高尚。在小说《水浒传》中，施恩的酒店有涉黑之嫌，按他自己的话说："小弟一者倚仗随身本事，二者捉着营里有八九十个拼命囚徒，去那里开着一个酒肉店，都分与众店家和赌坊兑坊里。但有过路妓女之人，到那里来时，先要来参见小弟，然后许他去趁食。那许多去处，每朝每日，都有闲钱；月终也有三二百两银子寻觅。"如此看来，施恩的酒店也是干一些巧取豪夺的非法勾当，赚的都是不干净的钱。但在"高派"山东快书中，为突出武松和施恩的正义，讲述者对施恩的酒店的性质作了很大改变。施恩之父告诉武松说，施恩开的是蒸酒房，这个蒸酒房是施恩瞒着父亲，用从母亲那里拿来的一万两银子建造的：

> 快活林离这里二十五哇，
> 这个镇店买卖强；
> 有一条大道通汉口，
> 水路上一条大河通长江；
> 万桩生意俱都有，
> 就缺少一座蒸酒房；
> 他回来瞒着为父不知道，
> 后边跟你娘商量；
> 也是你母亲不懂事，
> 偷偷地给他银子一万两；
> 你兄弟快活林置下五倾地，
> 盖下了八十一间蒸酒房；
> ……①

施恩的蒸酒房开了一年，赚了十万两银子。施恩的父亲知道此事后，认为做官不能兼做生意买卖，于是叫施恩赶快把店子迳出去。但此时早想开酒房的员外张亮派人到施恩的酒房闹事，并纠合蒋门神把施恩打成重伤，夺了他的蒸酒房。经过这种情节处理，施恩成了一个安守本分的弱势者，而蒋门神则成了一个十足的恶霸。为了凸显蒋门神的蛮横无理，"高派"山东快书中还交代说蒋门神欺压普通老百姓：

> 要不说这个小子坏吗！
> 在他身上没理讲；
> 快活林多少买卖家，
> 都和他并无冤仇在身上；
> 他说占哪家占哪家，
> 挂上招牌就姓蒋；
> 乡下村民去卖农货，

---

① 《传统山东快书〈武松传〉》（高元钧演出本），北京：中国曲艺出版社 1987 年版，第 392 页。

他说包庄就包庄；
该值十两给一吊，
该值一吊光溜光；
曾逼得两个老头上了吊，
三个老头碰了墙；
你想想，连你兄弟他都敢打，
对百姓不是更猖狂吗？
……①

正是蒋门神的恶贯满盈，使得武松帮助施恩打蒋门神的行为成了惩强扶弱的义举，由此也使武松的形象更显得高大了。

2. 乡土文化的渗透

山东快书主要流行于鲁中、鲁西南一带的农村，具有浓厚的乡土文化气息。这种乡土气息在"高派"山东快书《武松传》中得到了充分表现。比如，小说《水浒传》第二十七回"母夜叉孟州道卖人肉　武都头十字坡遇张青"中，叙述武松在十字坡遇到了一个樵夫，通过他的指引，武松和两个公差找到了孙二娘的酒店。小说写道："三个人奔下岭来，山冈边见个樵夫，挑一担柴过来。武松叫道：'汉子，借问你，此去孟州还有多少路？'樵夫道：'只有一里便是。'武松道：'这里地名叫做甚么去处？'樵夫道：'这岭是孟州道。岭前面大树林边，便是有名的十字坡。'"可见，此处的樵夫只是小说情节过渡的链条，所以小说行文没有对他着力描写。小说的空白却给了山东快书《武松传》一个表达农村生活和文化趣味的艺术空间。快书中在这个情节上，对"樵夫"进行了浓墨重彩的描写：

您要问樵夫怎样穿戴？
众位不知听我说：
这个老头，头上戴顶破草帽，
穿着件小褂露胳膊；
灯笼裤子半截腿，
穿一双破鞋都用绳系着；
腰里掖把夹钢斧，
肩架上担着一担鲜柴禾；
担着挑子往前走，
他就往柳荫树下猛一搁；
脱下了破鞋垫上腚，
抹下草帽来搧着，
老头说："好热好热真好热，
实实在在热死我；

① 《传统山东快书〈武松传〉》（高元钧演出本），北京：中国曲艺出版社1987年版，第399页。

我老汉但有两吊钱，
也不爬山越岭地拾柴禾！"
……①

　　此处通过对"破草帽"、"小褂"、"灯笼裤子"、"破鞋"等穿戴以及"脱下了破鞋垫上腔，抹下草帽来搧着"等行为动作的刻画，使一个活脱脱的樵夫形象跃然纸上。另外，老头所说的"好热好热真好热"这一句词看似平淡，实际上很有趣味。一方面，农村老头识文断字不多，无法用高雅的词汇传达自己的内心感受，故只能通过口语化的重复来传达那种艺术效果；另一方面，从音韵学的角度看，"好热好热真好热"能体现一种活泼明快的节奏与韵律感。可见，"好热好热真好热"这一句词能呈现出不同凡响的艺术功力。老舍说："我们应躲着那些陈腐的词汇，而代以民间活泼有力的语言；可是一谈到音韵音律，我们就不十分自由了。语音在纸上是一回事，到了歌腔韵调上便是另一回事。'揍死你'也许比'教你见阎王'少一些迷信的成分，可是赶到某一歌腔上，它也许就不如'见阎王'好唱好听。"② 从农民观众的角度来看，这种简单朴实的语言是他们生活中非常熟悉的，容易引起他们的情感认同。与小说相比，"高派"山东快书《武松传》中的乡土味很浓。比如，在小说的"武松打虎"故事中，武松在一个叫"三碗不过冈"的小酒店里喝了"透瓶香"的酒以及吃了一些牛肉。小说文本没有介绍其他食物。但在"高派"山东快书中，讲述者介绍说：

要喝酒，有状元红，葡萄露，
还有一种是烧黄，
还有一种出门倒，
还有一种是透瓶香；
要吃菜，有牛肉，
咱的个牛肉味道强；
要吃干的有大饼，
要喝稀的有面汤。
……③

　　从这里摆设的食物看，"烧黄"、"大饼"、"面汤"等完全是地地道道的农民生活的食物，快书由此深深打上了农村文化烙印。老舍在谈到通俗文艺创作的技巧时说："我们就必须从民众的生活里出发，不但采用他们的言语，也有民众生活，民众心理，民众想象，来创造民众的文艺。……明白了活生生的民间，把握住那活生生的语言，我们会和民众一样去想象。"④ 整体而言，由于山东快书中的武松故事主要流行于鲁西南一带的农村，故

　　① 《传统山东快书〈武松传〉》（高元钧演出本），北京：中国曲艺出版社1987年版，第129页。
　　② 老舍著：《老舍曲艺文选》，北京：中国曲艺出版社1982年版，第25页。
　　③ 《传统山东快书〈武松传〉》（高元钧演出本），北京：中国曲艺出版社1987年版，第50页。
　　④ 老舍著：《老舍曲艺文选》，北京：中国曲艺出版社1982年版，第23~24页。

富有浓郁的农民文化生活情趣。

3. 艺术风格的要求

山东快书艺术风格的一个突出特点是诙谐幽默。在"高派"山东快书《武松传》中，这种幽默风格体现得非常充分。比如，在小说中，武松打虎的情节写得紧张而激烈：

> 那个大虫又饥又渴，把两只爪在地下略按一按，和身望上一扑，从半空里撺将下来。武松被那一惊，酒都做冷汗出了。说时迟，那时快，武松见大虫扑来，只一闪，闪在大虫背后。……武松把左手紧紧地揪住顶花皮，偷出右手来，提起铁锤般大小拳头，尽平生之力，只顾打。打到五七十拳，那大虫眼里、口里、鼻子里、耳朵里，都迸出鲜血来。那武松尽平昔神威，仗胸中武艺，半歇儿把大虫打做一堆，却似挡着一个锦皮袋。

由这一段文字叙述可知，武松面对老虎，心里还是很紧张的——"酒都做冷汗出了"。紧张造成了武松心急，结果他从半空劈下来的第一棒打在枯树上，"哨棒折做两截"，最后，武松"尽平生之力"才把老虎打死。读这段文字时，读者心理似乎有点发怵。而在"高派"山东快书中，武松打虎的气氛则相当舒缓轻松，并伴有强烈的诙谐幽默感。比如，武松看到老虎之后，先是一阵本能的紧张，然后马上镇定下来，给自己打气："怕是没有用啊……哎！我倒看老虎怎样强！"[1] 讲述者为了舒缓欣赏者的紧张情绪，特意把老虎作了拟人化的艺术处理。文本如此描述老虎第一眼见到武松的情景："这只虎一见武老二，耶！打本心眼儿里喜得慌：这个大个还不小嘞！两顿我都吃不光——"[2]老虎用尾巴没扫着武松时，讲述者就描述道："老虎心里着了忙：（白）要坏事啊，今天要麻烦呀！"[3]更妙的是，当武松用两只手卡住虎的脖腔，把老虎摁倒在地时，讲述者还虚拟了武松和老虎对话的情景：

> （白）哎！怎么还往下压呀？这多别扭！你看，你看，你看……老虎没吃过这个亏呀，它不干啦！把前爪一按地——
> 　　老虎说：我不干啊！
> 　　武松说：你不干可不行啊！
> 　　老虎说：我得起来呀！
> 　　武松说：你先将就一会儿吧！
> 　　老虎说：我不好受哇！
> 　　武松说：你好受我就完啦！
> 　　……[4]

通过幽默风趣的虚拟对话，武松打虎过程中的紧张感被稀释了不少，欣赏者从中能体

---

① 《传统山东快书〈武松传〉》（高元钧演出本），北京：中国曲艺出版社 1987 年版，第 58 页。
② 《传统山东快书〈武松传〉》（高元钧演出本），北京：中国曲艺出版社 1987 年版，第 58 页。
③ 《传统山东快书〈武松传〉》（高元钧演出本），北京：中国曲艺出版社 1987 年版，第 59 页。
④ 《传统山东快书〈武松传〉》（高元钧演出本），北京：中国曲艺出版社 1987 年版，第 60 ~ 62 页。

验到"武松打虎"的另一种娱乐趣味。这种轻松搞笑的娱乐化情节在"高派"山东快书《武松传》中有很多。比如"石家庄"一回中,武松装新娘去惩治恶霸方豹的故事叙述也颇富风趣幽默意味。文本描述武松上花轿的具体细节:

(白)可头上去了,腚还在外边:

"怎么上不去呀?"

"你先出来!你没见过人家上轿的吗?"

"没有!谁干过这事!长这么大也没装过媳妇,我上这轿还真有点害怕!"

"怕什么?"

"地方太小,失了火没地方躲!"

"嘻!……这里边能失了火啊!人家上轿先上腚,你先上头,就能上去了吗?"

"上腚?怎么上呀?"

"你出来,出来,转过身来!"

"嗯!"

"往后退,往后退,弯腰!"

"嗯"

"往后退!"

"嗯!怎么这么别扭啊?哎哟!"——

左边挤得不咕容,

右边挤得不逛荡,

上边窝着个脖儿梗,

气得武松骂木匠:

(白)"你怎么做的这么小哇!……"

(旁白)人家是为你做的吗?上不去骂开木匠啦!

……①

从这段颇富戏剧色彩的文本描述可以看出,讲述者是有意识地在武松这个大个子身上取乐的。在这种情节氛围中,武松给人的印象则是幽默风趣的小伙子,与小说中那个威严耿直的武松形象大异其趣。

第四节 民间武松叙事的文化趣味

通过对扬州评话"王派水浒"和"高派"山东快书中武松形象的分析,能够发现,

---

① 《传统山东快书〈武松传〉》(高元钧演出本),北京:中国曲艺出版社1987年版,第264页。

民间水浒故事与小说《水浒传》分属两个不同的叙述系统。由于艺术影响力的差异，我们姑且称《水浒传》为"经典"水浒，而民间水浒故事则称为"非经典"水浒。总的来看，它们之间有公共的交叉地带，也有自己的艺术"自留地"。可见，水浒叙事是一个笼统的概括，它包括不同时地的异彩纷呈的艺术形态。这些艺术形态主要体现为一种民间艺术、地方艺术和综合艺术。这些不同地域的水浒故事因为流传时期和文化土壤不同，所以有着不同的叙述内容。以武松形象为例，武松形象呈现出一个复杂的演变过程。龚圣与的《宋江三十六人赞》描绘武松的形象为"酒色财气，更要杀人"。从这些文字描述来看，武松似乎是一个恶徒，根本算不上一个英雄，更不值得他人赞赏。但后来的武松形象发生了异变。明代戏曲家沈璟作的传奇《义侠记》①把武松刻画为尚义任侠的大英雄。对于武松形象的演变，据清朝王思厚《豆棚夜话》（卷一）中《〈水浒〉鳞爪》的记载，武松原本非姓"武"，而是姓"李"，是山东博兴县小清河畔清河镇李家庄一个地主家的恶少，以寻衅滋事为乐，诨名有"李棒子"、"李霸"、"李元霸"等。曾有一次，武松因逞能与一江湖卖膏药的人士比武，结果被人打败，遂欲拜其为师学武。那人要求武松学艺后要做好事，不能做坏事，武松应允，于是有打虎和杀恶霸（这个恶霸占有卖煎饼的人的老婆）的故事。武松后来当了少林寺和尚，但不守佛门戒规，喝酒吃肉，打架闹事，住持打发他做云游僧（丐僧）。传说武松云游所到之处，行侠仗义，惩强扶弱，"武行者"的形象即济公形象的原型。②

基于此，论者指出："关于武松的材料，一百个地方就有一百种说法。它是一种民间传说，是民间的一种口头创作。这种天南扯到海北的'山海经'，是无法考证的。任何材料，都是百花中的一朵，百鸟声中的一鸣，都为民族艺术的百花之园添了一抹春色。"③比如，关于"武松打虎"的故事，不同地域就有不同的版本。"高派"山东快书里的"武松打虎"故事的文化趣味在前文已述及。除此之外，鲁迅在《门外文谈》里也讲述了他的故乡绍兴流行的目连戏"武松打虎"的故事。其中由甲、乙两个乡民分别扮演武松和老虎。扮演武松的甲身体强壮，而扮演老虎的乙则身体虚弱，"武松"把"老虎"打得够厉害。"老虎"说，你怎么能这样打我？"武松"说，我不打你，你不是会咬死我嘛。扮演"老虎"的甲提出互换扮演的角色。换位之后，"老虎"把"武松"咬得够呛。"武松"说，你怎么这样咬我？"老虎"说，我不咬你，你不把我打死？这则由"武松打虎"向"老虎咬武松"的故事转换，明显带有民间戏谑的成分，"武松打虎"故事中崇尚英雄的意蕴也被稀释，变成了以强欺弱的强盗逻辑。扬州评话"王派水浒"《武松》里的"武松打虎"故事则有许多娱乐逗趣的"添加剂"。老虎躲在树丛里面对武松说："哈哈，武松，你没看见我，我可看见你了。"武松打老虎的一棍子不是小说中的把棍子打在松枝上，把棍子打折了，而是一棍子打在老虎面前，老虎认为这是香肠，结果把棍子咬掉半截。

总之，"非经典"水浒故事叙述体现的是一种民间艺术和地方文化趣味。这些故事根

---

① 《义侠记》所演内容为景阳冈打虎、阳谷遇兄、杀西门庆、打蒋门神、十字坡认义、飞云浦复仇等情节，与小说《水浒传》的情节主线相同，但增添了武松妻子、叶子盈等事迹。参阅傅惜华编：《水浒戏曲集》（第二集），上海：上海古籍出版社1985年版，第159～230页。

② 参阅李殿元、王珏著：《〈水浒传〉之谜》，北京：中国广播电视出版社2006年版，第130～131页。

③ 参阅李殿元、王珏著：《〈水浒传〉之谜》，北京：中国广播电视出版社2006年版，第132页。

据地方的艺术趣味和文化特色来讲述，表达了一种地方文化认同感。它注重艺术的现场即兴感、表演性。作为一种民间文艺，这些水浒故事的讲述以娱乐他人为主，体现为民间狂欢文化的特质，包蕴了民众的感情诉求和集体智慧，同时有着独特的艺术韵味。老舍在《大众文艺怎样写》一文中评价评书中的武松故事时说：

> 大概的说，说评书的有两派。一派是"给书听"的，一派是旁征博引的……后者是《挑帘杀嫂》可以说半个月，《武松打虎》可以说五六天。前者是真有故事可讲，后者是真有东西可说。虽然在评书界里以老实说书的为正宗，可是在我们听来却不能不钦佩那些能把《武松打虎》说了五六天的。表面上，他是信口开河；事实上，他却水到渠成，把什么事都描写得逼真，体贴入微。他说武松喝酒，便把怎么喝，怎么猜拳，怎么说醉话，怎么东摇西摆的走路，都说得淋漓尽致。他要说武松怎么拿虱子，你便立刻觉得脊背上发痒。山东的二狗熊就更厉害了，他能专说武松，一说一两个月。他的方法是把他自己所想起来的事都教武松去作，编出多少多少小段子去唱。他唱武松走路，武松打狗，武松住店，武松看见的一切。他专凭想像去编歌唱，而他所想像到的正也是大众所要想像出来的。所以，他每到一处，学校即贴出布告，禁止学生出去，因为他的玩艺中有些不干净的地方。可是，布告虽然贴出，到晚间连校长带先生也出去听他了。真正好的大众文艺，在知识分子中也一样的吃得开。①

"挑帘杀嫂"、"武松打虎"等故事能够说上五六天甚至半个月，很显然，说书者并不是按照小说文本的故事来演说的。在说书故事中，说书者加进了许多自己编造的故事成分。这些新增的故事成分并不是胡编乱造的，而是按照大众的欣赏趣味和爱好来设计的。"乡间之唱武松者，往往以数十句形容一双拳头如何厉害，为打虎先壮声势。此虽有失剪裁，而听众对形容总比对说理更感兴味。"② 作为一种注重观众接受的文艺活动，评书中的故事是一个引发文艺活动中听、说者艺术想象与文化活动的触媒，它的目的不像案头小说那样，去塑造一个完美的艺术典型，表达一个深刻的主题，而是尽可能地给观众带来快乐。说书之类的文艺活动可笼统地称为通俗文艺。娱乐精神是这些艺术活动的本位追求，让老百姓快乐是其文艺活动的宗旨，因此，从本质而言，它们并不太考虑审美、伦理道德教育等高雅艺术活动所负载的文化功能。在艺术对象的定位上，与高雅艺术的曲高和寡不同，通俗文艺追求的是"火"，即能够点燃大多数人的快乐激情。为了达到"火"的目的，表演者往往使出浑身解数，弄出一些搞怪甚至低俗的文化，亦即老舍所说的"他的玩艺中有些不干净的地方"。

与那些"源于生活、高于生活"的经典艺术不同，这些通俗艺术活动的魅力即在于表演的"出位"，而它们受到正统文艺观人士批判的原因也在于此。以获得 2009 年春晚语言类节目一等奖的小品《不差钱》为例。有人指出，"小沈阳"的三大搞笑"绝招"即性别反串、歌唱模仿秀和夸张滑稽的肢体动作。因此指责他这种哗众取宠的艺术做派缺乏生活

---

① 老舍著：《老舍曲艺文选》，北京：中国曲艺出版社 1982 年版，第 44~45 页。
② 老舍著：《老舍曲艺文选》，北京：中国曲艺出版社 1982 年版，第 30 页。

实感，失之肤浅，与真正的艺术距离遥远，故担心一旦观众看腻了他这几句俏皮话、几个笑话段子之后，就会弃之如敝屣。但问题是，在有识之士批评这些不入流的艺术缺乏思想内涵和道德价值观念时，它们往往能够凭借过人的演技与搞怪水准，获得观众的高度认同，从而在艺术舞台（尤其是民间性质的艺术舞台）上保有持续的艺术生命力。观众对于小品《不差钱》的肯定，除了央视大奖之外，甚至有"赵本山挽救了春晚，小沈阳挽救了赵本山"的美誉。总而言之，人们对这些通俗艺术从来都是褒贬有之。对此，我们可从一篇采访调查文章①中截取几例，看看大众是如何讨论赵本山与"小沈阳"及其艺术活动的：

尽管有人不认可赵氏表演风格，但是更多专家学者，抑或普通观众，还是喜爱这位黑土地走出的演员。余秋雨说，赵本山为何受到这么多人的欢迎，是一个远远超出许多理论家思考之外的问题。既有的文艺理论，没有哪个章节能解释赵本山现象，这个艺术现象有待后来的理论工作者去研究和总结。

余秋雨是大张旗鼓承认赵本山为"艺术大师"的代表人物，他说："全国几亿人、长达十余年地需要和喜欢赵本山小品，如果漠视这一点的话，是对审美现实的拒绝。如果你不承认赵本山，就是在说，中国几亿观众的快乐错了？赵本山被中国人那么长时间地接受，构成了中国人当代的心理审美史，经受了这种考验，还不是大艺术家的话，什么样的人才是大艺术家呢？"

与其师傅赵本山一样，小沈阳出名后同样面临争议与指责。……小沈阳的确多才多艺，模仿众多歌手几可乱真，现场调动观众情绪更是娴熟拿手。但是他的招牌形象与招牌动作：发卡、碎花衣服、娘娘腔，又引来不少指责。……有网站的帖子直接名为"小沈阳用混淆性取向换取廉价的笑声与掌声，低俗不堪"。还有人不喜欢他"贼眉鼠眼"的长相，为小沈阳的走红痛心疾首："小沈阳火的原因，是因为他演绎了不男不女的形象。笑，只能说明我们素质太低。"

娱乐表演千姿百态，小沈阳也是其中的一"态"，他女性化的这一"态"丰富了小品艺术的表现形式与娱乐方式，没有给文化娱乐和生活习俗带来危害。"假如因为没有所谓男子汉气概就受指责的话，那么传统艺术里的男旦也都得取消了。"

小沈阳的可贵之处在于，他能以个人魅力拉动整个现场的气氛，"他有自己的绝活，类似'一招鲜'的东西"。

乍一看小沈阳的表演，……开头看还觉得很有新意，但超过10个以后就不断出现雷同与重复了，几乎每处都会有"姐啊，你家猴搁哪买的"或者"看清楚了，我是人不是

---

① 以下资料见：《小沈阳，你究竟能走多远》，http://www.csonline.com.cn，2009年2月18日。

鬼"、"我是男还是女呢，这问题搁我也整矛盾了"这几个笑料。

"如果他可以收敛表演中格调不高的东西，转而关注人性，充分表现社会生活现实，将人性中的微妙之处恰到好处地表现出来，在电视需要和自己的二人转风格之间找到平衡点，就会有较广阔的发展空间"。

小沈阳的"一招鲜"，说到底其实就是一个"俗"字。对很多人来说，他们喜爱小沈阳的原因，正是这种"俗"。他不装高雅，不假大空，迎合底层百姓，随意自然，不吝嘲笑自己，以此给观众带来欢笑。……小沈阳若想真正成功，成为赵本山之后扛起中国娱乐大旗的人物，还需要在雅和俗之间，找到一个平衡点；而且他也不能只靠着现成的几个段子和模仿秀支撑下去，还需要更多原创作品才能求得更好地发展。

从以上讨论来看，人们对"小沈阳"的评价分为截然相反的两个阵营。以"小沈阳"的性别反串为例。有人认为那是一种"娘娘腔"，显得"不男不女"；但也有人认为，男扮女装的表演能够接受，比如，京剧中的旦角，就是男人妆饰女人的表演，性别反串作为一"态"，丰富了小品艺术的表现方式与娱乐形式。在演技方面，有人指责"小沈阳"的表演"低俗"、"雷同重复"；但也有人肯定他有类似"一招鲜"的绝活，擅长拉动现场气氛。当然，在对"小沈阳"的评价问题上，也有人持"中庸"态度，希望"小沈阳"能够在雅和俗之间找到一个平衡点，"收敛表演中格调不高的东西，转而关注人性，充分表现社会生活现实"。

问题的核心是，对于赵本山与"小沈阳"的小品艺术，我们应该持什么样的标准。有论者指出："赵本山为何受到这么多人的欢迎，是一个远远超出许多理论家思考之外的问题。既有的文艺理论，没有哪个章节能解释赵本山现象，这个艺术现象有待后来的理论工作者去研究和总结。"概言之，传统的文艺批评理论主要是从思想内涵、典型形象、叙事情节、语言表现力、审美创新性等视角去衡量作品价值的。如果用这些批评指标去解释赵本山与"小沈阳"的艺术活动，肯定会遇到很多困境。其中突出一点，即根本无法解释他们的艺术活动为什么受到大众的欢迎。也许有人会把他们的艺术简单地理解为"媚俗"、"迎合低素质群众的文化需要"等，但问题是，同样有许多精英趣味的人士也爱看这类"玩艺"。实际上，这类艺术活动本身并不像经典文本那样，具有多大的阐释价值，其价值就在于艺术活动过程中接受者在精神上的愉悦。可以说，"创造快乐"是这类艺术活动存在的最大理由，故此，这类艺术更强调活动过程本身的现场的娱乐气氛，而不注重艺术活动的"文本"能够有多大的艺术咀嚼空间。这就好比球迷更愿意去现场看球，而不是看电视转播、录像；歌迷更热衷于歌星现场表演的火爆气氛，而不是独自在房间里听听歌碟。

赵本山与"小沈阳"的艺术活动，与柳敬亭说书以及扬州评话中的说"武松"在艺术上有很多相似之处。柳敬亭说武松故事时，一方面，"说至筋节处，叱咤叫喊，汹汹崩屋。武松到酒店沽酒，店内无人，蓦地一吼，店中空缸空甓，皆瓮瓮有声"。（《陶庵梦忆》卷五）[1] 柳敬亭的"武松"说书非常注重表演性。另一方面，柳敬亭的长相也颇具

———

[1] （明）张岱著：《陶庵梦忆》，杭州：西湖书社1982年版，第62页。

"表演"性，绰号"柳麻子"，张岱描写柳麻子"貌奇丑，然其口角波俏，眼目流利，衣服恬静"①。可见，说书中的武松故事更强调娱乐观众的效果，而不是如何提炼"武松"形象所表达的思想内涵。在说水浒的扬州评话中，邓光斗以"跳打水浒"出名，他演说的武松故事更强调武打的拳法和身段；而宋承章说"水浒"则以"口风泼辣"见长，注重语言的独特趣味。总体来看，在各种民间的"武松"叙事中，武松故事只是一个故事题材的载体。有趣的是，借艺人们的不断努力探索，一个传统的故事却能够层出不穷地滋生各种风格迥异的艺术趣味。这种艺术更贴合普通大众的趣味要求，由此呈现出无穷的艺术生命力。对此，老舍的评论对我们深有启发：

> "大众"二字就很要命。不说别的，先说识字的程度吧，大众里面有的能认许多字，有的能认几个字，有的一字不识，而以一字不识的为最多。这一下可把咱们喝过墨水的人给撅了。咱们善于转文，也许还会转洋文，可是赶到面对大众，咱们就转不灵了。咱们说，"把眼光向大众投了个弧线"，大众摇头不懂；咱们说，"那女人有克丽奥拍特拉一般的诱惑力"，大众却不晓得克丽奥拍特拉是什么妖精怪物。这语言问题就够咱们懊丧老大半天的。
>
> 语言而外，还有到底民众怎样用脑筋，动感情呢？大众是不是也有想像力呢？这些便比言语更进一步，深入了人民的心灵活动的问题，我们怎能知道呢？
>
> 因为人民不懂得谁是克丽奥拍特拉，我们可以拿"老百姓的文化低呀"来开脱自己。可是，假若我们不是装聋卖傻，我们一定会看到民间原来有自己的文艺，用民众自己的语言，自己的思想，自己的感情，自己的想像，和自己的形式，一年到头的说着唱着。这又是怎么一回事呢？我们说我们的文化高，学贯中西，出口成章，可是我们的作品若卖五千本，人家民间的小唱本却一销就是多少万本。我们说我们的剧本是与莎士比亚的差不多，在城里一演就是七八天，可是人家的《铡美案》已经演过几十年或一两个世纪，而且是自都市到乡村都晓得"左眉高，右眉低，必有前妻"。②

这段话是老舍在20世纪50年代论及"大众文艺怎样写"的问题时说的。时至今日，普通大众的文艺趣味要求与当时相比，已发生很大的变化。但有一点可以肯定，无论什么时候，民间的艺术趣味与精英分子的艺术趣味总有着很大差距。只有理解这种民间艺术趣味，才能真正体验民间武松故事的艺术活力。

有论者在评价《水浒传》等源于说书传统的中国小说时认为："这一小说体裁是职业说书人的口头文学传统的天然产品，他们的目的是在尽可能多的说故事的时间内，用连续不断出现的激动人心的故事和生动活泼的人物去吸引听众。"③ 这番有见地的话给我们的《水浒传》批评阐释提供了一个很好的启示。职业说书人的口头说书是一种地道的民间文化，这种民间文化因子同样大量进入了文人创作的小说中。郑振铎说："中国小说与别国小说不大相同，有它自己的特点：是口头的传说写下来的。它一开头就不是由几个有才能

---

① （明）张岱著：《陶庵梦忆》，杭州：西湖书社1982年版，第62页。
② 老舍著：《老舍曲艺文选》，北京：中国曲艺出版社1982年版，第38~39页。
③ ［美］柳无忌著，倪庆饩译：《中国文学新论》，北京：中国人民大学出版社1993年版，第184页。

的文人创作出来的，而是从民间来的，是口头流传的，它最早是群众文娱活动的一种，它能表现人民的喜怒哀乐的情绪，是和人民群众密切相结合，为人民大众所喜爱的形式。"① 杨义先生也指出："在文化层面的侧重点上说，小说更多地联系着民间心理，诗文更多地联系着士人的性情。"② 基于这个基本的文化立场，我们对《水浒传》的研究必须重视民间文化这个参照视角。杨义先生曾以苏州桃花坞的一幅年画《水浒传忠义堂》为例，对民间水浒文化的特殊韵致作了精彩的描述和解析：

　　《水浒传忠义堂》年画，22 个人物，中间是宋江，没有卢俊义。背后是两个一红一黑的大汉，即赤发鬼刘唐和黑旋风李逵；前面两个人在那里互相争吵，这是大刀关胜和急先锋索超。两边是两对夫妇：右边一对夫妇是菜园子张青和母夜叉孙二娘，左边一对夫妇是一丈青扈三娘和矮脚虎王英这两口子。王矮虎的高度只有一丈青腰部那么高，它本身就有点幽默感。更逗趣的是，从屋顶上吊下两根横杆，上面有五个人物，一个是母大虫顾大嫂，还有一个不知道哪里来的乐三娘子，都在那里表演杂技呢，而且是女子在男子头上表演，浑无男女尊卑的禁忌；还有两个跳梁小丑用脚勾在梁上，一个是白日鼠白胜，一个是鼓上蚤时迁；另有一个人像跳马一样跳跃，这是拼命三郎石秀跳楼。这么一个水浒忠义堂，令人感到人物行为打破了时空结构，人物姿态有几分无法无天，几分可爱可亲，还有几分滑稽开心。这是民间的水浒观，是民间对《水浒传》的一种并不计较它是否忠义、是否替天行道、是否护国保民的轻松而稚气的体验。③

　　从这幅年画可以看出，民间的水浒文化中自有其特殊的文化精神基因，这种精神基因通过共享的"水浒"题材这一文化中介，潜移默化地流淌在《水浒传》的文化精神血脉中。能够把这种民间文化精神挖掘出来，就开拓了一个理解《水浒传》的新境界。

苏州桃花坞年画《水浒传忠义堂》

① 郑振铎著：《郑振铎古典文学论文集》（上），上海：上海古籍出版社 1984 年版，第 288 页。
② 杨义著：《经典的发明与血脉的贯通》，《文艺争鸣》2007 年第 1 期，第 1 页。
③ 杨义著：《重绘中国文学地图通释》，北京：当代中国出版社 2007 年版，第 122～123 页。

第三章

侠义精神与水浒叙事

第一节　侠义精神与水浒叙事的文化关联

一、水浒故事的文化渊源

顾颉刚先生在谈到孟姜女故事的研究时说:"孟姜女故事的材料请随时随地替我搜求;不要想'这些小材料无足轻重',或者说'这种普通材料,顾某当已具备了'。因为从很小的材料里也许可以得到很大的发见,而重复的材料正是故事流行的证明。这是请求之一。各种学问都是互相关联的,他种学问如不能进步到相当程度,一种学问不会有独特的发展。同样,一种学问里面的许多问题也是互相关联的,他项问题若都没有人去研究,一项问题也决不会研究得圆满。"① 顾颉刚先生的观点对我们研究水浒叙事很富有借鉴意义。也就是说,要理解水浒故事所蕴含的文化审美意义,必须对水浒故事的发展演变进行一番考探,借以从不断衍生发展的水浒叙事中,找到一种独特的审美文化内质。前文已述,史料记载的最早的水浒故事,主要有这么几条:

1. 淮南盗宋江等犯淮阳军,遣将讨捕,又犯京东、江北,入楚海州界。命知州张叔夜招降之。(《宋史》卷二十二《徽宗本纪》"宣和三年")

2. 宋江寇京东,侯蒙上书言:"江以三十六人横行齐魏,官军数万无敢抗者,其才必过人。今清溪盗起,不若赦江,使讨方腊以自赎。(《宋史》卷三百五十一)

3. 宋江起河溯,转略十郡,官军莫敢撄其锋。声言将至,张叔夜使间者觇所向,贼径趋海濒,劫巨舟十余,载卤获。于是募死士,得千人,设伏近城,而出轻兵距海诱之战,先匿壮卒海旁,伺兵合,举火焚其舟。贼闻之,皆无斗志。伏兵乘之,擒其副贼。江乃降。(《宋史》卷三百五十三)

以上的正史记载姑且理解为历史上的水浒叙事,虽然后来的"水浒"文学叙事已大大

---

① 顾颉刚编著:《孟姜女故事研究集》,上海:上海古籍出版社 1984 年版,第 4 页。

增益扩展，但其基本文化精神并未走远。易言之，历史的水浒故事实际上已经在孕育后来各种文学形态的水浒叙事的文化原型。从"江以三十六人横行齐魏，官军数万无敢抗者，其才必过人"、"官军莫敢撄其锋"等话语来看，宋江等人是相当勇猛的，其反抗的对象则是官府，他们与韩非子《五蠹》中所谓"侠以武犯禁"中的侠士精神颇为相合。或许是宋江等人的反抗精神受到民间老百姓的欢迎，故"宋江故事"不只记载在官方史书中，而且在南宋民间似乎已广为流布。鲁迅在《中国小说史略》中说："然宋江等啸聚梁山泊时，其势实甚盛，《宋史》（三百五十三）亦云'转略十郡，官军莫敢撄其锋'。于是自有奇闻异说，生于民间，辗转繁变，以成故事。"① 对于水浒英雄在民间广为流传的原因，有论者解释道："在王纲解纽，人心思乱的时代，梁山泊好汉们的英雄行径，是一般人所乐于称道的。"② 民间传说形式的水浒故事也引起了文人们的兴趣，并为他们所传写，宋末遗民龚圣与的《宋江三十六人赞》的自序曰：

> 宋江事见于街谈巷语，不足采著。虽有高如李嵩辈传写，士大夫亦不见黜，余年少时壮其人，欲存之画赞，以未见信书载事实，不敢轻为。……余然后知江辈真有闻于时者。于是即三十六人，人为一赞，而箴体在焉。（周密《癸辛杂识续集》上）③

所谓"壮其人，欲存之画赞"，意指"宋江"等人物形象成了让人景仰的具有反叛精神的硬汉形象。比如，《宋江三十六人赞》题曰：

> 呼保义宋江
> 不假称王，而呼保义。岂若狂卓，专犯忌讳？
> 大刀关胜
> 大刀关胜，岂云长孙？云长义勇，汝其后尾。
> 没羽箭张清
> 箭以羽行，破敌无颜。七札难穿，如游斜何？
> 行者武松
> 汝优婆塞，五戒在身。酒色财气，更要杀人。
> 霹雳火秦明
> 霹雳有火，摧山破岳。天心无妄，汝孽自作。
> 黑旋风李逵
> 风有大小，不辨雌雄。山谷之中，遇尔亦凶。
> 小旋风柴进
> 风有大小，黑恶则惧。一噫之微，香满太虚。
> 插翅虎雷横

---

① 鲁迅著：《鲁迅全集》（第九卷），北京：人民文学出版社 1981 年版，第 139 页。
② 宋云彬：《洁本〈水浒〉（四十八回）导言》，见南京大学中文系资料室编：《水浒研究资料》，南京：南京大学中文系资料室 1980 年版，第 301 页。
③ 朱一玄、刘毓忱编：《水浒传资料汇编》，天津：南开大学出版社 2002 年版，第 19～20 页。

飞而食肉，有此雄奇。生入玉关，岂伤令姿？
……①

《大宋宣和遗事》亦载有水浒故事，其中的主要情节有：

1. 杨志、李进义、林冲、王雄、花荣、柴进、张青、徐宁、李应、穆横、关胜、孙立等十二人结义为兄弟，负责押运花石纲。后杨志在颍州遇雪阻，缺少果足，被迫卖宝刀，而与恶少发生厮争，因杀死恶少而获狱。杨志在服刑路上被其它十一个兄弟所救，他们同往太行山落草为寇。

2. 北京留守梁师宝，将十万贯金珠、珍宝、奇巧段物，差县尉马安国一行人担至京师为蔡太师上寿，行至五花营堤上田地里时，因贪酒解渴，被晁盖、吴加亮、刘唐、秦明、阮进、阮通、阮小七和燕青等八人用麻药麻倒，宝物被劫。后因酒桶上有"酒海花家"字样，被官府查出。郓城县押司宋江星夜报信给晁盖。晁盖等人得以逃脱，后邀约杨志等十二人，共二十人，结为兄弟，往太行山梁山泊落草为寇。

《大宋宣和遗事》所用之材料，大多系南宋人的笔记和小说。从第一则材料中的"结义为兄弟"、"杀死恶少"、"杨志在服刑路上被其它十一个兄弟所救"等行动来看，梁山人物已具备司马迁在《史记·游侠列传》中所描述的"侠"的品质；第二则材料所描述的梁山人物的劫富行动，也是侠士们的惯常所为。由此可知，水浒故事在其产生之初，其所孕育的文化母题中已包含"武侠"的基本文化精神，其后的"水浒"文学叙事又逐步地将这一文化精神发扬光大。

二、"朴刀"、"杆棒"类说书与水浒故事的侠义精神

"侠"的说法，最早见于韩非子的《五蠹》："儒以文乱法，侠以武犯禁。"这个说法为以后武侠精神的发展奠定了基础。司马迁在《太史公自序》中对于《游侠列传》所体现的武侠精神亦作出阐释："游侠救人于厄，振人不赡，仁者有采；不既信，不倍言，义者有取焉。"班固的《汉书》也作《游侠传》，其中增加了楼护、陈遵、原涉等人的事迹。东汉以后，游侠暂时淡出文化视野。有论者指出："二十五史中只有《史记》与《汉书》有《游侠传》，自《后汉书》迄《明史》都无游侠列传，这正可看出自东汉以后游侠已经没落，不再为史家所重视。"② 从后汉时代起，游侠虽未被载入史书，但这并不意味着它在中国文化土壤中消失。魏晋南北朝的诗篇、唐代传奇、宋元话本中都有关于游侠形象的文学记录。③

---

① 朱一玄、刘毓忱编：《水浒传资料汇编》，天津：南开大学出版社 2002 年版，第 20～21 页。

② 孙铁刚：《秦汉时代士和侠的式微》，《国立台湾大学历史系学报》1975 年第 2 期，转引自陈平原著：《千古文人侠客梦——武侠小说类型研究》，北京：人民文学出版社 1992 年版，第 3 页。

③ 陈平原先生对此问题作了很缜密的梳理和论述。参阅陈平原著：《千古文人侠客梦——武侠小说类型研究》，北京：人民文学出版社 1992 年版。

宋代说书中所涉及的水浒故事已具有很强的武侠文化意味。宋人灌园耐得翁《都城纪胜》中的《瓦舍众伎》记载:"说公案,皆是搏刀赶棒及发迹变泰之事。"而宋人罗烨《醉翁谈录·舌耕叙引》载曰:

> 夫小说者,……有灵怪、烟粉、传奇、公案,兼朴刀、杆棒、妖术、神仙。……言《石头孙立》、《姜女寻夫》、《忧(疑是"夏")小十》、《驴垛儿》、《大烧灯》、《商氏儿》、《三现身》、《火枕笼》、《八角井》、《药巴子》、《独行虎》、《铁秤槌》、《河沙院》、《戴嗣宗》、《大朝国寺》、《圣手二郎》,此乃谓之公案。论这《大虎头》、《李从吉》、《杨令公》、《十条龙》、《青面兽》、《季铁岭》、《陶铁僧》、《赖五郎》、《圣人虎》、《王沙马海》、《燕四马八》,此乃为朴刀局段。言这《花和尚》、《武行者》、《飞龙记》、《梅大郎》、《斗刀楼》、《拦路虎》、《高拔钉》、《徐京落章(疑应作"草")》、《五郎为僧》、《王温上边》、《狄昭认父》,此为杆棒之序头。……①

罗烨的《醉翁谈录·舌耕叙引》将说话人讲述的故事分为灵怪、烟粉、传奇、公案、朴刀、杆棒、妖术、神仙八大类。就其所提及的水浒故事来看,《石头孙立》和《戴嗣宗》属于"公案"类;而《青面兽》、《花和尚》、《武行者》和《王温上边》则属于"朴刀"、"杆棒"类。若据《都城纪胜》的分类,"朴刀"、"杆棒"故事则归为"公案"类。有论者指出其理由:"所谓'朴刀杆棒',是泛指江湖亡命,杀人报仇,造成血案,以致经官动府一类的故事。再如强梁恶霸,犯案累累,贪官脏吏,横行不法,当有侠盗人物,路见不平,用暴力方式,替人民痛痛快快地伸冤雪恨,也是公案故事。"② 可见,说书中的水浒故事以梁山人物为核心,其人物形象已具有鲜明的侠义精神。

值得一提的是,说书中的水浒人物形象应该影响了小说《水浒传》中对人物形象的刻画。比如,《水浒传》描写的主要英雄有一些共同的特点,且以晁盖和宋江为例:

> 晁盖:原来那东溪村保正姓晁,名盖,祖是本县本乡富户,平生仗义疏财,专爱结识天下好汉,但有人来投奔他的,不论好歹,便留在庄上住。若要去时,又将银两赍助他起身。最爱刺枪使棒,亦自身强力壮,不娶妻室,终日只是打熬筋骨。(十四回)
>
> 宋江:他刀笔精通,吏道纯熟,更兼爱习枪棒,学得武艺多般。平生只好结识江湖上好汉,但有人来投奔他的,若高若低,无有不纳,便留在庄上馆谷,终日追陪,并无厌倦;若要起身,尽力资助,端的是挥霍,视金似土。人问他求钱物,亦不推托;且好做方便,每每排难解纷,只是周全人性命。(十八回)

晁盖和宋江是梁山好汉众望所归的两位大头领。从他们出场的身份介绍来看,两人性格似乎有着惊人的一致性,具体情况可见下表:

---

① 朱一玄、刘毓忱编:《水浒传资料汇编》,天津:南开大学出版社2002年版,第19页。
② 陈汝衡著:《说书史话》,北京:人民文学出版社1987年版,第49页。

晁盖	宋江
专爱结识天下好汉	平生只好结识江湖上好汉
但有人来投奔他的，不论好歹，便留在庄上住	但有人来投奔他的，若高若低，无有不纳，便留在庄上馆谷
若要去时，又将银两赍助他起身	若要起身，尽力资助
最爱刺枪使棒	更兼爱习枪棒

　　从上表可以看出，对这两个人的身份介绍是用了一种熟悉的套语模式，故在话语表述上有明显的重复现象。另外，两个人的实际行为表现与这些描述也有出入。比如说，这里提到两个人都非常爱好武功，但在《水浒传》里，两人的武功乏善可陈，有些地方甚至显示出他们似乎从未练过武。① 出场介绍与故事情节之间的差距更凸显了这一点。"套语"是口头叙事中惯用的讲述技艺，其他水浒英雄人物形象的描绘也有口头文化的遗存。对此，夏志清评论说："突出的一点是，他们口中的梁山好汉往往都是历代名人之后或是传奇英雄的翻版。柴进被说成是周末世宗皇帝柴荣的后裔（宋太祖就是在柴荣手下发迹的）；杨志则是宋初杨家将嫡孙；呼延灼带有宋朝又一位名将呼延庆的遗风。还有两位英雄仿效关羽塑造而成：关胜的形体、性情、勇武无一不酷似其先祖，美髯公朱仝也与关羽外貌相类。这样的模仿如何而来，人们很容易想象。说书人迫切需要有趣又易于辨认的人物来充足先定好的英雄人物，为了使他们的故事更加流行，便给许多人物冠上有名的家族姓氏乃至给他们赋予历史和小说中可爱的英雄们的形体相貌。"②

　　从元朝的水浒戏来看，戏文讲述的主要是李逵、武松、杨雄、燕青和张顺等英雄的故事。据目前保留下来的资料统计，李逵的曲目占了绝大部分。英雄的所作所为与侠客行为颇为相似。大致而言，元代的水浒戏曲故事叙述还比较混杂，但已朝定型化的方向发展。其中，"最重要的一点是元朝的梁山泊强盗渐渐变成了'仁义'的英雄"③。

　　由以上论述可知，侠义精神与水浒叙事之间有一种不可分割的文化渊源。换句话说，水浒故事所承载的一种民族文化审美精神就是侠义精神，这种侠义精神在梁山英雄人物身上得到淋漓尽致的体现。只有理解这种文化精神，才能领略水浒叙事的艺术真谛。

---

　　① 在《水浒传》第二十一回里，宋江杀死阎婆惜之后，在县衙门前居然被老阎婆扭住不放，后经唐牛儿帮忙才得以脱身。如宋江精通武功，料不会如此窝囊。

　　② ［美］夏志清著，胡益民等译：《中国古典小说史论》，南昌：江西人民出版社 2001 年版，第 84 页。

　　③ 胡适：《〈水浒传〉考证》，见胡适著，易竹贤辑录：《胡适论中国古典小说》，武汉：长江文艺出版社1987年版，第 192 页。

第二节 侠义精神与《水浒传》的民族审美趣味

一、从《水浒传》思想主题阐释的纷争说起

一个显见的事实是，《水浒传》自成书以来到现在，关于它的批评阐释的争论一直没有停止过。在思想性方面，明代李贽肯定《水浒传》的"忠义"思想，他在《明容与堂本忠义水浒传序》中说："夫忠义何以归于水浒也？其故可知也。夫水浒之众，何以一一皆忠义也？所以致之者可知也。今夫小德役大德，小贤役大贤，理也。若以小贤役人，而以大贤役于人，其肯甘心服役而不耻乎？是犹以小力缚人，而使大力缚于人，其肯束手就缚而不辞乎？其势必至驱天下大力大贤而尽纳之水浒矣。则谓水浒之众，皆大力大贤有忠有义之人可也。"① 然而，金圣叹却极力否定《水浒传》的"忠义"思想，他在《贯华堂本第五才子书水浒传·序二》中曰：

> 观物者审名，论人者辨志。施耐庵传宋江，而题其书曰《水浒》，恶之至、迸之至、不与同中国也。而后世不知何等好乱之徒，乃谬加以忠义之目。呜呼！忠义而在《水浒》乎哉？……若使忠义而在水浒，忠义为天下之凶物恶物乎哉？且水浒有忠义，国家无忠义耶？……故夫以忠义予水浒者，斯人必有怼其君父之心，不可以不察也。且亦不思宋江等一百八人，则何为而至于水浒者乎？其幼，皆豺狼虎豹之姿也；其壮，皆杀人夺货之行也；其后，皆敲朴劓刖之馀也；其卒，皆揭竿斩木之贼也。有王者作，比而诛之，则千人亦快、万人亦快者也。②

金圣叹否定《水浒传》的忠义思想，明显是针对李贽的观点而发的。他把"忠义"理解为"忠者，事上之盛节也；义者，使下之大经也。忠以事其上，义以使其下：斯宰相之材也。忠者，与人之大道也；义者，处己之善物也。忠以与乎人，义以处乎己：则圣贤之徒也"③。依照这样的忠义标准，宋江等一百零八人当然说不上忠义，只能算盗寇。同理，清朝也把《水浒传》看作"海盗"之书而屡加查禁。梁启超也注意到《水浒传》带给社会的负面影响："今我国民绿林豪杰，遍地皆是，日日有桃园之拜，处处为梁山之盟，所谓'大碗酒，大块肉，分秤称金银，论套穿衣服'等思想，充塞于下等社会之脑中，遂

---

① （明）李贽：《忠义水浒传序》，见朱一玄、刘毓忱编：《水浒传资料汇编》，天津：南开大学出版社 2002 年版，第 171~172 页。

② （清）金圣叹：《水浒传序二》，见朱一玄、刘毓忱编：《水浒传资料汇编》，天津：南开大学出版社 2002 年版，第 211~212 页。

③ （清）金圣叹：《水浒传序二》，见朱一玄、刘毓忱编：《水浒传资料汇编》，天津：南开大学出版社 2002 年版，第 211 页。

成为哥老、大刀等会，卒至有如义和拳者起，沦陷京国，启召外戎，曰惟小说之故。"①

新文化运动以来，在对《水浒传》的研究中，学者们的争论更多。争论的问题主要有成书时间、作者归属、繁简版本以及主题思想等。此处以与论题关联度最大的思想主题为例，简述《水浒传》批评中的争论状况。

严复、夏曾佑（严复署名"几道"、夏曾佑署名"别士"）在《本馆附印说部缘起》中曰："且闻欧、美、东瀛，其开化之时，往往得小说之助。"② 晚清近代以来的知识分子受西方文学与文化观念的影响，认识到小说在思想道德教育与政治舆论宣传方面的价值，开始重视不登大雅之堂的小说。在这种文化思潮的有力刺激下，《水浒传》获得了相当程度的关注。在严复、梁启超等人批判《水浒传》的同时，也有受西方文化影响的人士赞扬《水浒传》。王钟麒在《中国三大家小说论赞》中说：

施氏少负异才，自少迄老，未获一伸其志。痛社会之黑暗，而政府之专横也，乃以一己之理想，构成此书。设言壮武慷慨之士，与俗有所忤，愤而为盗。其人类皆非常之材，敢于复大仇，犯大难，独行其志无所于悔。生民以来，未有以百八人组织政府，而人人平等者。有之，惟《水浒传》。使耐庵而生于欧美也，则其人之著作，当与柏拉图、巴枯宁、托尔斯泰、迭盖司诸氏相抗衡。观其平等级，均财产，则社会主义小说也；其复仇怨，贼污吏，则虚无党之小说也；其一切组织，无不完备，则政治小说也。③

王钟麒认为，《水浒传》中一百零八个梁山好汉所形成的组织，具有人人平等的民主政府色彩。因此，《水浒传》可看作是"社会主义小说"、"政治小说"等。这明显是肯定《水浒传》的社会价值。燕南尚生在《新评水浒传叙》中曰：

平权、自由，非欧洲方绽之花，世界竞相采取者乎？卢梭、孟德斯鸠、拿破仑、华盛顿、克林威尔、西乡隆盛、黄宗羲、查嗣庭，非海内外之大政治家、思想家乎？而施耐庵者，无师承、无依赖，独能发绝妙政治学于诸贤圣豪杰之先。……《水浒传》者，祖国之第一小说也；施耐庵者，世界小说家之鼻祖也。不观其所叙之事乎？述政界之贪酷，差役之恶横，人心之叵测，世途之险阻，则社会小说也；平等而不失泛滥，自由而各守范围，则政治小说也；石碣村之水战，清风山之陆战，虚虚实实，实实虚虚，则军事小说也；黄泥冈之金银，江州城之法场，出入飘忽，吐嘱毕肖，则侦探小说也；王进、李逵之于母，宋江之于父，鲁达、柴进之于友，武松之于兄，推之一百八人之于兄、于弟、于父、于母、于师、于友，无一不合至德要道，则伦理小说也；一切人于一切事，勇往直前，绝无

① 梁启超：《论小说与群治之关系》，见陈平原、夏晓虹编：《二十世纪中国小说理论资料》（第一卷），北京：北京大学出版社1989年版，第36页。
② 黄霖、韩同文编：《中国历代小说论著选》（下），南昌：江西人民出版社2000年版，第5页。
③ 王钟麒：《中国三大家小说论笺》（节录），见朱一玄、刘毓忱编：《水浒传资料汇编》，天津：南开大学出版社2002年版，第341~342页。

畏首畏尾气象，则冒险小说也。①

　　燕南尚生把《水浒传》看作是"祖国之第一小说"，而把施耐庵看作是"世界小说家之鼻祖"。同时，从所叙之事的角度看，《水浒传》又可分别称为"社会小说"、"政治小说"、"军事小说"、"侦探小说"、"伦理小说"、"冒险小说"等。可见，燕南尚生高度认可《水浒传》的艺术成就。另外，定一在《小说丛话》中认为《水浒传》是"独立自强而倡民主、民权之萌芽"②的小说。总之，在民主、民权和社会主义等西方资产阶级政治文化观念的影响下，对《水浒传》的批评阐释获得了一种新的文化立场，故得出许多新的结论。

　　1949年以后，对于《水浒传》的主题阐释，"农民起义"说受到主流意识形态的推崇，当时的文学史教材都把它当作《水浒传》的主题。与"农民起义"说相联系的另一说法是"官逼民反"或"逼上梁山"。应该说，一直到现在，这一观点还在占据着主导地位。由此可见，"农民起义"说似乎成了理解《水浒传》思想主题的一种"集体无意识"行为。比如，有论者在新近的著述中论道：

　　自《水浒传》问世后，社会上便开始流传着一句新的俗语，即"逼上梁山"。这一"逼"字生动而精练地概括了各位英雄投奔梁山的过程，同时也显示了作者对农民起义发生原因的探寻与思考，作品中那一个个令人悲愤的故事，其实也是对诸如谁在逼、怎样逼、被逼后为何只能上梁山等问题的回答。在《水浒传》中，那些走上公开反叛道路的英雄们都有着自己迫不得已的原因与经历。……那些英雄忍无可忍，退无可退，最后只好奋起反抗，成了公然与朝廷作对的梁山好汉。作品生动地描绘了众好汉从忍耐到反抗的曲折过程，同时也精心勾勒了逼他们上梁山的恶徒的嘴脸。……作为个人来说，这些形象各是逼迫某个英雄上梁山的具体人物，而他们的全体又织成了从上到下、纵横交错的一张残酷压榨和迫害百姓的黑暗势力网。这是农民起义的根源所在，而且也正是这种迫害和反抗，使农民起义从零碎的复仇星火发展成了燎原之势。③

　　"逼上梁山"是《水浒传》创造的一句经典名言。传统观点认为，"逼上梁山"更能反映"官逼民反"的思想主题。故此，"逼上梁山"成为阐释《水浒传》思想内涵的一种基本立场。但现在越来越多的学者认识到，把"逼上梁山"理解为"官逼民反"，经不起严格的学理论证。有论者指出，一百零九条好汉（加上晁盖）被"逼上梁山"的情况很复杂，大致可分为四种④：

　　第一种是为黑暗社会所逼。严格来说，只有这类情况才体现"官逼民反"的社会矛盾与阶级斗争的性质。从整部《水浒传》来看，属于这类情况的人物不多，仅有林冲、鲁智

　　① 燕南尚生：《新评水浒传叙》，见朱一玄、刘毓忱编：《水浒传资料汇编》，天津：南开大学出版社2002年版，第343页。
　　② 黄霖、韩同文编：《中国历代小说论著选》（下），南昌：江西人民出版社2000年版，第68页。
　　③ 陈大康著：《明代小说史》，上海：上海文艺出版社2000年版，第44~45页。
　　④ 以下分类参阅周思源著：《新解〈水浒传〉》，北京：中华书局2007年版，第20~25页。

深、武松、杨志等屈指可数的几个英雄人物。《水浒传》着墨最多、写得最好的，大致也就是这几个人。他们个个人品出众、武艺高强、能力过人。在一个健康合理的社会中，这些人都可算得上国家栋梁之材，应该能够发展自己的一份伟业。但在黑暗社会中，这些人被逼得走投无路，只好上梁山落草，其中林冲的经历最富典型意义。他骨子里原本有一种委曲求全的个性因子，但最后被高太尉一步步逼到死角，只能上梁山，因此他的经历最容易博得读者的同情。

第二种是为自己所逼。这类人是因为自己犯事而被官府追捕，无处藏身，无奈之下只好上梁山避难。其中最典型的是智取生辰纲的晁盖等八人。他们劫生辰纲的目的是让自己能够快活一生。因此，他们劫生辰纲之后，如果不是白胜出事而招致官府缉捕，他们是不会上梁山的。上梁山之前，他们对梁山并无多大好感。比如，阮氏三兄弟非常反感梁山的王伦之流："这几个贼男女，聚集了五七百人，打家劫舍，抢掳来往客人……绝了我们的衣饭……"（十五回）。阮氏兄弟虽然羡慕"他们不怕天，不怕地，不怕官司，论秤分金银，异样穿稠锦，成瓮吃酒，大块吃肉"的快乐生活，但吴用的认识很清醒："这等人学他做甚么！他做的勾当，不是笞杖五七十的罪犯……倘或被官司拿住了，也是自做的罪。"可见，他们的本意并不想上梁山。只是白胜被抓，招出晁盖、吴用和阮氏三兄弟等几个，他们在无路可逃之下才打定主意："若是赶得紧，我们一发（索性）入了伙。"（十八回）

杨雄和石秀上梁山的原因也与此基本相似。石秀对杨雄说："哥哥杀了人，兄弟又杀人，不去投梁山泊入伙，却投那里去？"（四十六回）客观地说，这些人都不是被黑暗社会逼上梁山的，他们上梁山只是自己犯事导致的无奈选择。

第三种是意气相投。这种情况占了梁山好汉中最大的比例。他们上梁山是因为"意气相投"，或者被梁山打败，从而追随宋江上了梁山。其中包括一些官军将领和江湖各路好汉，如扈三娘、徐宁、周通、施恩等。

第四是为梁山所逼。假如某人是梁山建设中需要的人，为了让此人上山，梁山一方往往会想尽各种办法把他"赚"上山。其中，最典型的是卢俊义。宋江从龙华寺住持大圆法师口中得知卢俊义的名字，顿起仰慕之心："梁山泊寨中若得此人，小可心上还有甚么烦恼不释？"为此，吴用假扮算命先生到卢俊义家为其算命，诈称他有百日血光之灾，须往东南千里外避祸。卢俊义于是留燕青在家，与管家李固押十辆货车去泰安还愿。卢俊义途经梁山，不听劝告车插旗帜，先后与李逵、鲁智深、武松等大战不胜，被花荣箭射笠缨夺路而逃，后被李俊、张顺诱至船上，活擒于水中。卢俊义上梁山后不愿入伙，被强留三月有余方下山，回家后遭与他妻子私通的李固告发，被判充军沙门岛，家产尽被李固霸占，旋又遭告发而判死刑。梁山军前后两战大名府，救出卢俊义。卢俊义杀奸夫淫妇之后上梁山。

令人诟病的是，梁山一方为了诱使、胁迫那些不愿上山入伙者，还采取一些不人道的残酷手段，害得当事者家破人亡，或者不惜杀害无辜者。比如，为让朱仝上山，让李逵杀害小衙内，以绝朱仝的退路，逼他上山。为了让秦明上山，梁山人马杀死了青州城数以千计的无辜百姓，秦明一家受牵连，也为慕容知府所杀。

综合以上四种情况可知，真正能够反映"官逼民反"这个思想主题的，只有第一种情况，属于这种情况的英雄，在梁山好汉群体中占的比例相当低，不到一百零九条好汉中的零头。由此可见，用"逼上梁山"来概括《水浒传》的思想主题有很大的偏颇。因此，以"逼上梁山"为立论根基的"农民起义"说也存在问题。

质疑"农民起义"说的同时，新时期里也有学者对《水浒传》的主题思想提出新的观点，其中有以下几种①：

（1）"为市民写心说"：鲁迅在《中国小说史略》中最早提出"为市井细民写心"说。1983年，欧阳健和萧相恺对"市民说"作出新的阐述，认为《水浒传》是表现"市民阶级的生活、命运和思想感情的长篇小说"②。

（2）"伦理反省说"：1986年，李庆西从儒家伦理的角度去阐释《水浒传》的主题，提出"伦理反省说"。他认为，"《水浒传》不只囿于断代的生活内容，这里所提供的氛围与心境应当看作历史的积淀，是对世代相袭的伦理政治的反思"③。

（3）"忠奸斗争说"：1979年以后，有论者提出"忠奸斗争说"。凌左义认为，"高俅等人与宋江等人的矛盾是全书的主要矛盾。……宋江与高俅的矛盾及其不同形象，是判定《水浒》主题的主要依据"④。

（4）"复仇说"：学者汪远平把"复仇"作为《水浒传》思想主题的一种。⑤ 张皓也持"复仇说"。

（5）"游民说"：王学泰认为，《水浒传》中的社会底层的精英，绝大部分是游民或社会边缘人物。所谓游民就是脱离宗法网络、宗法秩序，沉沦在社会底层的人们。小说描写他们为了生存、为了改善自己的处境的挣扎与奋斗。⑥

由上可知，对《水浒传》主题思想的阐释形形色色。针对这种众说纷纭、各执一词的情况，有学者认为，在《水浒传》主题的研究中，应当抛弃那种非此即彼的单一思维方法，而应代之以多元融合的思维，由此提出"多元融合说"⑦。与此思路相反的是，有论者提出，应超越"多元思维"，从新的一元综合中去重新认识《水浒传》的主题，故提出"泛农民趣味颂歌说"⑧。

值得一提的是，一些国外学者对国人颂扬《水浒传》大惑不解，其中也涉及对《水浒传》主题及其英雄人物的评价。比如，澳大利亚国立大学的詹纳尔教授（Bill Jenner）长期从事中国古典文学研究。他认为："《水浒》是一部病态的小说，其中宣扬的暴力观念和流氓式的哥们义气是没有什么建设性意义的。"⑨ 他同时又指出："《水浒》现在仍很受欢迎并得到官方的认可实在令人迷惑不解。官方曾把《水浒》当作歌颂农民起义的小说

① 参阅马树良：《近三十年来〈水浒传〉主题研究综述》，《阅读与写作》2007年第12期，第10~11页。
② 参阅欧阳健、萧相恺著：《水浒新议》，重庆：重庆出版社1983年版，第23页。
③ 李庆西：《〈水浒传〉主题思维方法辨略》，《文学评论》1986年第3期。
④ 凌左义：《论忠奸斗争是〈水浒〉描写的主线》，见湖北省《水浒》研究会等主编：《水浒争鸣》（第二辑），武汉：长江文艺出版社1983年版，第236页。
⑤ 参阅汪远平：《〈水浒〉的复仇主题及其美学意义》，《郑州大学学报》（哲学社会科学版）1987年第1期。
⑥ 参阅王学泰：《〈水浒传〉思想本质新论》，《文史哲》2004年第4期。
⑦ 参阅欧阳健：《论〈水浒〉主题的多元融合》，《明清小说研究》编辑部编：《明清小说研究》（第六辑），北京：中国文联出版公司1987年版。
⑧ 参阅高原：《"泛农民趣味"的颂歌——从中西方社会文化形态比较看〈水浒传〉主题》，《兰州大学学报》（社会科学版）2006年第2期。
⑨ ［澳］詹纳尔：《西方学者看〈水浒〉》，《科学与文化》2006年第7期，第38页。

来加以宣传，其实除了李逵之外，《水浒》中的108将都不是农民，这些人大多是仕官阶层，还有土地拥有者，连阮氏兄弟也是雇佣其他劳动力的资本家。如果说《水浒》中表现了什么阶级矛盾的话，我认为那主要是表现了统治阶级下层内部的矛盾。"① 对于《水浒传》中所描写的英雄人物，詹纳尔提出质疑："仔细分析一下就会发现《水浒》缺乏正义感。其中的英雄好汉只是报私仇，他们更关心的是让人觉得自己是好汉，并讲好汉义气。但这种义气是不讲道德准则的义，不是正义。就拿武松来说吧。他因杀死嫂子潘金莲而入狱，看守监狱的人对他行好，想让他帮忙对付蒋门神。武松明知对立双方都不是好人，但这并没有阻止他醉打蒋门神。武松所做的实际上是为黑社会服务，同普通老百姓的利益无关。就连水泊梁山本身也是一个阶级社会的体现，水泊梁山分赃时把战利品分为两部分：一部分由英雄好汉享用；另一部分则由众多的小喽啰平分，但从来不把粮食分给挨饿的穷人。他们虽然也袭击官僚恶霸，但往往是由于好汉中的成员自己受到了官僚恶霸不公正的待遇，个人因素居多，不同于罗宾汉的故事。"② 显然，詹纳尔是以现代西方文化精神来理解《水浒传》的。这种基于道德理性的评判与文学审美评价是两回事。对此问题，刘若愚指出："我们似乎没有必要因为欣赏《水浒传》的文学性而同意它的道德观，就如我们欣赏但丁和弥尔顿的作品而不必接受托马斯主义（Thomism）和清教徒道德一样。否则，我们同样可谴责埃斯库罗斯的宿命狂和复仇狂，谴责莎士比亚（特别是《驯悍记》）和莫里哀（特别是《恨世者》）的厌恶女性。"③

要之，从《水浒传》思想主题的阐释史来看，争鸣是一种常态。各种主题思想的阐释理路，基本上是批评者从《水浒传》文本中截取能够佐证己方观点的材料，而丝毫不顾及反方也能用同样的批评原则和方法，得出截然相反的结论（区别之处只在于各自所用的支撑材料不同）。故此，这种挂一漏万的批评阐释就具有了很强的辩论色彩。从各自的角度而言，这些立论都言之凿凿，谁也无法驳倒对方。但细究其实，却存在明显的偏漏之处。由此可见，意识形态性质的阐释结论并不是《水浒传》的思想文化内涵。此外，《水浒传》是否具有一个意义核心或思想主旨，亦是一个难以说清的问题。学者徐朔方认为："如果充分考虑到中国古代早期长篇小说都是世代累积型集体创作，并且在长期的流传过程中，存在着自然而然彼此影响和相互渗透的种种现象，也许对小说主旨微言大义式的种种探索，都将很难自圆其说。因为说话艺人对这类事和某一教义完全可能一无所知或不感兴趣，即令最早的或某一改编写定者的确有过这样的表现意图，那么在后来者多次有意或无意的改动中，也难以保持上一阶段改编写定者的意图而不发生偏离。"④ 故此，我们必须从其他角度挖掘《水浒传》所表达的民族文化精神与审美趣味。有论者指出：

作为一种文化认同的精神资源，儒家思想的社会凝聚力和归属感常常并不如人们期待的那么强。从元代以后，即使在文人士大夫当中，许多人也对"儒"的价值产生了怀疑。……从《水浒传》、《金瓶梅》到《儒林外史》，这种对"儒"的形象的颠覆达到了

① ［澳］詹纳尔：《西方学者看〈水浒〉》，《科学与文化》2006年第7期，第38页。
② ［澳］詹纳尔：《西方学者看〈水浒〉》，《科学与文化》2006年第7期，第38页。
③ ［美］刘若愚著，周清霖、唐发铙译：《中国之侠》上海：生活·读书·新知三联书店1991年版，第114页。
④ 徐朔方、孙秋克著：《明代文学史》，杭州：浙江大学出版社2006年版，第64页。

高峰，更不用说在新文化运动中"打倒孔家店"之后了。而"侠"的命运则完全不同。"侠"这个原型和"侠义"意象，虽然在历史上常常受到主流价值观念的质疑乃至批判，但在一般人心中，似乎从未成为被贬斥或嘲谑的对象。"缓急人所时有"六个字是普通人寻求归属、依托和认同的现实需要基础，"侠"和"侠义"便成为古老的乡民社会到当今大都市底层人们的一种固着的价值需要。因此，"侠"这个原型所依托的民间文化传统虽然隐秘，却牢牢维系着中国人心灵深处的一点人格和社会关系梦想。①

上文的论述表明，儒家思想虽然是中国文化传统的重要一脉，是中国人文化认同的一种精神资源，但是，尤其在"五四"新文化运动以后，儒家所代表的传统思想更是成为中国落后的替罪羊，由此受到文化人士的严厉批判。与之相反的是，侠义精神虽然在历史不同时期也受到主流意识形态的批判，但它在广大民众中间广受推崇。这意味着儒家与侠义代表了两种不同的精神气质与道德价值观。刘若愚对二者作了简单的比较②，并概括性地指出，"儒家代表了绅士的道德观，游侠代表了平民的道德观"③。可见，侠义（游侠）精神的文化认同的群体面比儒家更为广泛。水浒故事之所以深受普罗大众欢迎，其原因正是表达了侠义精神的文化趣味。"游侠是反叛精神和对抗中国传统社会的精神的代表，他们时而隐蔽，时而公开。游侠们有自己的信条，虽然实际上要打点折扣，但这些信条本身实在令人钦佩，以致虽有点不守法也情有可原。"④ 很显然，水浒故事的最大魅力即在于塑造了鲁智深、武松、李逵和林冲等栩栩如生的侠义英雄。相反，宋江形象在民众中间之所以受到鄙夷、批判，主要原因即在于其侠义精神大打折扣⑤。故此，循着侠义精神这条线索，我们能够发现《水浒传》及其他水浒叙事所蕴含的民族文化审美特质。

二、《水浒传》的武侠精神

明代熊飞在《英雄谱弁言》中曰："英雄有谱乎？曰无也。灵心影现，百道不穷。不刻死煞之印版于当下，不剿现成之局面于他人。英雄而有谱也，是按图而索骥也。英雄尽于《三国》、《水浒》乎？曰不也。燕赵不学函铸，异代不相借材。凡称丈夫，各有须眉；谁是男子，不具血性？英雄有尽于《三国》、《水浒》也，是一指而蔀斗也。英雄无谱，而又不尽于《三国》、《水浒》，则余之合《三国》、《水浒》而题为《英雄谱》也何居？……夫热肠既不肯自吞，而宇宙寥落，托胆复尔，无人则不得不取《水浒》、《三国》

---

① 高小康：《非物质文化遗产与当代人的文化认同》，见周宪主编：《中国文学与文化的认同》，北京：北京大学出版社 2008 年版，第 242 页。
② 刘若愚认为游侠与儒家的主要区别在于以下几点："首先，儒家认为仁爱和责任是分等级的……而游侠则认为这些仁爱、正义和道德责任应该同样地施于亲人和陌路人。……第二个不同是儒家提倡恩和让，游侠则把报复当成美德，他们生性傲慢，因而不肯随便屈居人下。……第三，儒家强调有次序……游侠则置个人自由于家庭团结之上。……最后，儒家反对运用武力，游侠却常为求得公正而诉诸暴力。"见［美］刘若愚著，周清霖、唐发铙译：《中国之侠》，上海：生活·读书·新知三联书店 1991 年版，第 7～8 页。
③ ［美］刘若愚著，周清霖、唐发铙译：《中国之侠》，上海：生活·读书·新知三联书店 1991 年版，第 8 页。
④ ［美］刘若愚著，周清霖、唐发铙译：《中国之侠》，上海：生活·读书·新知三联书店 1991 年版，第 191 页。
⑤ 宋江受招安归顺朝廷、毒死李逵等行为严重违背了侠义的道德精神原则。

诸人而尸祝之，聚大蠹大白于前，每快读一过，赏爵罚爵交加，而且以正告于天下曰：此《英雄谱》也，庶有以夺毛锥子之魄，而鼓肝胆之灵乎！"① 《水浒》与《三国》合刻为《英雄谱》，意味着《水浒传》延续了前代水浒叙事中的说"英雄"传统。郑振铎在讲论《水浒传》时如此概括："《水浒传》：英雄传奇的开始——从讲史分了出来——对历史的片段而加以剖析——不是历史人物，而是人民的英雄——性质不同，作风也不同——真实地在人民群众里生长起来，从人民里走出来的英雄人物。"② 水浒英雄的真本色是"侠"的风范，故黄人在《小说小话》中指出："如《水浒》之写侠，《金瓶梅》之写淫，《红楼梦》之写艳，《儒林外史》之写社会中种种人物，并不下一前提语，而其人之性质、身份，若优若劣，虽妇孺亦能辨之，真如对镜者之无遁形也。"③ 可见，侠义精神已成为《水浒传》审美文化之标识。事实上，《水浒传》虽然涉及"小伙三十六，大伙七十二"等一百零八条好汉，但真正写得好、给读者留下深刻印象的仅是武松、鲁智深、林冲、李逵、杨志、阮氏三兄弟等屈指可数的几位具有侠士风范的英雄人物。《水浒传》作为武侠小说，也得到许多学者的认同④。何谓中国之侠？曹正文先生这样概括：

> 我们可以这样解释：见义勇为，抱打不平，疏财济贫，惩恶扬善。
> 我们也可以这样解释：勇猛无畏，身怀绝技，威震武林，浪迹江湖。
> 我们还可以这样解释：说一不二，任侠使气，疾恶如仇，视死如归。
> ……
> 尽管中国之侠的面目各异，但真正能体现中国之侠精神面貌的侠客必然具有以下特征：他们敢于向世间的不平宣战，以个人的武艺才智来对抗统治者的压迫和暴力，或重义轻利，助人为乐，或主持正义，排危解难。⑤

参照以上关于"中国之侠"的概括，《水浒传》中许多英雄都具有"侠"的精神气质。有论者认为，"《水浒传》在某种意义上是古代写实型武侠小说之集大成者"⑥，其判断理由基于以下四个方面⑦：

（1）《水浒传》的故事情节大量吸取了宋代话本小说中的"杆棒"、"朴刀"类中的"水浒"豪侠故事。

（2）《水浒传》所塑造的英雄形象继承了自秦以来的武侠（或称侠客、剑客、游侠、任侠、豪侠）的传统精神品格。《水浒传》对其中英雄的赞词有"豪杰"、"英雄"、"好

---

① （明）熊飞：《英雄谱弁言》，见朱一玄、刘毓忱编：《水浒传资料汇编》，天津：南开大学出版社2002年版，第203～204页。

② 郑振铎著：《郑振铎古典文学论文集》（上），上海：上海古籍出版社1984年版，第312页。

③ 黄人：《小说小话》（节录），见朱一玄、刘毓忱编：《水浒传资料汇编》，天津：南开大学出版社2002年版，第356页。

④ 《水浒传》作为武侠小说之所以被大家认识不深，是因为《水浒传》的文学技巧成熟，而且成了经典名著，故大家不愿把它归为武侠小说一流。因为在传统的观念中，武侠小说是贩夫走卒阅读的不入流的作品。

⑤ 曹正文著：《中国侠文化史》，上海：上海文艺出版社1994年版，第382页。

⑥ 王海林著：《中国武侠小说史略》，太原：北岳文艺出版社1988年版，第68页。

⑦ 以下概括参阅王海林著：《中国武侠小说史略》，太原：北岳文艺出版社1988年版，第68～71页。

汉"、"壮士"等称谓，这些称谓与"侠"的概念大体相同。另外，《水浒传》描述梁山好汉的文字，与古代武侠小说描述"侠"的文字相差无几。比如：

> 晁盖："平生仗义疏财，专爱结识天下好汉，但有人来投奔他的，不论好歹，便留在庄上住。若要去时，又将银两赍助他起身。最爱刺枪使棒，亦自身强力壮，不娶妻室，终日只是打熬筋骨。"（十四回）
>
> 李俊："家住浔阳江浦上，最称豪杰英雄。眉浓眼大面皮红，髭须垂铁线，语话若铜钟。凛凛身躯长八尺，能挥利剑霜锋，冲波跃浪立奇功。庐州生李俊，绰号混江龙。"（三十七回）
>
> 石秀："自小学得枪棒在身，一生执意，路见不平，但要去相助，人都呼……'拼命三郎'。"（四十四回）
>
> 宋江："平生只好结识江湖上好汉，但有人来投奔他的，若高若低，无有不纳，便留在庄上馆谷，终日追陪，并无厌倦；若要起身，尽力资助，端的是挥霍，视金似土。人问他求钱物，亦不推托；且好做方便，每每排难解纷，只是周全人性命。……济人贫苦，赒人之急，扶人之困，以此山东、河北闻名，都称他做及时雨。"（十八回）

可见，这些水浒英雄汇聚了自秦以来侠客的基本特性：仗义疏财、武艺高强、好打不平、意气相投等。

（3）《水浒传》有武术技击的细致描写。比如"武松醉打蒋门神"一段：

> 蒋门神见了武松，心里先欺他醉，只顾赶将入来。说时迟，那时快，武松先把两个拳头去蒋门神脸上虚影一影，忽地转身便走。蒋门神大怒，抢将来，被武松一飞脚踢起，踢中蒋门神小腹上，双手按了，便蹲下去。武松一踅，踅将过来，那只右脚早踢起，直飞在蒋门神额角上，踢着正中，望后便倒。武松追入一步，踏住胸脯，提起这醋钵儿大小拳头，望蒋门神脸上便打。原来说过的打蒋门神扑手：先把拳头虚影一影，便转身，却先飞起左脚，踢中了，便转过身来，再飞起右脚。这一扑有名，唤做玉环步，鸳鸯脚。

侠义精神的展现，要充分依靠武技。《水浒传》写得精彩的回目往往与"武打"有关。比如，"鲁提辖拳打镇关西"、"林冲棒打洪教头"、"景阳冈武松打虎"、"武松醉打蒋门神"等。

（4）后世有人（观念中）把《水浒传》视为武侠小说。王道生的《耐庵墓志铭》和袁吉人的《耐庵小史》[①] 称《水浒传》初名为《江湖豪客传》。这透露了一个信息，即20世纪初有人视《水浒传》为武侠小说。因为"江湖豪客"在近现代是武侠小说的俗称。另外，后世的一些武侠小说作者也有意借鉴《水浒传》的写作手法。比如，民初吴公雄的

---

① 王道生的《耐庵墓志铭》及袁吉人的《耐庵小史》最初由兴化胡瑞亭以《耐庵世籍考》披露于1928年11月8日的上海《新闻报》。刘冬、苏丰以为可信，收入《施耐庵研究》（江苏省社会科学院研究所编，江苏古籍出版社1984年版）一书里。张国光、何满子、蔡美彪等考为近人作伪。

《青红帮演义》第三回末附铁樵山人评曰："施耐庵作《水浒》，有'东溪村七星聚义'，书中陈园自比七星聚会。《水浒》有'吴用智取生辰纲'，书中钱保也是计劫蒋葵卿。"20世纪30年代武侠小说家平江不肖生写的《江湖奇侠传》也屡屡效法《水浒传》，其中，张汶祥的形象与水浒英雄一脉相承。武侠小说家陆士锷则作了《新梁山英雄传》。

作为国内第一个写中国武侠小说史的学者①，王海林先生列出的这几条把《水浒传》看作武侠小说的具体理由，还是有充分说服力的。也有其他学者谈到这个问题。比如，章培恒先生指出，"元明小说的所谓'四大奇书'——《三国演义》、《水浒传》、《西游记》、《金瓶梅》——里，可以与'侠'挂上钩的，也只有《水浒传》一部"②。至于《水浒传》对清以后武侠小说的影响，连鲁迅先生也肯定了这一点。他在《中国小说的历史的变迁》中谈到清代"侠义派底小说"时认为，"其中所叙的侠客，大半粗豪，很像《水浒》中底人物，故其事实虽然来自《龙图公案》，而源流则仍出于《水浒》"③。

当然，把《水浒传》看作武侠小说，也存在很多顾虑。一方面，《水浒传》作为我国四大古典名著之一已成公论，如把它视为武侠小说，是不是有玷污《水浒传》之嫌？毕竟，在传统的学术评价标准中，武侠小说一直被看作不入流的通俗文学，而《水浒传》虽源于书场说书，但它经由文人编撰润色，已成为一部正儿八经的雅文学。另一方面，与普通的武侠小说相比，《水浒传》的思想意蕴确实更为丰赡，文本结构亦更趋完美。基于这些因素，《水浒传》与武侠小说之间的关系界定就显得模棱两可、遮遮掩掩：

在某种意义上说，是《水浒传》第一次用生动形象的故事，宣传和阐明了中国古代豪杰的侠义精神实质。但《水浒传》毕竟不是一部纯武侠小说。这也可以从三方面来论证。

第一，水浒英雄虽然有不少见义勇为的故事，但从整部书的结构来说，并非以武侠来贯穿全书。以宋江为首的梁山英雄以结义除暴起，最终落入"招安"的旗帜下，在"忠"和"义"对抗的基础上，小说的基调服从于前者，因此它只是一部宣扬侠义精神、具有武侠小说倾向的中国古典小说。

第二，梁山好汉中有不少人擅长各种武功，如武松的醉拳、鲁智深的硬功、花荣的射技、戴宗的步法、张清的暗器、时迁的轻功，但他们打斗的场面并不多，除了武松的表演较为精彩，其他人的绝技只是书中淡淡几笔带过，和武侠小说专写武功斗法有所区别，其大量场面是写"官兵"对"强盗"，大规模的攻城拔寨之战，很难让读者领略真正武侠小说的风格。

第三，一部《水浒传》中缺少一个真正的大侠。宋江、武松、鲁智深、李逵、吴用、柴进只是侠义英雄，但不是纯侠客。

尽管如此，《水浒传》在中国武侠小说史上有其独特的地位。它上承《史记·游侠列传》精神、唐传奇的艺术风格，下开清代武侠小说之先声。近代和新派武侠小说都从结构

---

① 王海林《中国武侠小说史略》中的"内容提要"写道："本书是我国第一部以中国武侠小说为研究对象的学术专著。"在没有发现比这更早的学术专著的情况下，姑且承认此说。参阅王海林著：《中国武侠小说史略》，太原：北岳文艺出版社1988年版。

② 曹正文著：《中国侠文化史》（序一），上海：上海文艺出版社1994年版，第1页。

③ 鲁迅著：《鲁迅全集》（第九卷），北京：人民文学出版社1981年版，第340页。

到语言上汲取其营养，平江不肖生作《江湖奇侠传》、金庸写《书剑恩仇录》都明显受到《水浒传》艺术风格的影响。①

　　之所以摘引这一长段的概括性话语，是因为它比较典型地暴露了学者们在处理《水浒传》与武侠小说关系上的矛盾心态。一方面，曹正文先生明确阐释了《水浒传》在武侠小说发展史上承上启下的重要地位；另一方面，他又尽量拉开《水浒传》与武侠小说之间的距离。这种辩证的批评很值得玩味：一方面，拉开《水浒传》与武侠小说之间的距离，能够与主流批评观念保持一致；另一方面，又实实在在地揭示出《水浒传》的武侠文化内涵。但我们能够看出其中存在的一些问题。比如，《水浒传》不是纯武侠小说的三条理由都比较牵强。问题归结到一点，就是对"纯武侠小说"概念的理解。什么是"纯武侠小说"？"纯武侠小说"有没有固定的内涵？从武侠小说史的描述可以看出，"武侠小说"（包括"侠"）是一个内涵并不固定的概念，它在不同历史时期有不同的精神旨趣。

　　其实，"《水浒传》是不是武侠小说"的问题很复杂，实无必要简单地下一个"是"或"不是"的判断。重要的是，《水浒传》确实蕴含一种"武侠"的审美趣味和文化精神。

三、武侠小说中的民族文化审美趣味

　　章培恒先生在谈到武侠小说的艺术趣味时说：

　　武侠小说为什么能在这七八十年中如此迅猛地发展，获得如此众多的读者？这固然有赖于武侠小说作者的努力和才智，但也不可忽略了文化背景。一个显著的例子是：国外畅销小说在译成中文以后，虽然也有销路很好的，但总比不上畅销的新武侠小说巨著（个别由于政治影响而特别畅销的外国小说译本不包括在内）。这并不是因为金庸先生等的成就和功力超过了一切外国畅销小说的作者，而是文化背景在起作用。所以，就事论事地研究武侠小说是不能真正说明问题的，而必须跟整个文化土壤联系起来。②

　　这段话道出了一个重要问题，武侠小说深受中国读者喜爱，其主要原因并不在于武侠小说艺术形式的完美性和主题思想的普世意义，而在于中国传统的文化语境。对此，我们可从武侠小说发展的社会历史语境和其本身的内在发展规律两个方面作些简要探析：

---

　　① 曹正文著：《中国侠文化史》，上海：上海文艺出版社1994年版，第54页。
　　② 曹正文著：《中国侠文化史》（序一），上海：上海文艺出版社1994年版，第2页。

（一）社会历史语境

武侠小说真正成为一种文学浪潮是在清代①，其中原因，胡士莹在论及晚清公案侠义小说时这样解释：

> 一方面，市民和农民对土豪恶霸、盗贼罪犯、贪官污吏的愤恨十分强烈，而对封建制度却缺乏本质的认识，因而《施公案》等书的清官理案，"除暴安良"的假象，也很容易迷惑市民。另一方面，主要的一面，清代中叶以后……在以清王朝为首的封建统治阶级方面，这种公案侠义小说更集中地反映了他们的反动阶级愿望，他们在阶级斗争和民族矛盾中虽然还暂时是胜利者，但也已感到岌岌可危，急需为反动阵营招兵买马，而他们利用舆论的伎俩也更熟练了。因而，他们不但像明代的公案小说那样，用清官来麻痹人民，使其放弃斗争，被动地等待解救；他们更用"侠义"来腐蚀人民，妄图使其变节投降，主动地为皇帝当打手。充分反映了清代中期以后，清王朝在人民的武装斗争面前的恐惧和仇恨。封建统治阶级对于"侠义"、"清官"所起的蛊惑作用是大喜过望的。于是就竭力扶持奖励，利用它们来扩大宣传，宣传忠君思想、奴才思想和变节投降的行为，把它们尽力地美化。②

胡士莹把社会矛盾看作是侠义小说产生的重要原因，从阶级矛盾斗争这个视角来剖析侠义小说的生成因素。这个说法有一定道理，但他说市民和农民"对封建制度却缺乏本质的认识"，由此得出结论，封建统治阶级"用'侠义'来腐蚀人民，妄图使其变节投降"。这样，问题的分析就出现了偏差。按照这种逻辑，市民读者似乎只能被动接受封建统治阶级的"美化"说教。实际上，读者在阅读侠义公案时是一种"过滤的接受"，也就是说，他们是按照自己的情感和想象来接受作品的。

另外，清代武术、杂技的发展，也是该时期武侠小说迅猛发展的重要原因。清代武术、杂技的发展水平远超前代，关于其中原因，王海林解释说："一是中国武术源远流长，经过千余年的积累发展，到清代汇成了洪流；二是清初反清复明组织、清中叶白莲教、天理教等秘密组织的义军以及晚清的太平天国义军，无不以精武作为团结群众进行斗争的重要形式；三是八旗子弟入关后，北方诸民族的武技也传入中原、江南，与关内武技争奇斗艳。"③ 从国民情况来看，清代国民习武成风，其中甚至有黄宗羲、顾炎武等文人名士。《清稗类钞》、《扬州画舫录》、《国技大观》、《武侠丛画》等文献资料大量记载了民间武

---

① 王海林把"清晚期武侠小说"看作是"中国武侠小说的第二次浪潮"，而把"晚唐武侠小说"看作是"中国武侠小说的第一次浪潮"。（参阅王海林著：《中国武侠小说史略》，太原：北岳文艺出版社1988年版）但曹正文则把清代武侠小说的发展视为"武侠小说的第一次高潮"，其所持依据为：a. "中国侠文化史发展到清朝，侠客形象日趋鲜明，武功描述渐见明朗"；b. "清初武侠小说的问世，使武侠小说在中国小说史上占有一个重要位置"；c. "清代武侠小说数量多；而且，清代武侠小说风格纷呈"。（参阅曹正文著：《中国侠文化史》，上海：上海文艺出版社1994年版，第63~64页）此处从曹。
② 胡士莹著：《话本小说概论》（下），北京：中华书局1980年版，第672~673页。
③ 王海林著：《中国武侠小说史略》，太原：北岳文艺出版社1988年版，第104页。

术家的习武情况。

杂技方面，受城市商业经济发展的影响，杂技（杂耍）等表演活动在清代非常流行。尤其是逢年过节时，杂技艺人在各种商埠码头等人流众多之处表演。《扬州画舫录》曾记载瘦西湖畔的杂技表演盛况："杂耍之技，来自四方，集于堤上……"可以说，杂耍表演在当时是一些江湖艺人很重要的谋生技艺。

武术、杂技因为备受群众喜爱，因此也进入到一些地方戏中。其中，目连戏以表演武术、杂技为主要内容。

（二）文学发展内部规律

从读者接受的情况来看，武侠小说作为一种通俗文学，首先是受到普通老百姓的欢迎。鲁迅先生在《中国小说史略》一书中谈到"清之侠义小说及公案"时说：

> 明季以来，世目《三国演义》《水浒传》《西游》《金瓶梅》为"四大奇书"，居说部上首，比清乾隆中，《红楼梦》盛行，遂夺《三国》之席，而尤见称于文人。惟细民所嗜，则仍在《三国》《水浒》。时势屡更，人情日异于昔，久亦稍厌，渐生别流，虽故发源于前数书，而精神或至正反，大旨在揄扬勇侠，赞美粗豪，然又必不背于忠义。其所以然者，即一缘文人或有憾于《红楼》，其代表作为《儿女英雄传》；一缘民心已不通于《水浒》，其代表为《三侠五义》。①

从鲁迅的话可以看出，文人与平民老百姓（细民）的审美趣味有很大的不同。相对于文人喜欢《红楼梦》，普通百姓则更爱看《三国演义》、《水浒传》和《三侠五义》等通俗小说。而武侠小说作为一种通俗小说，自然受到老百姓的追捧。故此，鲁迅先生指出："侠义小说之在清，正接宋人话本正脉，固平民文学之历七百余年而再兴者也。"②从审美趣味来看，宋代话本小说与民众喜爱的说书关系甚密，因此成为老百姓较喜爱的艺术品种。很多侠义小说就是取材于说书故事。比如，被认为是"最早的武侠公案小说"③的《施公案》先是作为话本故事在民众中流传，后经整理才成为小说。

总之，从艺术接受这个角度来说，侠义小说有广泛的群众基础。一些书商正是看到了这一点，故大量出版武侠小说来谋取商业利润。郑逸梅曾指出这种情况："书贾的收买小说稿，抱着除却巫山不是云的宗旨，非武侠不收，非武侠不刊。"④更有意思的是，一些非武侠小说作家往往也受此影响，不得不在自己的小说中加进一些"武侠"因子。比如，张恨水在《啼笑因缘》中加上了两位侠客，他自己承认："报社方面根据一贯的作风，怕我这里面没有豪侠人物，会对读者减少吸收力，再三的请我写两位侠客……我只是勉强的

---

① 鲁迅著：《中国小说史略（插图本）》，上海：上海古籍出版社2004年版，第246页。
② 鲁迅著：《中国小说史略（插图本）》，上海：上海古籍出版社2004年版，第255页。
③ 曹正文著：《中国侠文化史》，上海：上海文艺出版社1994年版，第64页。
④ 芮和师编：《鸳鸯蝴蝶派文学资料》，福州：福建人民出版社1984年版，第135页。

将关寿锋、关秀姑两人，写了一些近乎传说的武侠行动。"①

在民众需求和商业利益等因素的综合作用下，20世纪二三十年代，武侠小说风靡中国，从销量来说，其风头远远盖过当时的"五四"新文学。瞿秋白曾说过："五四式的一切种种新体白话书，至多的充其量的销路只有两万。例外是很少的。"② 这种销量与动辄发行上十万册的武侠小说来说，简直无法比拟。与此相应的是，该时期关于武侠题材的电影、戏曲等艺术形式也层出不穷，与小说共同推动了一股武侠热。

虽然武侠题材的艺术受读者追捧，但是，把"武侠"真正作为一种民族审美文化来看待，事情可没那么简单。在武侠小说发展迎来又一次高峰的20世纪30年代，武侠小说的审美问题引起了广泛争议，卷入了当时的新文学与传统大众文学的争论，其中明显分成褒、贬两派意见：

郑振铎于1932年写了《论武侠小说》一文，大肆批判武侠文学："便是一般民众，在受了极端的暴政的压迫之时，满肚子的填塞着不平与愤怒，却又因力量不足，不能反抗，于是他们的幼稚心理上，乃悬盼着有着一类'超人'的侠客出来，来无踪，去无迹的，为他们雪不平，除强暴。这完全是一种根性鄙劣的幻想；欲以这种不可能的幻想，来宽慰了自己无希望的反抗的心理的。"③ 茅盾也指出武侠小说的缺点，"一方面，这是封建的小市民要求'出路'的反映，而另一方面，这又是封建势力对于动摇中的小市民给的一碗迷魂汤。小市民痛恨贪官污吏、土豪劣绅，于是武侠小说或影片中也得攻击贪官土劣，但同时却也抬出了清官廉吏，有土而不豪，是绅而不劣，作为对照，替统治阶级辩护"④；"小市民渴望'出路'，于是小说或影片中就有了'为民除害'的侠客，并且另一班'在野'的侠客一定又是坏蛋，无恶不作。侠客是英雄，这就暗示着小市民要解除痛苦还须仰仗不世出的英雄，而不是他们自己的力量。并且要做侠客的唯一资格是忠孝节义，而侠客所保护者也只是那些忠孝节义的老百姓，这又在稳定了小市民动摇的消极作用外加添了积极作用！培厚那封建思想的基础"⑤。

显然，郑振铎、茅盾等人是从阶级关系、社会伦理等层面来探析武侠小说的社会价值和意义的，反而忽略了文学的文化审美功能。另外，有一批文艺理论批评者的看法却不同。鸳鸯蝴蝶派刊物《珊瑚》有一篇署名"说话人"的文章，反驳茅盾的说法："沈雁冰所说的'武侠狂'确是出版界的恶现象，不过这几年来武侠小说以外，未尝没有其他性质的章回体小说；并且武侠小说也不全是'剑侠放飞剑'一类的故事，再退一步说，武侠小说的结果，不过使极少数意志薄弱的学徒，'离乡背井入深山访求异人学道'。比那写两性多角爱的'西装肉蒲团'，似乎为害较少。"⑥ 此番话虽未明确肯定武侠小说的审美价值，但意味着一种认同武侠小说的新观念转向。在20世纪40年代鸳鸯蝴蝶派倡导"通俗文学

① 张恨水：《写作生涯回忆》，北京：人民文学出版社1982年版，第34页，转引自王海林著：《中国武侠小说史略》，太原：北岳文艺出版社1988年版，第138页。
② 瞿秋白：《吉诃德时代》，见芮和师编：《鸳鸯蝴蝶派文学资料》，福州：福建人民出版社1984年版，第835页。
③ 芮和师编：《鸳鸯蝴蝶派文学资料》，福州：福建人民出版社1984年版，第838页。
④ 芮和师编：《鸳鸯蝴蝶派文学资料》，福州：福建人民出版社1984年版，第841页。
⑤ 芮和师编：《鸳鸯蝴蝶派文学资料》，福州：福建人民出版社1984年版，第844页。
⑥ 芮和师编：《鸳鸯蝴蝶派文学资料》，福州：福建人民出版社1984年版，第114页。

运动"的风潮中，已有论者从艺术审美形式的角度明确肯定武侠小说。比如，徐文滢在《民国以来的章回小说》一文中评价道：

> 自五四运动以后，新的形式新的意义奠定了新文艺的基础，章回小说即遭到了冷落的厄运了。一般人索性称之为旧小说，以示旧形式之落伍，且难与新文艺并存并提。我们的文学史小说史上，在民国部分中已不再说起它们，因为文学史小说史编者多数就压根儿没有看"旧"小说。但其实这是很不公允的。现在章回小说的潜势力不但仍然广大的存在着，它握有的读者群且确是真正的广大的群众。我们不能把它的势力估得太低。《啼笑因缘》、《江湖奇侠传》的广销远不是《呐喊》、《子夜》所能比拟，而且恕我说实话，若以前代小说的评衡标准来估价，民国以来实在不乏水准以上的章回作品，而我们的小说史中列着的新文艺作家们，何尝没有不成熟的滥竽充数的劣品！①

这一段话说明了一个很重要的问题。在"五四"以来的文学史（小说史）的编撰中，被称为"文学"的，是在内容和形式上受到西方文学影响的所谓"新文学"。传统章回体形式的文学被称为"旧文学"，故在文学史上无任何位置。但就读者群来看，所谓的"新文学"拥有的读者实际上很少；相反，被文学史家看不起的"旧文学"却拥有广大读者。文学史家与读者的严重错位现象，说明在当时的文学观念中，已形成鲜明的文学等级意识。易言之，真正表达普通大众情感与趣味的文学作品，已淡出文学史家的视野。对这种人为划分文学等级的精英主义观念，瞿秋白在《论大众文艺》一文中给予了批评：

> 中国民众还非常之看不惯。普洛文艺至今用全部力量去做摩登主义的体裁的东西，这样，自然发生的结果是：上中下三等的礼拜六派倒会很巧妙的运用旧式大众文艺的体裁，慢慢的渐渐的"特别改良"一下，在这种形式里面灌进维新的封建道德，资产阶级民族主义的内容，写成《火烧红莲寺》的"大众文艺"；而革命的普洛的文艺因为这种体裁上形式上的障碍，反而和群众隔离起来。这也同样是不了解完成资产阶级民权革命任务的错误。②

瞿秋白注意到新文学形式与大众的严重脱节；同时，他也肯定了中国作风和中国气派的"大众文艺"形式在中国读者群中的艺术影响力。当然，瞿秋白说这番话的主要目的，是利用中国传统的艺术形式这个"旧瓶"去盛装"新意识形态"的"新酒"，而没有肯定"旧文学"本身是一种具有民族特色的审美艺术形式。况且，这种审美形式与它的精神内容是无法剥离的。比如武侠小说中的武侠精神及其艺术表现形式，本身就是一个审美统一体。虽然在不同的历史阶段也会出现一些变化，但它们的文化内质有很强的稳定性。比如，现代新武侠小说虽然吸收了许多西方小说的艺术技巧，但它的基本写作套路仍然是典型的中国作风和民族气派。

---

① 芮和师编：《鸳鸯蝴蝶派文学资料》，福州：福建人民出版社 1984 年版，第 139 页。
② 芮和师编：《鸳鸯蝴蝶派文学资料》，福州：福建人民出版社 1984 年版，第 799 页。

前文已述，20 世纪初，一些学者为抬高《水浒传》的文学地位，赋予《水浒传》以"祖国之第一小说"（燕南尚生）、"平民革命论"（谢无量）、"农民起义说"等各种"新意识形态"内涵。但是，这些结论往往很容易被另一种结论（有时甚至是相反的结论）推翻。可见，意识形态性质的阐释结论并不是《水浒传》固有的思想文化内涵。有论者指出："文学经典、艺术经典的形象是现有观念很难概括的，一概括就感到牵强。"① 通过以上关于武侠小说的思想文化与审美艺术特点的分析，我们能够发现，武侠精神是《水浒传》中一种比较稳定的文化审美特质。有学者这样评价《水浒传》的英雄好汉：

这些"好汉"在后世文学作品中逐渐演变为"侠"。当然中国"侠"的前身可以追溯到春秋战国时期，甚至更早，不过《水浒传》的出现是一个重要的标志性事件。这是由于商品经济大发展，下层百姓对于平等、自由、自身权利和过上比较富裕生活的追求空前高涨的缘故。而北方游牧民族入侵则使本来虽然不佳但是总还相对比较安定的生活也不能维持，传统文化群体已经无力提供这样的保护。于是"好汉"们就大量出现了。在这些"好汉"身上，已经可以见到后世文学作品中"侠"的一些基本要素：行侠仗义（个人行为）、武艺高强（立身之本）、江湖义气（人际关系）、结拜盟誓（结社形态）。这是"侠"的四个最基本的元素，《水浒传》中均已见雏形。此外，山头聚集、师徒传承、法术无敌、秘籍作用（九天玄女给宋江的天书）这样一些元素也出现了。②

这段话明确道出了《水浒传》的"武侠小说"审美特质，其表征即《水浒传》中的英雄好汉已明显具有"侠"的精神气质。"小说中的好汉并非个个都是实打实的游侠，作者竭力想交代的，是每个人都深怀冤屈，因而被逼上梁山。但是，他们总体的行为准则与游侠一致。"③ 当然，我们得承认，由于文学水平较高的文人（施耐庵、罗贯中、金圣叹等）不断编修，《水浒传》在文学技巧方面越来越精致，远远超过同类型的作品，达到经典名著的文学水平。但是，支撑《水浒传》作为文学经典的文化认同基础在于侠义精神的文化内涵。在中国小说发展史上，《水浒传》能够作为区别于历史小说（以《三国演义》为代表）、神魔小说（以《西游记》和《封神演义》为代表）的一类小说类型，其艺术特质就是具有侠客小说的典型风范。有论者指出：

不要把侠客小说和历史题材的通俗化如名著《三国演义》之类混淆起来。这两类小说在题材上可能会重复，但它们的本质截然不同。侠客小说中的游侠独来独往、单枪匹马，历史小说的主角是战场上率军的将领。侠客小说的注意力集中在侠客的个人之勇和讲究义气上，历史小说的主要兴趣是战争和策略。当然，一位侠客可能间或在军队中打仗，一员

① 吴炫：《好作品是对文化认同的穿越》，见周宪主编：《中国文学与文化的认同》，北京：北京大学出版社 2008 年版，第 282 页。
② 周思源著：《新解〈水浒传〉》，北京：中华书局 2007 年版，第 102 页。
③ ［美］刘若愚著，周清霖、唐发铙译：《中国之侠》，上海：生活·读书·新知三联书店 1991 年版，第 112 页。

大将也可以表现出个人的非凡之勇，但是，两者强调的重点是根本不同的。①

从艺术比较的角度而言，把这段话视为《水浒传》与《三国演义》这两部名著艺术精神的比较，完全是合适的。《水浒传》虽有史的依附，但它与历史的关系已细若游丝，可以说，它已基本摆脱历史的羁绊而进入艺术的自由想象空间。这与拘泥于史实的《三国演义》有着绝大的不同。另外，《水浒传》中最有吸引力的角色是那些精神独立、义薄云天的侠士英雄（如鲁智深、武松等）。整体而言，《水浒传》的上半部之所以比下半部更有艺术魅力，其原因即是上半部讲述的是英雄个体的传奇经历，而下半部描述的是集团作战，未能凸显英雄人物的个性。可以说，《水浒传》中最具侠义精神的英雄在民众中间的人气指数最高，受欢迎的程度也最高②。这从一个侧面印证了侠义精神是《水浒传》突出的审美文化旨趣。

第三节　侠义精神与民间水浒叙事——以李逵故事为例

前文已述，水浒故事叙述自南宋以来，就在广大民众中间流行。从漫长的历史过程来看，不同历史时期的水浒故事叙述，内容各异，形式多样。目前从各种文献文本中所读到的，只是众多水浒叙事中的冰山之一角。从水浒故事诞生时起，即使在最容易约束的内容方面，也都缺乏一个相对规范固定的叙述。从这个角度而言，它与"三国"故事的叙述有很大不同。"三国"故事从晋代陈寿的《三国志》和南宋裴松之的《三国志注》开始，慢慢发生演变，逐渐由正史叙述进入各种民间口头传说、野史笔记以及说书评话（《三国志平话》）等，然后形成章回小说《三国演义》。在"三国"故事长期演变的过程中，有一点可以肯定，即"三国"故事的叙述有三国历史作为叙述的依傍。这使得各种"三国"故事叙述有一个相对稳定的内核，即章学诚在《丙辰杂记》中所谓的"七分实事，三分虚构"。与此相反，水浒故事叙述从南宋开始，就与《宋史》等正史记载出入很大。历史上宋江起义的规模很小，影响甚微。因此，各种水浒故事中，只有一点正史记载的故事影子，未受到历史的束缚，故叙述的自由度很大。即使是小说《水浒传》问世，水浒故事叙述也未完全定型，还在不断发展。在各个历史时期，民众的感情与想象建构了各种水浒故事，其中那些具有侠义精神的梁山英雄们的奇闻逸事最能够刺激民众的文化想象。"游侠们的生涯颇有戏剧性，其个性又多姿多彩，很容易产生种种传闻，这些传闻会夸大功绩，

---

①　[美]刘若愚著，周清霖、唐发铙译：《中国之侠》，上海：生活·读书·新知三联书店 1991 年版，第 84～85 页。

②　在"百度"搜索到的一个"水浒"帖吧中，某网友做过一个"梁山英雄人气指数排行榜"的调查，结果显示，武松名列榜首。（见水浒吧：http：//tieba.baidu.com/f? kw＝水浒－72k－2009－2－26）日本学者佐竹靖彦也认为："如果在现代日本的《水浒传》读者中做一个人气指数的问卷调查，大概名列榜首的是鲁智深，接下来是武松和林冲。"见[日]佐竹靖彦著，韩玉萍译：《梁山泊——〈水浒传〉一〇八名豪杰》，北京：中华书局 2005 年版，第 75 页。

有时还会加给他们以神奇的本领。"① 梁山英雄李逵故事的演变就是一个很好的例子：

一、李逵形象的演变轨迹

据余嘉锡的考证②，关于"黑旋风李逵"的文献材料有：

1. 三朝北盟会编卷一百十四："建炎元年十一月二十四日庚戌，密州军卒杜彦、李逵、吴顺反，杜彦自称知军州事，追执赵野，杀之。赵野弃城去，有守御节级杜彦、乐将节级李逵、小节级吴顺三人者，因民汹汹，遂谋作乱。且曰：'方今盗贼纵横，一州生灵，岂可无主，请自为知州。'军兵皆听命。彦遂知州事，而逵与顺左右之。彦遂遣人追野，至张仓镇，执野并其家属回。癸丑，彦等坐黄堂上，其徒党声喏报捉到赵野。彦曰：'尔为知州，自搬老小，欲向南去，不知一州生灵谁为其主。'野不能应。彦令取木驴来，钉其手足。野大惊，乃呼曰：'告太尉，愿诉一言。'彦嗫骂之。众已撮野跨木驴，钉其手足矣。推出谯门，迟而杀之，取其头签于市。……彦等取密州一城强壮，尽刺为军。"

余嘉锡解释这一则材料曰：

宋史卷三百五十二赵野传不如此之详，但曰"军校杜彦等作乱"，不言李逵。逵适与黑旋风同姓名。考宣和遗事，谓"三十六人归顺后，各受武功大夫"，虽不可尽信，然观杨志于宣和四年已将先锋军，史斌亦于建炎前为将，不应逵于此时犹为节级。疑此李逵非黑旋风也。虽然，此人为密州乐将节级，而水浒传谓黑旋风是江州小牢子，宋时牢子亦称节级，又似颇相合者，岂志、斌辈因攻方腊有功受赏，而逵终屈于走卒，流落不偶，以至是欤。抑小说家取此李逵之事，传之黑旋风欤。是皆不可知也。

从余嘉锡的解释来看，《三朝北盟会编》、《宋史》和《大宋宣和遗事》等文献材料对李逵故事的记载既有相合之处，也有不合之处。可见，李逵（黑旋风）事迹的真实性难以断定。因此，余嘉锡只能没有把握地揣测："抑小说家取此李逵之事，传之黑旋风欤。是皆不可知也。"

如果说，前面材料的不合之处还只是道出一种不可知的疑团，那么，余嘉锡紧接着所举的文献材料与前面材料的冲突更大：

2. 建炎以来系年要录卷二十一："建炎三年三月癸卯，宫仪围安邱县。权知密州杜彦引兵救之。其徒李逵、吴顺皆不从，曰：'仪众甚盛，未可与战。'彦曰：'见敌不击，何以威众。'遂行，至泼石桥，与战大败。彦尽丧其步军。仪怨之，遂屠安邱县。彦还密州，

---

① ［美］刘若愚著，周清霖、唐发铙译：《中国之侠》，上海：生活·读书·新知三联书店1991年版，第84页。
② 以下材料见余嘉锡：《宋江三十六人考实》，参阅余嘉锡著：《余嘉锡文史论集》，长沙：岳麓书社1997年版，第354～357页。

逵、顺责其丧军，拒不纳。彦欲引去，而马军皆有家属在城中，出言纷纷。逵开门纳之，乃杀彦，枭其首。逵遂领州事。"

3. 三朝北盟会编卷一百三十一："建炎三年闰八月十四日庚寅，宫仪及金人战于密州，军败。李逵、吴顺以密州降于金人。宫仪经夏与金人相持，未有大胜败。七月，仪屯于磐石河，在密州之南八十里，分屯于常山王庙，去城二十里。金人屯于密州之北三十里，时时使人至城下招密州降。李逵、吴顺曰：'今南有宫仪，北有大金，安敢投降。若能破宫仪，即日投拜。如不能，或宫仪破大金军，亦降宫仪，今孤城无援，惟强是从。'……仪兵已败，金人责李逵、吴顺如约。逵、顺遂以密州降于金人。后逵为顺所杀。"

4. 建炎以来系年要录卷二十七："建炎三年闰八月己丑：武功大夫忠州刺史知济南俯宫仪屯磐石河，数与金战，胜负略相当。……金人屯密州北二十里，时出兵而南，仪御之，敌佯若不胜而退，仪易之。敌伺知其懈，至是引兵攻仪，马步俱进。方战，马军少却，既而分为两翼，直犯中军，仪犹不知，众遂大溃。仪与京东经略安抚制置使刘洪道奔九仙山，敌又逼之。洪道以余兵二千奔海州。李逵、吴顺乃以密州降金。"

第2、3、4则材料与第1则材料故事叙述的出入很大。更重要的是，这些材料与黑旋风李逵的豪杰形象完全是颠倒的。余嘉锡解释道："李逵、杜彦杀赵野以弃州遁走之罪，逵又杀杜彦而夺之位，逮宫仪与金人战，逵乃坐观成败，惟强是从，卒以密州拱手授金。其为人暴戾恣睢、背信蔑义，与诚笃爽直、尚意气之黑旋风行事殊不类。不能以姓名时间之偶合，遽断为一人也。"

总的来看，"李逵"应被视为一个艺术符号，而不是一个历史符号。不管历史上有无李逵其人，作为艺术符号的李逵形象，是艺术想象的结果，它并不像《三国演义》中的人物那样，有一个叙述的历史底线。这样一来，各个历史时期李逵形象的塑造非常自由，由此导致的形象变异度也大。我们对此作个简单的梳理：

元代以前，记载"水浒"李逵的文献资料，有南宋周密的《癸辛杂识》和宋人旧编元人增益的话本《大宋宣和遗事》。《癸辛杂识》记录的宋元之际龚开（圣与）的《宋江三十六人赞》，描绘黑旋风李逵曰："风有大小，不辨雌雄。山谷之中，遇尔亦凶。"其赞语体现的是李逵凶悍的一面。《大宋宣和遗事》在叙述宋江的故事中，提到了宋江带领朱全、雷横、李逵、戴宗和李海等九人上梁山泺（泊）的事。整个说来，元之前的李逵形象还不是很鲜明。

到了元代，由于水浒戏的大量产生，黑旋风李逵的形象陡然变得鲜活起来，成了一个内涵丰富的文化符号。据元钟嗣成《录鬼簿》、明无名氏《录鬼簿续编》和傅惜华的《元代杂剧全目》等资料统计，元杂剧中的"水浒"戏有33种，其中，李逵（黑旋风）戏有15种[①]：高文秀8种（《黑旋风双献功》、《黑旋风乔教学》、《黑旋风借尸还魂》、《黑旋风斗鸡会》、《黑旋风诗酒丽春园》、《黑旋风穷风月》、《黑旋风大闹牡丹园》、《黑旋风敷演刘耍和》）；康进之2种（《李逵负荆》、《黑旋风老收心》）；杨显之的《乔断案》；红字李二的《板踏儿黑旋风》；无名氏的《喜赏黄花峪》；王德信的《诗酒丽春园》；庾天锡的

---

① 有学者把明代的《黑旋风仗义疏财》加在一起，共16种。

《黑旋风诗酒丽春园》。今有传本于世的共 5 种。从这 5 种李逵戏来看，李逵是一个有勇有谋、粗中有细、雅俗兼备的英雄好汉。

首先，勇猛是李逵的主要性格。与这一性格相联系的是李逵的疾恶如仇、好打抱不平。他敢于挺身而出，与欺压百姓的地痞恶霸作坚决的斗争。在《双献功》里，李逵为了替平民孙孔目报仇，杀了奸夫淫妇白衙内、郭念儿。《李逵负荆》中，李逵为了解救被掳的老王林女儿满堂娇，杀掉了恶霸宋刚、鲁智恩。

其次，李逵行事不是一味蛮干，也显得很有谋略。在《双献功》里，李逵为救孙孔目，把自己打扮成提着饭罐儿的庄家呆后生；他用蒙汗药麻倒狱卒；为接近白衙内，他提着酒瓶，佯装成祇侯。在《喜赏黄花峪》里，为深入打探水南寨，李逵把自己打扮成货郎担。总之，让李逵这样的莽汉去扮演呆后生、祇侯和货郎担这些小人物形象，一方面塑造了李逵丰富的人物个性；另一方面，从戏剧审美的角度而言，也增加了滑稽的喜剧性效果。

再次，李逵身上还具有几分文人雅趣。从《黑旋风乔教学》、《诗酒丽春园》和《乔断案》等剧名来看，李逵能吟诗题词，通识文墨，并且有做判官的才能。康进之的《李逵负荆》里，李逵醉酒时唱道：

饮兴难酬，醉魂依归，寻村酒，恰问罢王留。王留道：兀那里人家有！可正是清明时候，却言风雨替花愁。和风渐起，暮雨初收。我则见杨柳青青沽酒市，桃花流水钓鱼舟。我则见碧粼粼春水波纹绉，往来社燕，举目沙鸥。（人道我梁山无景致，我打了那斯的咀！）

俺这里雾锁着青山秀，烟罩定绿杨洲。（桃花树上一个黄莺儿，将那桃花瓣儿咱啊咱的啊下来，落在水中，是好看也！我曾听的谁说来？我是想着咱，哦想起来了也！俺学究哥哥道来：）他道是轻薄桃花逐水流。（我绰起这桃花瓣儿来，我是看咱。好红桃花瓣儿！[做笑科] 好黑指头也！）恰便是粉衬的这胭脂透！（强似可惜了你，趁你那一般的瓣儿去，我与你赶，与你赶。贪赶桃花瓣儿，）早来到这草桥店垂杨的渡口。（不中，则怕误了俺哥哥的将令。我索回去也。待不吃来呵！）又被这酒旗儿将我来相迤逗。他，他，他，舞东风在曲律杆头！①

胡适认为这一段美文描写的李逵"竟是一个风流细腻的词人"，但又设问："这可是那杀人不眨眼的黑旋风的心理吗？"他进一步推测说："我们看高文秀与康进之的李逵，便可知道当时的戏曲家对于梁山泊好汉的性情人格的描写还没有到固定的时候，还在极自由的时代：你造你的李逵，他造他的李逵；你造一本李逵《乔教学》，他便造一本李逵《乔断案》；你形容李逵的精细机警，他描写李逵的细腻风流。"②

从《黑旋风斗鸡会》、《黑旋风大闹牡丹园》和《黑旋风敷演刘耍和》的剧目推测，

---

① 傅惜华编：《水浒戏曲集》（第一集），上海：上海古籍出版社 1957 年版，第 34～35 页。

② 胡适：《〈水浒传〉考证》，见施耐庵著，汪原放标点，胡适主编：《水浒》，海口：海南出版社 1995 年版，第 15 页。

李逵可能是一个滑稽幽默的搞笑角色。有论者指出："黑旋风李逵，在'水浒传'上，在元曲里，都是被描写得很有生气，很逗人喜爱的一个人物。——一个憨直、淳朴、鲁莽、富于反抗性和同情心，农民气息很重的英雄。"① 可见，李逵形象在元代是一个未完全定型的多面形象，它体现了一种艺术自由创造，其间蕴含广大民众和艺人们的集体创造智慧。②

总的来看，元杂剧中的丰富多彩的李逵形象与《水浒传》中那个鲁莽、嗜杀的李逵形象有很大差异。至于元代"水浒"戏和《水浒传》的关系，有学者认为《水浒传》的创作受到了元杂剧很大的影响，也有学者认为它们是一种"同源共生"的关系。"同源"意味着它们讲述的都是水浒故事这个母题，"共生"则意味着它们有着自己的故事讲述系统，二者并没有直接的渊源继承关系。刘若愚在论析《李逵负荆》里的李逵形象时指出，"李逵的这种形象和《水浒传》里有点不同：戏剧里他较为可爱，不怎么使用暴力。戏剧和小说的同一人物表现出的不同的性格，可能由于各自取材于不同的口头传说"③。此论断虽无法找到直接的文献证据，但道出了李逵故事叙述的活态性质。值得注意的是，小说《水浒传》文本中同样渗透了浓郁的民间文化趣味。小说的第五十四回有这样的情节：戴宗和李逵去蓟州请公孙胜破高廉的妖法，但公孙胜的师傅罗真人不许他下山。李逵半夜起来把罗真人劈成两半，天亮后却发现罗真人好端端地活着。后来罗真人把李逵置放在魔帕上，几个人一起升入云端。云端中，罗真人使法术弄得李逵从蓟州府厅屋上骨碌碌滚将下来。当日正值府尹坐衙，知府命令牢子狱卒将李逵捆翻，并将狗血、尿粪从李逵头上直浇到脚底。对此情节，日本学者佐竹靖彦评论道："像这样的滑稽戏，也许并不是出自说书内容，而是作者在与演员、观众的相互交流中孕育出来的。剧中所有的情节都很夸张，通过演员的动作和台词表现得十分具体，既没有细腻的心理描写，也没有细致的情景描写。李逵是一个极其单纯的虚幻世界里的英雄，他远离规则烦琐的世界，是一个以表现民众感性为基础的英雄，他的生存空间是呈现于舞台上的梁山泊世界。"④

有趣的是，在水浒人物活动频繁的山东各地，目前还流传着一些李逵的口头传说故事，这些故事内容与《水浒传》也有很大差异。据华积庆编辑整理的资料《水浒英雄外传》⑤ 统计，关于李逵的故事有《李逵出世》、《李逵斗牛》、《"铁牛"的来历》、《李逵作媒》、《李逵除霸》、《李逵离家》、《李逵剪径野猪林》、《李逵保媒配宋江》、《李逵三考安道全》、《李逵巧断无头案》、《李逵断奇案》、《黑风口李逵荐囚》、《黑旋风还乡》等。从

---

① 顾学颉：《黑旋风李逵》，见作家出版社编辑部编：《水浒研究论文集》，北京：作家出版社1957年版，第169页。

② 徐朔方认为，在古代中国，不仅在小说发展史上有世代累积型集体创作到个人创作的演变发展过程，戏曲发展史也有类似情况。他举例说，关汉卿创作了《窦娥冤》和《救风尘》等高超的艺术作品，但挂在他名下的六十三本杂剧中有不少平庸之作，以致朱权在《古今群英乐府格势》中评他是"可上可下之才"。他的著作《从早期传本论证南戏的创作和成书》及其续篇《南戏的艺术特征和它的流行地区》则指出，几乎所有的南戏都是未经写定的民间创作，《琵琶记》是唯一的例外。参见徐朔方著：《小说考信编》（前言），上海：上海古籍出版社1997年版，第3～4页。

③ ［美］刘若愚，周清霖、唐发铙译：《中国之侠》，上海：生活·读书·新知三联书店1991年版，第155页。

④ ［日］佐竹靖彦著，韩玉萍译：《梁山泊——〈水浒传〉一〇八名豪杰》，北京：中华书局2005年版，第80页。

⑤ 以下资料参阅华积庆编：《水浒英雄外传》（上册），北京：中国戏剧出版社1986年版，第115～186页。

这些故事的题名可以看出，李逵是一个多面形象。与《水浒传》相比较，这些传说故事中的李逵已完全不是一个杀人狂形象，而演变成了一个智勇双全、乐善好施的理想英雄。比如，在《李逵出世》①中，李逵的"出世"被赋予神幻的色彩。故事梗概如下：

李逵的父母（父亲叫李老大，母亲叫老大家）和哥哥李达是一财主家（男主人绰号为"胎里坏"，女主人的绰号为"辣椒籽"）的长工。这家财主很毒辣地对待穷人。"胎里坏"污蔑放羊的李老大卖掉了羊羔（羊羔是被狼叼走的），于是把他毒打致死。

第二年清明节，老大家给死去的李老大上坟，悲啼之时，一手拄拐杖的老汉出现，用拐杖朝她腹部一指，说道："你不要难过了。这不共戴天之仇，等你腹中贵子出世，就可报得！"说完，老汉化为一股青烟，往山神庙飘去。老大家果然怀孕。老大家分娩之时，"辣椒籽"趁她昏迷，把她刚生下的孩子掐死，并扔到锅里煮化。到凌晨，"辣椒籽"将锅中汤水提到牛棚里给黑母牛喝了。其后，这头黑母牛生下了一头粗壮的小黑牛。小黑牛与老大家非常亲密。一夜，老大家在梦中被老汉告知，小黑牛是她的亲骨肉。

财主"胎里坏"和"辣椒籽"起了疑心，准备第二天杀掉小黑牛。小黑牛逃命到山林。因老大家的思念，小黑牛又回到她身边。小黑牛喝了老汉的仙梨熬成的汤，变成了一个壮实的小伙子。黑牛成了小伙子的乳名。"黑牛"生性勇猛，爱打抱不平，他为家人报仇雪恨后流落江湖，后来上了梁山。

很明显，这个传说故事表达了穷苦农民浪漫的情感想象。有论者指出："传说是民众共同创作的集体性文学作品，故事的人物、情节、结局都是按照老百姓自己的意愿加工完成的，符合人民群众的愿望。普通民众在现实生活中总是遭受这样那样的无奈、屈辱、不幸和苦难，人们无法在现实中把握自我命运，于是他们通过虚构的传说故事表达对生活的期待。坏人、恶人在传说故事中是没有好下场的，不是被冷落、惩罚，就是被杀死。"②李逵传说故事的背景被置放到农民与财主这两个阶级的矛盾对抗中。在故事的想象逻辑中，李逵被划入底层农民的阵营，成了"上天"（山神爷扮成的老汉）命定的旨意。李逵的神奇"出世"，似乎为他将来的立身行事定下了情感基调，许多李逵的传说故事讲述的正是他这种惩强扶弱、行侠仗义的英雄本色。在《李逵斗牛》中，李逵打死了恶霸牛二麻子，为沂水方圆百里的老百姓除了一害。《"铁牛"的来历》里，他制服了见钱眼开、蛮不讲理的牛贩子和长胡子财主，为一庄户人伸张了正义。《李逵除霸》中，李逵杀死了恶贯满盈的张百万父子。《李逵离家》里，李逵打死了欺侮良家妇女的恶贼庞虎。

除惩强扶弱所体现的勇猛之外，李逵性格因素中也有智慧的一面。在《李逵断奇案》中，李逵凭他办案的直觉和经验，把神婆子泡泡仙和浪荡公子范仁两个坏人揪出来，为郭家父女和其他老百姓申冤。《李逵巧断无头案》中，李逵青衣小帽私访张剥皮家，在张剥皮家的杂房偷听到案情真相，从而巧断无头案。《李逵三考安道全》里，李逵为了替患背

① 搜集整理：管延钦等；讲述人：邱德臣，已故，诸城市大相谷村老中医；流传地区：山东诸城市东部辛兴一带。参阅华积庆编：《水浒英雄外传》（上册），北京：中国戏剧出版社1986年版，第115～120页。
② 黄景春著：《民间传说》，北京：中国社会出版社2006年版，第198～199页。

疮的宋江寻找名医，分别用墨线、经脉不调的扈三娘、"吊斜疯症"患者三种手段"考查"安道全是不是神医。

值得一提的是，在讲述李逵的智慧时，一些故事往往呈现出轻松幽默的戏剧风格。且看《李逵保媒配宋江》中的一段故事：

不说宋江在赵员外家养伤，单说李逵自打山上栽了跟头，越想越窝囊。心想，俺铁牛娘肚里生出来，何曾受过这般鸟气？真真气煞俺也！这天，他背着宋江，偷偷地跑上山来。凤凰女一见，冷冷笑道："你这黑厮，莫非送驴头来了？"李逵骂道："放屁！前者是俺两天没吃饭，三天没睡觉，才输了你。今俺饭饱觉足，定跟你大战三百合！"凤凰女又好气又好笑，抡刀来战李逵。李逵是程咬金的斧子紧三下，打着打着，又不行了。凤凰女的大刀上下翻飞，盖得他喘不过气来。李逵只有招架之功，没有还手之力，头上身上，汗水淋淋。凤凰女并不想杀死他，只是耍他玩玩罢了。李逵眼看不行，急中生智，大叫一声"等等"，拔刀跳出了圈子。李逵气喘吁吁，冲着凤凰女说道："嘿嘿，俺又饿了，待俺吃了酒饭再战你如何？"说着，瞅个空子，一溜烟似的跑下山去。凤凰女哭笑不得。①

在与凤凰女的比武中，李逵已没有他惯常所具有的勇猛无敌的英雄气概，他的武功也只是三脚猫的功夫，根本无法与凤凰女对抗。无奈之下，李逵只得玩滑头，走为上计。此时，李逵的"智慧"诙谐搞笑，完全消解了人们心目中长期形成的那种勇猛的刻板印象。

在《黑风口李逵荐囚》中，李逵的"搞怪"性格也表现得很充分，从而使故事增添了一种特殊的艺术趣味。其故事情节大致如下：

梁山黑风口山恶水险。梁山寨聚义后，李逵奉命把守黑风口，黑风口更如一道鬼门关。湖北宜昌有个崔知县，为官清廉，却因刚直得罪上司，被皇帝处以斩刑。崔知县的一个做正卿的同乡深知他是被人冤枉，遂想救他，故奏请皇上把崔知县发配到梁山黑风口去送死。皇上早闻黑风口李逵的厉害，认为李逵肯定会剁了崔知县，便准了奏本。

两个解差押送崔知县到黑风口，把他放到一只小船上，二人便回去交差。李逵把崔知县抓到大营，并恐吓性地审问他。崔知县道出实情。李逵非但不杀他，还用好酒好菜款待他。崔知县甚为纳闷。一天，李逵要崔知县换件新衣裳，声称要送他"回家"。崔知县把"回家"理解为上西天（回老家），以为李逵要杀他。李逵却把他带到县城，并直奔县衙大堂。县官满脸赔笑迎接他们。李逵对县官喝道："你这鸟官，俺早就听说你黑了肠子烂了肺，你吃里扒外，背着山寨勾搭朝廷不说，还勒索百姓肥黑囊，俺岂能容你！"县官狡辩，李逵一拳打倒县官，并对崔知县大喊道："姓崔的，过来过来，这县官你当了！"蒙了头的崔知县语无伦次，连连罢手，一个劲地"这这这"。李逵大斧子一晃道："你'这这'个鸟！俺让你当，你就当，要跟在宜昌一样，多给老百姓办好事，要不然，俺砍了你！"崔知县走马上任，为官清廉，把整个县治理得井井有条。②

---

① 参阅华积庆编：《水浒英雄外传》（上册），北京：中国戏剧出版社 1986 年版，第 159 页。
② 华积庆编：《水浒英雄外传》（上册），北京：中国戏剧出版社 1986 年版，第 178～181 页。

这个故事具有很强的戏剧性。崔知县因清廉刚直，得罪了上司而被罢官处死，再复为县官，其中的原因离不开李逵的作用。而作为故事背景的黑风口，极力衬托了李逵的"残暴"。但是，李逵的"残暴"成了一种扫黑除恶、伸张正义的有效手段。可见，这个故事中李逵的"正直"，没有《水浒传》中的那种"憨"性，反倒体现出一种"智"性。当然，写李逵之"智"，并不是要描绘他一种精明的高智商，而是要体现出李逵故事叙述中的另一种艺术趣味。有论者认为："口语文学的作品，即使是一个人的创作，一旦经过不同人的传诵，就会因为个人的身份地位以及传诵的情境而有改变，这样因时因地的改变正好是发挥文学功效最好的方法，所以说口头文学最适合大众的需要。换言之，从这一角度而言，口头文学是一种活的传统，而书写文学则是固定的作品，口语文学是一种多形式的存在，书写文学则是单形式的存在。"① 总之，民间传说中各种不同的李逵形象的想象与建构，满足了人们多元化的艺术趣味诉求。

二、李逵形象的文化符号意义

由以上简要的梳理可知，自宋以降，在不同时期和不同形态的故事叙述中，李逵形象发生了很大的变异，尤其是在传说故事中，李逵形象甚至遭到颠覆性的改造，其根本原因是李逵故事本身能够吸引讲述者与听者的兴趣。"一个传说，最初可能只是一个人在讲述，由于情节和人物有趣，其他人受到影响，也开始讲这个传说。在讲述的时候，人们往往根据他自己的生活经验对传说中的情节和人物做某些合理化的改动，使传说更加符合众人的口味。在流传的过程中，任何一个讲述者都可以加入自己的思想感情和生活经验。"② 当然，民间李逵故事的变异并不是漫无边际的，其中也潜藏着某种稳定性和规律性：

其一，侠义精神是李逵性格的基本内核。侠义体现了李逵勇猛刚强的一面。南宋龚圣与的《宋江三十六人赞》中，描绘黑旋风李逵时曰："风有大小，不辨雌雄。山谷之中，遇尔亦凶。"这为李逵形象定下了文化想象的基调，勇猛彪悍成为李逵形象的文化符号。正是有了这一点，李逵才拥有了除暴安良、抱打不平的资本。在元代的水浒戏中，李逵为替平民孙孔目报仇，杀掉奸夫淫妇白衙内、郭念儿（《双献功》）；为救被掳的满堂娇，杀掉恶霸宋刚、鲁智恩（《李逵负荆》）。在传说故事《李逵除霸》中，李逵杀死了恶贯满盈的张百万父子。即使是在并非宣扬李逵武力的传说故事《黑风口李逵荐囚》中，李逵的勇猛对官僚们同样起到很大的威慑作用。

其二，从价值取向来看，李逵形象代表了底层民众的价值立场。在大多数的李逵故事中，故事叙事设定在善与恶、强与弱、豪族与平民的矛盾对立中展开。这一点在口头传说故事中表现得最为充分。传说故事《李逵出世》中，李逵成了一个"天命"的农民阶级的儿子。李逵的父母和哥哥都是财主家的长工，李逵的父亲被财主污蔑整死，母亲受尽财主的折磨。财主指涉的是一个阶级，这个阶级意味着残暴、剥削和丧失人性。而李逵及其

---

① 李亦园：《从文化看文学》，见吴光正著：《中国古代小说的原型与母题》（总序一），北京：社会科学文献出版社 2002 年版，第 4 页。

② 黄景春著：《民间传说》，北京：中国社会出版社 2006 年版，第 4 页。

家人象征着受剥削、受压迫的农民阶级。故事中阶级划分的界限非常清晰。正是在这种阶级矛盾对立中，李逵的行为表达了一种基于底层民众的道德判断与价值期待。与《水浒传》相比较，民众想象中李逵的形象更完美鲜明、更富正义感。老舍说："民众虽然大多数是文盲，可是他们有他们的道德上的裁判与责任，维系着精神的生命。他们的这种裁判与责任多是'有诗为证'的：作文官的要清明如包公，武官应忠勇似关公与岳老爷，赵子龙是勇士的象征，西门庆永远拴在尿桶上。"① 可见，民众的价值判断非常单一，在长期的民众文化记忆中，李逵形象已沉淀为一个光彩夺目的文化符号。

其三，从故事讲述的方式来看，李逵故事具有某种程度的延续性。自宋元以来直到现在，李逵故事的内容与讲述方式发生了很大变化。但通过整理能够发现，李逵故事的讲述在某些方面还是有它的历史延续性的。其中，"断案"叙事就有某种历史延续性。从元代"水浒戏"《乔断案》的剧名来看，很有可能是讲述李逵断案的事。《水浒传》第七十四回"燕青智扑擎天柱　李逵寿张乔坐衙"里，李逵在梁山附近的寿张县扮作知县，让两个牢子分别扮原告与被告，李逵由此过了一把判官瘾。而在口头传说故事里，李逵断案的故事更多。除华积庆编的《水浒英雄外传》中提到的《李逵巧断无头案》和《李逵断奇案》之外，樊兆阳搜集整理的《水浒人物口头传说大观》② 里，也有两则李逵断案的故事，其一是《李逵问案》③，其二是《李逵断疑案》④。《李逵问案》讲述的是李逵审理奸夫淫妇的案子；《李逵断疑案》讲述的是李逵惩罚行贿的两兄弟和受贿的知县。在断案过程中，李逵宛如一个明辨是非、清正廉明的包青天，这表达了黑暗社会中民众对公平和正义的想象性期待。

① 老舍著：《老舍曲艺文选》，北京：中国曲艺出版社1982年版，第18页。
② 樊兆阳搜集整理：《水浒人物口头传说大观》，北京：北京图书馆出版社2003年版。
③ 讲述人：王诚志；流传地区：梁山、东平一带。参阅樊兆阳搜集整理：《水浒人物口头传说大观》，北京：北京图书馆出版社2003年版，第113～114页。
④ 讲述人：王茂君；流行地区：鲁西南各地。参阅樊兆阳搜集整理：《水浒人物口头传说大观》，北京：北京图书馆出版社2003年版，第122～127页。

第四章

水浒故事的衍生叙述

第一节　文化空间与大水浒^①叙事

一、水浒叙事的活态传统

有一种传统观念，即把《水浒传》视为整个水浒叙事系统的中心，相沿成习，《水浒传》即成为"水浒"文学的指称。受此观念影响，《水浒传》成书之前的水浒叙事则是《水浒传》创作的"题材"或"本事"^②，而《水浒传》成书之后的水浒叙事则是对《水浒传》的"接受"。显然，这种观念在许多问题上无法自圆其说。于第一点而言，宋元水浒故事与《水浒传》虽有某种承续性，但其中变异的成分也不少。麻烦的问题是，目前学界并未找到有充分说服力的证据，来证明《水浒传》与之前水浒叙事的直接渊源关系，大多数论者只是根据故事内容的相同（相似）去"猜测"或"推断"。关于第二点，问题似乎更严重。一方面，许多明清"水浒"戏以及一些当代民间的水浒传说故事无论在内容上还是艺术风格上，与《水浒传》已差距甚远，我们无法找到"接受"的线索。另一方面，就接受美学的学理层面而言，"接受"作为一个学术概念，意指不同读者对同一文本的意义阐释，其聚焦点是指向"文本"，其直接的意义呈现方式即文本阅读。如果把不同艺术种类的文本编创（如戏曲编创）也理解为"接受"，那么，"接受"一词只能取宽泛的意义，而不再具有接受美学中所具的美学内涵了。

总体而言，在传统的观念认识上，《水浒传》被看作是水浒叙事家族中最成熟、最完善的艺术形式；相反，其他文化形式的水浒叙事则是素朴而粗糙的。故此，《水浒传》逐渐成为水浒叙事的"经典"而被文学史大书特书；相反，其他的水浒叙事则被看作旁系和末流，不具备进入文学史的资格。这种基于艺术价值判断的文学史知识，遮蔽了对水浒叙

---

　　①　樊兆阳、张庆建在整理各种民间水浒英雄故事时，使用了"民间大水浒"这个说法。（见樊兆阳、张庆建编：《民间大水浒》，北京：中国文史出版社 2008 年版）。本书暂借此说。

　　②　胡适的《〈水浒传〉考证》、郑振铎的《〈水浒传〉的演变》等关于《水浒传》的溯源类文章著述的学术思路即持这一观念。各种"水浒传资料汇编"表达的也多是这样一种观念。

事艺术丰富性与多样性的全面认识，由此造成人们观念上的偏狭甚至混乱，其中突出的一点，则是遮蔽了水浒叙事本身所具有的不断发展演进的事实。

从历时与共时两个维度来看，水浒故事叙述是一种活态叙述，水浒文学是一种典型的"活态文学"。水浒故事叙述本身具有不断衍生发展的内在动力，"宋江事见于街谈巷语，不足采著"（周密《癸辛杂识续集》上）。从文献史料可知，水浒故事在其诞生之初，只有一点历史的影子，其产生影响力的文化土壤是民间。这从文化源头上奠定了水浒故事叙述与传播自由发展的基本格调，其中既有民间文化形态的故事传播，又有文人士大夫的传写。由此完全可以想象，水浒故事的讲述与书写在当时已蕴含某种艺术文化活动的意味。在文化传播与艺术形态上，既有民间"街谈巷语"式的故事流传，也有龚圣与等文人的"存之画赞"，更有《大宋宣和遗事》所记载的笔记和小说形式。可见，水浒叙事自宋以降，就处于一种自由抒写的状态。孙楷第的《〈水浒传〉旧本考》指出："水浒故事当宋金之际，实盛传于南北。南有宋之水浒故事，北有金之水浒故事。其伎艺人之所敷演，虽不必尽同。亦不致全异其趣……及元平金宋，南北混同，其时梁山故事之在南北，当亦因政治之统一而渐成混合之象。南人说梁山泺故事，可受北人影响。北人说梁山泺故事，亦可受南人影响。故水浒故事源于北宋，分演于南宋、金、元，而集大成于元。"① 所谓"南有宋之水浒故事，北有金之水浒故事"，意味着南北各地都有自己不同的水浒故事。日本学者佐竹靖彦指出："作为明代《水浒传》原型的元代主要文艺形式只有两种，一种是被称为'水浒戏'的讲述梁山泊好汉故事的戏曲，另一种是讲述英雄各自故事的游侠传记'说话'。"②

即使到了孙楷第所说的"集大成"的元代，水浒故事的讲述也是极其自由的。胡适在《〈水浒传〉考证》中指出："我们看高文秀与康进之的李逵，便可知道当时的戏曲家对于梁山泊好汉的性情人格还没有到固定的时候，还在极自由的时代：你造你的李逵，他造他的李逵；你造一本李逵《乔教学》，他便造一本李逵《乔断案》；你形容李逵的精细机警，他描写李逵的细腻风流。"③

《水浒传》成书以后，水浒叙事受到《水浒传》一定程度的规范，但并未完全定型，其中有溢出《水浒传》的故事成分。比如，明嘉靖人李开先所著的《宝剑记》中叙写林冲的妻子"本殉节以死。而作者欲以团圆结束，故作迎聚梁山"④。此处故事情节与《水浒传》明显有异。明代高漫卿所作的《灵宝刀》，"其开封府尹竹之有，及贞娘为尼、锦儿代死情节，皆凭空撰出"⑤。无名氏的《元宵闹》"插入张文远一段，非传所有"；"而李固所交张孔目，则剧中指为张文远，谓其杀阎婆惜后实未尝死，逃至大名，复为孔目，

---

① 孙楷第著：《沧州集》（上册），北京：中华书局1965年版，第127页。

② ［日］佐竹靖彦著，韩玉萍译：《梁山泊——〈水浒传〉一〇八名豪杰》，北京：中华书局2005年版，第62页。

③ 胡适：《〈水浒传〉考证》，见胡适著，易竹贤辑录：《胡适论中国古典小说》，武汉：长江文艺出版社1987年版，第189页。

④ 董康：《曲海总目提要》，转引自朱一玄、刘毓忱编：《水浒传资料汇编》，天津：南开大学出版社2002年版，第541页。

⑤ 董康：《曲海总目提要》，转引自朱一玄、刘毓忱编：《水浒传资料汇编》，天津：南开大学出版社2002年版，第542～543页。

且与贾氏亦有私。此皆随手牵合，借景生情"。① 明许自昌的《水浒记》中，"张三郎借茶，阎婆惜活捉，及张三郎调戏宋江正妻孟氏等出，皆系脱空结撰"②。有的水浒故事叙述不受《水浒传》文本的影响。如明代阙佚的杂剧作品《宋公明喜赏新春会》则"故事不见《水浒传》所载"③。而在民间，各种水浒故事以民间说唱和传说的艺术形式加以演绎，其故事情节与《水浒传》差异很大。明末著名说书艺人柳敬亭演说的武松故事"白文与本传大异"（《陶庵梦忆》卷五）④，意味着与《水浒传》中的武松故事有很大差异。鲁迅在《谈金圣叹》一文中说："《水浒传》纵然成了断尾巴蜻蜓，乡下人却还要看《武松独手擒方腊》。"⑤ 显然，乡下人爱看的"武松独手擒方腊"的故事在各种繁简本《水浒传》中根本没有，这意味着它属于《水浒传》之外的另一水浒故事叙述系统。而至今还在演出的扬州评话"王派水浒"与《水浒传》在故事内容上的差异也非常大。

另外，值得一提的是，传统的观点认为，小说《金瓶梅》是从《水浒传》中截取西门庆、潘金莲和武松的故事而敷演写成的。但学者徐朔方提出了新的看法，他认为小说成书与故事形成是两回事，成书应迟于故事形成。据此，他认为："《金瓶梅》原是《水浒传》系列故事的一个分支，后来它由附庸而成大国。《金瓶梅》和《水浒传》一样，都是在长期流传过程中形成的世代累积型集体创作，带有宋、元、明不同时代的烙印。《水浒传》的写定比《金瓶梅》早，但它们的前身——'说话'或'词话'的产生，却很难分辨孰早孰迟。与其说《金瓶梅》以《水浒传》的若干回为基础，不如说两者同出一源，同出一个系列的《水浒》故事的集群，包括西门庆、潘金莲的故事在内。从某些方面看，《水浒传》中西门庆和潘金莲的故事比《金瓶梅》早，从另外一些方面来看又可能相反。这是成系列而未定型的故事传说，在长期演变过程中出现有分有合、彼此渗透、相互影响的正常现象。"⑥ 这意味着，成书时间的先后，无法判定故事产生的渊源关系。故此，较容易接受的看法即把《金瓶梅》与《水浒传》都看作是"水浒"故事集群，它们的区别只是在不同时期以不同的艺术方式与载体来表达而已。这进一步说明了水浒故事发展演变的活态性质。

总的来说，自南宋以降，水浒故事叙述一直处于不断发展演化之中，一方面是故事内容的变化衍生，另一方面体现为以水浒故事为题材的戏曲、说唱、民间传说、绘画和娱乐游戏等多种文化艺术形态的并存发展，由此构筑了一个具有鲜明的民族文化审美趣味的大水浒叙事文化空间。以京剧水浒戏为例（见下表），许多京剧水浒戏的故事内容已完全不同于《水浒传》，表达的是另一种水浒叙事。很显然，京剧水浒戏的艺术文化趣味与《水浒传》有很大的不同，但万变不离其宗，"水浒"依旧是其割舍不断的文化根脉。由此可见，作为文化根脉的"水浒"所生长出来的艺术之树是多么枝繁叶茂！

---

① 董康：《曲海总目提要》，转引自朱一玄、刘毓忱编：《水浒传资料汇编》，天津：南开大学出版社2002年版，第544~546页。

② 董康：《曲海总目提要》，转引自朱一玄、刘毓忱编：《水浒传资料汇编》，天津：南开大学出版社2002年版，第546页。

③ 庄一拂编著：《古典戏曲存目汇考》（中），上海：上海古籍出版社1982年版，第567页。

④ （明）张岱著：《陶庵梦忆》，杭州：西湖书社1982年版，第62页。

⑤ 鲁迅：《谈金圣叹》，《鲁迅全集》（第四卷），北京：人民文学出版社1981年版，第528页。

⑥ 徐朔方、孙秋克著：《明代文学史》（前言），杭州：浙江大学出版社2006年版，第6页。

部分京剧水浒戏篇目及内容提要①

篇目	内容提要	备注
虎囊弹	鲁达逃至代州，遇金老，金女翠莲嫁赵恺，赵荐鲁入五台山为僧，花子奇首高赵窝藏皇犯，赵被逮入狱。金翠莲与王氏代夫辨冤于太原经略苏明允，苏经略有陋规，告者须受虎囊弹，百弹不死，始准其状，王氏受刑不死，翠莲得见经略，陈诉原委，代夫申雪	一作《虎狼弹》，不见于《水浒传》。汉剧、河北梆子、桂剧有《打弹子》，湘剧有《虎狼弹》，秦腔亦有此剧目
盗王坟	时迁夜掘王坟，盗男尸殉葬珠宝，遇杨雄石秀，共投梁山	一名《金石盟》，不见于《水浒传》。湘剧、徽剧、河北梆子均有《盗皇坟》
卖皮弦	孙二娘奉军师吴用之命下山，开设招商店。王老三卖皮弦投宿店中，向孙调笑，孙用药酒毒死之，劫财，回山复命	不见于《水浒传》，桂剧亦有此剧目
一箭仇	梁山首领晁盖攻曾头市，为教师史文恭射死。卢俊义、林冲领兵报仇。但二人曾与史同师，乃先入庄，劝史归顺，史不从，遂相争斗，胜负不分，约明日再战。史文恭乘夜率众往劫梁山营寨，卢等有备，史中伏大败，逃至江边。阮氏弟兄赚史登舟，水中将史擒获	一名《英雄义》及《曾头市》。与《水浒传》情节不同
二龙山	史文恭邀金眼和尚、银眼和尚、小和尚助战，三僧宿二龙山下张青、孙二娘店中。张、孙夜刺三僧，暗中格斗；二僧被杀，小僧逃走	一名《桃花岭》。与《水浒传》中"二龙山"名同实异，或谓见《水浒外传》。川剧有《三僧打店》
清风寨	清风寨盗首刘通，见张志善女美，强纳聘礼，订期迎娶。李逵、燕青借宿刘家，知而不平，李乃乔装新娘，燕青伪装其弟，混入寨中。洞房中李痛殴刘通，复与燕青合力将刘杀死，火焚山寨	一名《娶李逵》。不见于《水浒传》。徽剧、滇剧、豫剧、河北梆子都有此剧目，湘剧有《青风岭》
罗家洼	孙二娘（桂香）之父孙伯权在罗家洼摆设擂台，为女选婿。曹老西打擂；菜园子张青亦上台比武，打败二娘，结为婚姻	不见于《水浒传》。小武戏，中加有曹老西之插科打诨

① 此处列及的是在内容上不见于《水浒传》的篇目，借以凸显水浒故事不断衍生发展的情况。参阅南京大学中文系资料室编：《水浒研究资料》，南京：南京大学中文系 1980 年版，第 646～666 页。

（续上表）

篇目	内容提要	备注
百花庄	百花庄白天章、白日娥兄妹因其父死于梁山好汉之手，蓄意报仇；摆擂台延揽战士。梁山知而遣燕青、石秀等往探。燕青遇白日娥练武，假作比试，佯与订情。归报后，宋江又派其偕众打擂；李逵亦私往，擒获白氏兄妹	不见于《水浒传》
蔡家庄	蔡家庄蔡继宗、蔡芙蓉兄妹聚众拟以梁山为敌。值重阳节日，梁山好汉下山，郑天寿乔装牙婆，与扈三娘、孙二娘、顾大嫂计入蔡庄，蔡继宗误以郑为女，加以调戏；郑天寿欲辞之未成，双方格斗。鲁智深、李逵、武松等乘虚而入，共歼蔡氏兄妹	不见于《水浒传》。秦腔、同州梆子、河北梆子有此剧目
女三战	张叔夜引兵攻梁山，焚毁梁山酒店；孙二娘巡山，与张为敌，不胜，得顾大嫂接应而退。宋江、吴用闻报，用计激顾大嫂出战；顾与孙二娘共议劫营。张叔夜巡营，相遇交锋，顾、孙又败。扈三娘至，助顾、孙三战张叔夜，石秀、曹正、燕青、李逵再至助战，大败张叔夜	不见于《水浒传》
红桃山	红桃山女盗张日娥与宋江对垒；关胜与战，被诱入山中，几为山火所伤，林冲与张酣战，亦不能胜。花荣后至，三人合力擒获张日娥	不见于《水浒传》，一名《男三战》。徽剧、河北梆子、山东大弦子戏、同州梆子也有此剧目
太湖山	李俊、花逢春、索超等占太湖山。秦桧诬害公孙胜姑父闻建章。闻妻女逃回原郡，中途遇秦桧之侄秦澎，冒李俊名，擒去闻女。秦逼婚，为闻女打伤头颅，秦请神医安道全治疗，安乘机救闻女脱险。秦澎勾结常州太守，计邀李俊来会，设伏擒之。判斩，花逢春等遇公孙胜救闻妻回山，乃同劫法场，救李俊，杀秦澎，共夺金鳌岛	一名《金鳌岛》，不见于《水浒全传》

二、"文化空间"与大水浒叙事

（一）"文化空间"释义

"文化空间"原本是一个普泛的词，但目前大家把它作为"非物质文化遗产"的一个概念术语来理解。联合国教科文组织于 2003 年 10 月通过的《非物质文化遗产保护公约》，把"非物质文化遗产"定义为"被各群体、团体、有时为个人视为其文化遗产的各种实践、表演、表现形式、知识和技能及其有关的工具、实物、工艺品和文化场所。各个群体和团体随着其所处环境、与自然界的相互关系和历史条件的变化不断使这种代代相传的非物质文化遗产得到创新，同时使他们自己具有一种认同感和历史感，从而促进了文化多样性和人类的创造力"①。"非物质文化遗产"在概念使用上经历几次变化，后来在"代表作"申报条例和申报书编写指南中，它被解释为"文化表达形式"（Cultural Expressive Forms）和"文化空间"（Cultural Space）两种基本类型。

"文化空间"概念的提出，体现的是一种鲜明的本土文化立场。它是在联合国教科文组织展开的各种学术活动中，经历了各个国家学者的反复讨论后才达成的一个共识。1999年，联合国教科文组织与在保护民间文化方面享有国际盛誉的美国史密森尼学会（Smithsonian Institution），在华盛顿特区联合召开以"全面评估《保护民间创作建议案》：在地赋权与国际合作"为主题的国际大会。会上，学者斯塔文哈根（Stavenhagen）指出，"有一种……危险……它把文化当作一种物品，这种物品独立于各种社会参与者相互关联的社会空间而存在。人类学提醒我们任何群体的民族（文化）身份与其说依赖于文化内涵，不如说依赖于社会范围。后者决定社会关系空间，借助于这种空间，这样或那样的民族群体被赋予了成员身份。原住民的文化根植于自然和精神两个世界之中"②。由此，以整体性原则来保护活形态的非物质文化遗产引起人们的普遍关注；同时，可持续性发展的文化遗产保护观念也得以明确化。学者们逐步认识到，文化遗产真正需要保护的是社会过程，而不是被固化的物品。

在"文化空间"概念化的过程中，还有一个重要事件。1997年6月，联合国教科文组织文化遗产处与摩洛哥教科文全委会在马拉喀什联合举行"国际保护民间文化空间专家磋商会"。会上，对来源于人类学的"文化空间"（Cultural Space）概念作出了定义："'文化空间'的人类学概念被确定为一个集中了民间和传统文化活动的地点，但也被确定为一般以某一周期（周期、季节、日程表等）或是一件事为特点的一段时间。这段时间和这一地点的存在取决于传统方式进行的文化活动本身的存在。"③ 会议提出的"文化空间"的决议草案，后被联合国教科文组织大会正式通过。后来，在联合国教科文组织发布的《人类口头和非物质遗产代表作申报书编写指南》中，对非物质遗产类别作说明时，把"文化空间"概念明确阐述为："宣布人类口头和非物质遗产代表作针对的是两种形式：……另一种表现于一种文化空间，这种空间可确定为民间或传统文化活动的集中地域，但也可确定为具有周期性或事件性的特定时间；这种具有时间和实体的空间之所以能存在，是因为它是文化表现活动的传统表现场所。"④

有学者指出，联合国教科文组织颁布的《非物质文化遗产保护公约》中关于非物质文化遗产的保护问题，存在许多麻烦和矛盾。"按照联合国教科文组织颁布的《非物质文化遗产保护公约》中的提法，非物质文化遗产指的是'被各群体、团体、有时为个人视为其文化遗产的各种实践、表演、表现形式、知识和技能及其有关的工具、实物、工艺品和文化场所。'这个定义中，一方面是'各种实践、表演、表现形式、知识和技能'等比较

---

① 巴莫曲布嫫：《非物质文化遗产：从概念到实践》，《民族艺术》2008 年第 1 期，第 16 页。
② 巴莫曲布嫫：《非物质文化遗产：从概念到实践》，《民族艺术》2008 年第 1 期，第 13 页。
③ 巴莫曲布嫫：《非物质文化遗产：从概念到实践》，《民族艺术》2008 年第 1 期，第 14 页。
④ 巴莫曲布嫫：《非物质文化遗产：从概念到实践》，《民族艺术》2008 年第 1 期，第 14 ~ 15 页。

'虚'的东西，也可以说就是所谓'非物质'性的内容；但另一方面，这些'非物质'的内容又需要依附于物质形态即'有关的工具、实物、工艺品和文化场所'而存在。非物质文化遗产保护工作究竟主要是保护什么？许多麻烦和矛盾由此而产生。"① 从非物质遗产保护的定义来看，保护的对象是指"非物质"性的内容，但这些东西主要靠物态化的有形实物来承载。同时，有形的、无形的非物质文化遗产是传统乡民社会的文化产物，与当代历史文化语境有着相当大的隔膜，而我们的保护目标则是使非物质文化遗产不受或少受当代文化浸染，尽量保留其"原生态"形式。从保护效果来看，"脱离了当代社会的生活方式和文化主流，这种隔离式保护的效果可能如同临终关怀一样，只是使这些文化形态勉强延续一段时间而已"②。这意味着我们必须转变思维方式。非物质文化遗产定义的后一句话说："各个群体和团体随着其所处环境、与自然界的相互关系和历史条件的变化不断使这种代代相传的非物质文化遗产得到创新，同时使他们自己具有一种认同感和历史感，从而促进了文化多样性和人类的创造力。"这给了我们一个很大的启示："非物质文化遗产不仅是'虚'的，而且它还应该是代代相传又不断创新的'活的'文化。恰恰是这种'活的'，可以不断创新发展的性质，才是'公约'所说的非物质文化遗产的核心含义"③；"从文化发展史的角度说，并不存在一成不变的传统。非物质文化遗产的活态性质意味着它是处在不断发展、演变和生成的过程中。离开了这个过程，我们看到的就不是什么'原生态'的非物质文化，而是要使传统文化在新的文化环境中继续生成和发展。"④

（二）非文本的水浒"文化空间"

由以上粗略的阐述可知，非物质文化遗产的"文化空间"概念，在文化立场上凸显的是文化的本土性（多样性），而非文化的普世性（单一性）；在文化形态上强调的是文化活动的过程，而非固化的文本（物品）；在文化价值取向上注重的是传统文化一代又一代不断发展的活力，而非传统文化的原生态。从这些意义层面去理解，我们发现，如把各种文化形态的水浒叙事聚合在一起，就构成了一个大的"文化空间"。在中国历史文化史上，这个"文化空间"不断地得以延伸扩展，由此，水浒故事叙述真正体现了作为一种中国传统文化的内在活力。

水浒"文化空间"扩张的一个突出特征，即超越了固定的文学文本，走向了"非文本"的文化叙事。前已述及，从历时与共时两个维度来看，水浒叙事是一种"活"的叙述，本身有不断衍生发展的内在动力。水浒故事叙述的活态化，不仅体现为各种艺术形态的的文本改编，以及由《水浒传》的局部情节衍生出来的文本仿作、续作等，还体现为各种"非文本"形态的故事叙述。"非文本"的"水浒"在那些侧重于消遣娱乐的文化活动中最为普遍。

比如，山东东平县有一种叫做"说唱水浒叶子牌"的民间娱乐游戏，我们可以把它叫

---

① 高小康：《非物质文化遗产保护是否只能临终关怀》，《探索与争鸣》2007 年第 7 期，第 61 页。
② 高小康：《非物质文化遗产保护是否只能临终关怀》，《探索与争鸣》2007 年第 7 期，第 61 页。
③ 高小康：《非物质文化遗产保护是否只能临终关怀》，《探索与争鸣》2007 年第 7 期，第 62 页。
④ 高小康：《非物质文化遗产保护是否只能临终关怀》，《探索与争鸣》2007 年第 7 期，第 63 页。

做水浒的"隐性"叙事。据有的学者调查①，说唱水浒叶子牌"纸牌为长方形，每张纸牌宽2厘米，长8厘米，纸牌的内容和现在流行的麻将大致类同。其中一至九'并'，每样四张，共计36张；一至九'条'，每样四张，共计36张；一至九'万'，每样四张，共计36张；加上'千'、'红花'和'白花'各4张，共12张；这副牌总共120张。与其他在民间流行的纸牌不同的是，这副牌的一至九'万'上的图案全是水浒故事人物。一万是燕青、二万是花荣、三万是关胜、四万是柴进、五万是李逵、六万是李俊、七万是秦明、八万是朱全、九万是宋江"②。

据说，叶子牌是世界上最早的纸牌，即现在流行的扑克牌的前身。现保存下来最早的叶子牌，是明末清初画家陈洪绶绘制的三种叶子牌："白描水浒叶子"、"水浒叶子"和"博古叶子"。其中，"白描水浒叶子"只剩下5张；而"水浒叶子"和"博古叶子"分别有40张和48张。后来，这两副牌合起来打，并发展到120张。据研究东平地方文化史的被调查人谌志生先生介绍，这种纸牌在东平叫做"老叶牌"，从明清以来就一直在鲁西南地区盛行，目前在东平湖区的农村还有人打这种牌。下图为叶子牌示意图。

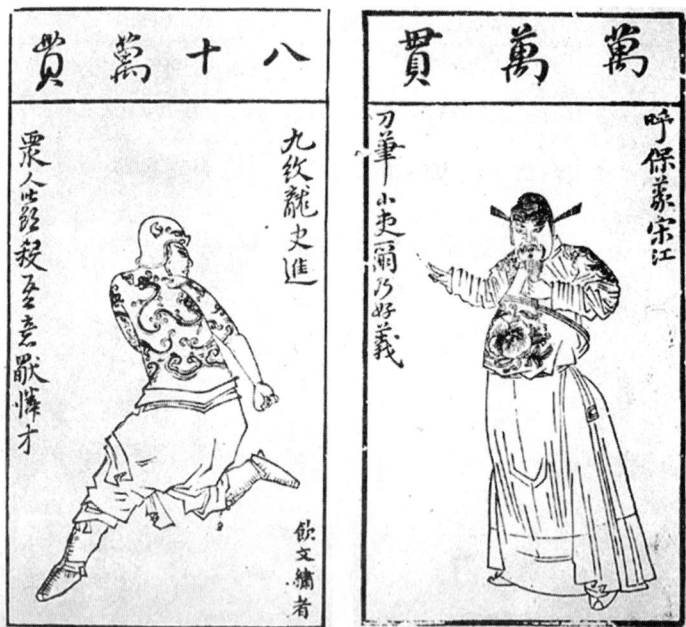

山东东平地区的叶子牌

有意思的是，在东平县州城和湖西的一些地方，打这种"水浒叶子"时是伴随说唱进行的。如打出的牌是一万至九万，就要先唱后打。"说唱的曲调有两种，一种是当地一种叫做'镝大缸'的民间小调，即第一句后加上一个'当拉个当，的拉个当'，在后面一句

---

① 以下关于"说唱水浒叶子牌"的资料，参阅蒋铁生：《东平县"说唱水浒叶子牌"调查》，《民俗研究》2007年第1期。

② 蒋铁生：《东平县"说唱水浒叶子牌"调查》，《民俗研究》2007年第1期，第121页。

后加上'当拉个当，的拉个当，当的当的的各朗当'。当地叫这种在打牌过程中的说唱为'数九万歌'，目前尚有少数传承人会唱。另一种唱法，曲调不尽相同……听起来基本上是又说又唱，即前面的歌词是数，最后一个字的尾音拉得很长。"① 蒋铁生先生通过谌志生和东平县一中的退休老教师陈子芳的回忆，整理出完整的"说唱九万歌"：

一

打了个一还是一，一万燕青了不起。
保着宋江闯东京，泰山打擂数第一。

二

打二万是花荣，掐弓拉箭有神通。
大雁排队天空过，一箭一个倒栽葱。

三

打三万偏偏脸，大刀关胜不简单。
水火二将同被捉，好汉英雄威名传。

四

打四万是柴进，他的外号小旋风。
仗义疏财人缘好，结义宋江为弟兄。

五

打五万是李逵，手使板斧有神威。
性急火烈有力气，叫他杀东不杀西。

六

打六万是李俊，他的外号混江龙，
揭阳岭上救宋江，情深谊厚义意重。

七

打七万是秦明，他的朋友叫董平，
董平来把东平守，宋江他就攻不动。

八

打八万是朱仝，他是梁山真英雄，
救宋江两肋插了刀，朱仝义释宋公明。

九

打九万是宋江，他是梁山头号王，
劫富济贫杀贪官，弟兄一百单八将。

---

① 蒋铁生：《东平县"说唱水浒叶子牌"调查》，《民俗研究》2007 年第 1 期，第 122 页。

从上述歌词可以看出，"说唱九万歌"说唱的都是大家比较熟悉的水浒英雄故事片段。目前，这种娱乐方式还在传承，我们可以把它看作是一种另类的"活"的水浒叙事方式。有趣的是，据被调查的老人谌志生先生说，这种"水浒"说唱故事还影响到东平当地的方言。如有人打"水浒叶子"牌时作弊耍赖，或某人平时立身处世蛮横霸道，人们则以"八万"指称他。"八万"说的就是"水浒叶子"牌中的朱仝。①

据蒋铁生先生调查，"说唱九万歌"在民间口头传承中还有其他"版本"。如"一万"："打了个一又是一，宋江杀了阎婆惜"；"二万"："打了两万两条龙，解珍、解宝两弟兄"。总之，作为一种古老的娱乐民俗，"水浒叶子"体现的是水浒故事的一种隐性叙述活动，凝聚的是一代代乡民关于水浒文化的集体记忆和情感想象。更重要的是，在这种文化活动中，传统文化的血液已经脱离原生的固化文本，渗透到民众的日常生活体验之中。由此，守成的传统文化在潜移默化之中，已转化为一种具有浓郁生活气息的鲜活文化。

从文化意义而言，对于这种"非文本"的"水浒"文化活动空间，我们不能以传统的文本阐释方式去理解。作为一种文化活动，它们已具有一种超越故事文本阐释的另一种文化趣味。我们且以互联网中"百度"搜索到的"水浒"贴吧②为例，对此略加申述。

据统计，在这个极其普通的"水浒"贴吧中，当天的帖子数量有20多万篇，讨论涉及的话题超过1万个。可见，这个"水浒"贴吧是非常活跃的，这与近几年《水浒传》的学术研究相对沉寂的状况③形成鲜明的对照。从水浒"粉丝"们所讨论的话题来看，"水浒"贴吧具有娱乐休闲的文化特征。他们所感兴趣的，并不是传统的《水浒传》研究中那些从文本的分析阐释中提炼出来的主题思想、人物形象的审美意义等，而是那些具有娱乐趣味又能够表达自我个性体验的"另类"话题。这些话题大致可分为这几大类：

（1）讨论"水浒"英雄好汉的武功。比如，有人转了一个"《水浒》武力大排名"的帖子，其排名还煞有介事地搞了一个"尊重原文—注重战例—严密推敲—合理想象"的排名原则。排出来的超一流悍将依次为：卢俊义、史文恭、关胜、林冲、杜堂、孙安、王寅、兀延光、阿里奇、方杰、秦明、呼延灼、鲁智深。当然，这个排名只代表个人看法，自然引起很多人的争议。其中一个反对的理由则是没有把武艺高强的武松收纳进去。除此之外，讨论的问题还有："燕青功夫到底怎么定位"、"梁山五虎大将战例统计"、"周侗的徒弟中哪位武功最厉害"、"吴用对宋江如何"、"徐宁与索超谁稍微厉害"、"打虎将PK梁山众虎"、"李逵VS张飞，谁会赢"、"林冲与武松谁的武艺更高强"、"李逵PK程咬金如何"等。

（2）讨论水浒英雄的道德人品问题。比如，"水浒人物民间人气指数"、"燕青的奴性"、"鄙视宋江"、"宋老大也是个厚黑学高手"、"梁山十大恶人"、"梁山十大庸才"

---

① 其中原因已无从考证，据猜测，可能是"朱仝义释宋公明"的故事发生地郓城县与东平县比邻，故朱仝可勉强算是东平当地人。

② 水浒吧，http：//tieba.baidu.com/f？kw＝水浒－72k－2009－2－26。

③ 前文的研究综述中已提及，传统的《水浒传》研究主要集中在"文本的形成演化"、"作者"、"版本考证"和"文本思想内涵与艺术审美的阐释"等几个方面。在没有新的文献资料出现的情况下，传统的研究很难取得根本性的学术突破，故整体研究显得沉寂。

等。还有些问题是从自我认识的角度提出的。比如，"如果你是梁山好汉中的一位，你希望自己是谁"、"你最喜欢哪位梁山好汉"、"108 条好汉里最可交的朋友是谁"等。

（3）影视中的水浒人物塑造。比如，"鲍国安与李雪健的宋江，哪个更传神"、"有没有喜欢央视版《水浒》中卢俊义的女生"、"梁山好汉中哪个没上过电视"、"你对于新版水浒传的态度如何"、"水浒电视剧剧情讨论——林冲悲愤而死"、"央视版水浒传片头编得很形象，预示着一场暴动大起义将拉开帷幕"、"以水浒人物故事为主的电影"……

（4）水浒文化游戏。比如，"水浒吹牛大赛"、"水浒接龙游戏"、"如果让你水浒建国"、"我自创的一套水浒扑克"、"水浒传 mp3 版"、"《李小龙传奇》PK《水浒》"、"谁知道'寂寞开无主'是哪个水浒人名"。

由以上问题的讨论可以看出，"水浒"迷们所关注的问题虽然是从《水浒传》文本出发的，但其中很多问题已经溢出文本本身，由此构筑了一个超越固化文本的大文化活动空间。在这个文化活动空间中，他们对《水浒传》文本的理解与阐释也迥异于传统学术批评中那种严谨科学的文本阐释模式。传统意义上的文本阐释，是把文学文本看作是一个由核心意义（思想主题）把各种材料组织起来的严密的语言系统。① 由此，文本阐释的基本思路是从文本语言层入手，最后达到对文本主题意蕴的"形而上"层次的理论概括。② 虽然接受美学与读者反映批评能强调读者在文学批评阐释活动中的能动性，但无论如何，这只是提供了更多的阐释结论。在基本思路上，它还是一种围绕固化文本进行的文本阐释活动。而且，阐释结论的多元性并不以抛开文本、放弃科学性为代价。显然，"水浒"吧迷的文化活动与此大异其趣。他们不太顾及思考问题的理性逻辑与客观性，而是更注重个人的主观感受与体验。比如，"《水浒传》里谁最帅"、"《水浒传》的第一美女是谁"之类的问题。显然，讨论这些问题的目的不是去客观评价《水浒传》，而是借《水浒传》中的人物去表达自己的审美观。而"李逵的爱情"、"我设计的水浒人物（电脑制作的漫画）"等，则明显具有逗趣的意味。当然，这其中搞笑娱乐的元素居多，但也不乏一些"言之凿凿"、"文理兼蓄"的"酷评"。对此，我们以一个帖子——"心身俱矮的武大"为例：

武大其人，现在已成了最窝囊和猥琐的男人代名词，比之猪八戒还要差一等。据最新的调查，居然有不少美眉不喜欢唐僧而喜欢猪八戒。不过喜欢武大的可能就几乎没有吧。猪八戒有力气，会攒钱，会说甜言蜜语哄美眉，还有几分可爱之处。但武大却猥琐至极，且看武大的形象……武大身材矮短，已经是残废之列，而且还"面目狰狞，头脑可笑"，恐怕天下任何美眉也难以接受。

而且武大其人的气量和德行也不怎么样……武大也客观上起到了助纣为虐的作用。可想而知，潘金莲在和武大洞房花烛之时，肯定也是两眼泪水，满腔怨气，一千一万个不情愿。如果武大真是个高尚的人、一个纯粹的人、一个脱离了低级趣味的人，就应该明白自

---

① 在阐释的过程中，也能够发现一些文本存在组织不够严密的漏洞，但一般认为，这些漏洞只是体现了作者创作的不成熟或失误。在观念上仍支持文本内在的统一性。

② 波兰现象学家英加登在《文学的艺术作品》中把文学作品分为四个层次：a. 词语声音层（作品音韵美的基础）；b. 意义单元层（字词意义构成的层次）；c. 被表现的对象层次（艺术世界）；d. 轮廓化图像层次（作品的"形而上学的品质"）。美国新批评理论家韦勒克在其《文学理论》中借鉴此说，建立了文本层次分析批评的内部研究模式。

已配不上人家潘美眉，在人家不情愿的情况下，就该相持以礼，或者明为夫妻，实结为兄妹。然后离开了清河县后，再帮潘金莲另选好人家相嫁。①

从以上评论文字来看，论者并不是胡搅蛮缠地瞎说一气，而是端出一副"摆事实"、"讲道理"的架势来探讨问题的。为使自己的观点有理有据，论者在文中还把林冲以及《蒋兴哥重会珍珠衫》中的"蒋兴哥"与"武大"进行人格对比，以进一步凸显"武大"的猥琐。当然，无论如何论证，这样的观点都算不上《水浒传》的"正解"、"新议"，而只是把《水浒传》当作一种话语寄托，借此表达一己之生活体验。

总之，从"说唱水浒叶子牌"与"水浒"贴吧这两个例子可以看出，自古迄今，围绕水浒故事的文化活动已远远超越故事文本本身，重新构筑了一个续接各个时代人们生活体验与文化想象的文化活动空间。这种文化活动具有民间文化和草根文化的性质。它的文化趣味与生命力体现在活动参与的过程中，是一种典型的活态文化。从整个历史过程来看，这种超越故事文本的水浒文化活动绵延不绝、生生不息，并未受到《水浒传》学术批评中或肯定或否定，或批判或歌颂的主流意识形态批评观念变迁的冲击。探讨水浒故事的艺术文化魅力，如少了这个文化侧面的关注，而专注于故事文本内部的细读、抽绎和逻辑推阐，对问题的理解至少是不全面的。其中，突出的一点是无法真正领略水浒叙事中特有的民族文化内涵。对此问题，我们可以国外的文学（文化）经典在中国的传播接受作个简单的对比。

自近世西学东渐以来，西方的经典艺术作品逐步进入中国的文化场域，并不断地掀起一股股西方文化热潮。以莎士比亚为例，莎士比亚凭借突出的艺术成就，被当代美国批评家布鲁姆称为"经典的中心"。布鲁姆在其著述的《西方正典》② 中，以莎士比亚为中心，建立了一个包括 26 位作家在内的西方文学经典谱系。布鲁姆认为，考察前人或后辈是否为经典作家，都需以莎士比亚为参照标准。由此可见莎士比亚在西方文学经典中的地位。莎士比亚的名字在 19 世纪中叶传到中国，从 1921 年田汉翻译《哈姆雷特》开始，到 1949 年前，莎士比亚戏剧的中译本有近 30 种。莎士比亚的《哈姆雷特》、《罗密欧与朱丽叶》、《威尼斯商人》、《李尔王》等名剧也在全国各地上演。1983—1985 年间，中央戏剧学院成立了莎士比亚研究中心，上海建立了中国莎士比亚研究会，吉林省成立了莎士比亚学会。1986 年，中国举办了首届莎士比亚戏剧节。由此可见，莎士比亚及其作品在中国的流行程度亦算很高了。但是，以"莎士比亚"为关键词进行网上搜索，搜索到的只是莎士比亚个人的背景资料、作品介绍以及关于它的学术研究等。其中能够说明的一个问题就是，莎士比亚的作品作为经典，在中国只能算是知识精英们玩味的一种高雅文化，它与中国大众有着很大的隔膜，更不用说像水浒故事那样，广泛渗透到民众的日常生活与文化想象中了。

总的来说，自宋以降，水浒故事就以"逸闻"、"传说"、"说书"、"曲艺"、"戏曲"、"小说"、"连环画"等叙事形式，在广袤的中华大地上绵延不绝地传播开来。除此之外，它还以剪纸、绘画以及娱乐活动等"隐性"叙事的形式存在。而在当代电子传播的新技术

① 水浒吧，http://tieba.baidu.com/f? kw＝水浒－72k－2009－2－26。

② ［美］哈罗德·布鲁姆著，江宁康译：《西方正典——伟大作家和不朽作品》，南京：译林出版社 2005 年版。

语境中，水浒故事又以电影、电视剧、卡通漫画和网络电子游戏等形式，不断地进行翻新讲述。故此，我们可以作一个大胆的预测，伴随社会生活的发展与文化传播语境的变化，水浒故事在将来的文化活动中，还会以新的内容和形式不断地讲述下去。无可否认，在一些"戏说"水浒和挂名"水浒"（仅把"水浒"当作叙事的外壳形式）的文化与文艺叙述活动中，距离传统的水浒故事形态会越来越遥远，"水浒"的遗韵也会越来越稀薄，但其中蓄积的民族文化认同的符号意义[①]依然能够存在。因为只有中国人才能真正感受到"水浒"这个词所承载的民族文化认同感。

第二节　小传统与民间水浒叙事的文化认同

一、小传统与文化认同

20 世纪 50 年代，美国社会学家雷德·菲尔德（Redfield Robert）提出了"大传统"（Great Tradition）与"小传统"（Little Tradition）的区分问题。"大传统"指的是社会上层阶级或知识分子的精英文化，它一般以文献典籍的形式呈现。"小传统"指的是乡民（Peasant）和俗民（Folk）等一般社会大众的文化。正是这两种文化的互动互渗，构成了社会文化的整体运行机制。因此，要认知一个社会的文化状况，这两种文化不可或缺。

雷德·菲尔德的大小传统观念的提出基于这样的学术背景：自 20 世纪 20 年代起，雷德·菲尔德对拉美墨西哥的农村进行了十多年的学术考察。他发现，在农村的城市化过程中，传统农村文化与现代城市文化之间存在很大的差别。相对而言，农村文化比较保守封闭，其表征形式为普通大众中间流行的地方传说、宗教崇拜和民间文化艺术等；而城市文化则显得积极开放，其表征形式为知识精英建构的学科化的文化观念系统，包括科学、哲学、艺术等。

在传统文化观念中，我们注重的是文化"大传统"对社会发展所产生的影响，而忽略了文化"小传统"对社会产生的重要作用。在学术研究方面，我们主要侧重于官方典籍文化的研究，而忽略了"小传统"文化的研究。比如说，一谈到中国传统文化，大家想到的就是儒、道及其文献——经史子集。这种观念及其规导的研究模式很容易遮蔽一些文化真实。王学泰先生在他的《游民文化与中国社会》一书中指出，"游民"这个以往不太引人注目的阶层，实际上对中国政治、文化和广大国民的心理产生了重要影响。在这本书的书序中，作者用"发现另一个中国"作为标题。在作者看来，"中国人得闻孔孟之教的真是

---

① 近期，美国《新闻周刊》根据美国、英国、加拿大等国网民投票，评选出了进入 21 世纪以来世界最具影响力的 12 大文化国家，包括中国、美国、英国等。同时，这 12 个国家也各评出能代表自己国家文化的 20 大形象符号。在代表中国文化的形象符号方面，汉语列第一位，接下来是北京故宫、长城、苏州园林、孔子、道教、孙子兵法、兵马俑、莫高窟、唐帝国、丝绸、瓷器、京剧、少林寺、功夫、西游记、天坛、毛主席、针灸以及中国烹饪。（参见搜狐文化：http://cul.sohu.com/20081120/n260745453.shtml，2008 年 11 月 20 日）依笔者之见，"水浒"实际上也能够作为一大表达国家文化的形象符号。因为从文化认同的角度而言，《水浒传》与《西游记》在国人心目中不分轩轾。

凤毛麟角，而崇拜关公的却不知凡几"①，而反映游民文化的社会价值观、道德观的一个重要的文化载体，即普通大众所喜闻乐见的通俗文艺作品和民间曲艺形式。通过阅读和欣赏这些通俗文艺，普通大众无形中接受了游民文化的影响，甚至远远超过主流意识形态。明末清初学者对此深有认识：

> 古有儒、释、道三教，自明以来，又多一教，曰小说。小说演义之书，士大夫、农、工、商、贾无不习闻之，以至于儿童妇女不识字者亦皆闻而如见之，是其教较之儒、释、道而更广也。释、道犹劝人以善。小说专导人以恶。奸邪淫盗之事，儒、释、道书所不忍斥言者，彼必尽相穷形，津津乐道，以杀人为好汉，以渔色为风流，丧心病狂，无所忌惮。子弟之逸居无教者多矣。又有此等书以诱之，曷怪乎其近于禽兽乎！（《日知录·厚重》）

王学泰先生分析指出："从顾氏的叙述我们可以认识到游民文化与主流社会中占正统地位的思想意识差别很大，其价值取向和判断甚至是相对立的。这个小传统与其他民间传统一样被研究者所忽视，或被纳入一般的民间传统，从而不能揭示其本质。忽视了对小传统的研究，不仅影响了对传统文化的研究，而且不能理解一些社会动乱和社会运动的真实内涵。游民的小传统不仅是其文化的凝聚与固化，而且与'武化'紧密相关。"② 王学泰是从游民文化与主流文化差异性的角度来评述顾炎武的观点的。这其中忽略了一个重要的问题，小说演义之书所关涉的民间文化的思想价值和情感判断，与主流意识形态的价值观念并不是完全的对抗关系。中国古代农村文明与城市文明也没有雷德·菲尔德所揭示的大小传统那种截然对立的差别。但有一点可以肯定的是，民间文化在民众（尤其是文化水平不高的老百姓）之间的影响力确实非同小可。有学者概括性地指出：

> 长久以来，文学研究、学校教学和教育机关都把公认的大作家和典范作品视作文学的"经典"；而"经典"的文学也就是学校教育、学者研究和有关机构都认定的大作家和典范作品。因而，"经典"文学也就是文学"经典"，这成了一个由上述部门作彼此往返的"公认"和"认定"的循环——"经典"标准。然而，这类"公认"和"认定"的"经典"常常会因时因事而异，而"经典"的文学也就随之因时因事而变，这在文学史上屡见不鲜。……有趣的是，与此同时存在的另一种情况则更为普遍且持久。即上述研究机构和教育部门，既不"公认"，也不"认定"的文本——非"经典"的文学，却经过"大众路线"在大量生产并广为流传。像口述文学、通俗文学、民间文学、儿童文学等就是如此。当代法国比较文学家谢菲雷教授将之通称为"副文学"（paraliterature）。③

这段话用于水浒故事的评价，切中肯綮。自宋以降，水浒故事在长期的发展演化中，

---

① 王学泰著：《游民文化与中国社会》（序言），北京：学苑出版社1999年版，第2页。
② 王学泰：《传统与小传统》，《社会科学论坛》2000年第8期，第30页。
③ 孙景尧：《文学与副文学研究——以中美"说书"的比较研究为例》，《温州师范学院学报》（哲学社会科学版）2004年第3期，第29页。

逐渐形成了"经典"与"民间"两套叙事系统。鲁迅在批评金圣叹腰斩《水浒传》时说："《水浒传》纵然成了断尾巴蜻蜓，乡下人却还要看《武松独手擒方腊》。"① "断尾巴蜻蜓"指的是被金圣叹腰斩的七十回本《水浒传》，而《武松独手擒方腊》正是民间水浒戏里的故事。如果说小说《水浒传》倾向于文人趣味，那么，"水浒"戏表达的则是典型的民间文化趣味。如何评价这种民间文化趣味？有论者认为：

> 为什么"乡下人"非要看"武松独手擒方腊"不可？这段故事从经典艺术的角度来讲可能并不出色，但它属于"乡下人"所熟悉的另外一个《水浒》故事叙述系统。这个故事系统并没有因为经典化文本的出现而消亡，恰恰相反，它一直在经典之外生存和发展着。《水浒传》的经典文本即使在金圣叹删改之后也已经固化了 300 年，而民间的叙述系统仍然存在而且还在生长，产生了像扬州评话大师王少堂的《水浒》评话那样精彩的作品。拿王少堂的《水浒》和经典化的《水浒传》作一比较就可看出，故事内容已经相差很远了。评话不是另一种固化了的经典，而是在一代代传人的即兴表演过程中不断变化、不断生长、不断丰富的叙述活动。它的魅力就在于这种不断生长、不断丰富的过程。它永远是叙述者和接受者直接交流的活动，是现场的、即兴的、互动的，是"活"的文学。这种民间叙述活动不同于固化了的文学典籍。它拒绝在叙述之后被再阐释，也就是说它排斥作者的"死亡"和读者的自主。相反，它始终存活在具体直接的叙述行为构成的人际交流活动中，成为特定文化群落情感交流、共鸣和认同的重要形态。②

这段话对我们理解各种非经典的水浒叙事很有启发意义。其中突出的一点是，我们不能用"经典"艺术的阐释原则和方法去评价"非经典"的艺术。所以我们必须寻找新的路径与角度去理解"非经典"艺术。"文化认同"的概念则提供了一条新路径。

什么是"文化认同"？曼纽尔·卡斯特（Manuel Castells）认为："我们的世界，以及我们的生活，正在被全球化与认同的冲突性趋势所塑造。"③ 曼纽尔所言及的"认同"，指的就是"文化认同"。由此可见，"文化认同"可理解为"自我塑形"、"自我认同"等。从"自我认同"的英文对译词"self－identification"能够看出，"自我认同"，即指自我文化身份与文化个性的认同，而"自性"是通过发现与"他者"的差异性来确认的。在当代全球化的历史语境中，"文化认同"在人们的精神文化生活中似乎越来越显得迫切。因为，"全球化"过程就是消灭文化差异的过程，它无形中确立了西方文化（美国文化）的霸权地位。在各民族发展过程中，民族文化建设也成为一个重要的组成部分。大家都认识到，民族的复兴要求建构有自己民族特色的文化，借此增强民族的凝聚力，并进而影响其他民族国家，此即所谓的"文化软实力"。以中国而论，中国在近现代历史上就面临着"文化认同"的危机，其表征为传统与现代的矛盾纠葛。

---

① 鲁迅：《谈金圣叹》，见鲁迅著：《鲁迅全集》（第四卷），北京：人民文学出版社 1981 年版，第 528 页。

② 高小康：《非物质文化遗产与当代人的文化认同》，转引自周宪主编：《中国文学与文化的认同》，北京：北京大学出版社 2008 年版，第 241 页。

③ ［美］曼纽尔·卡斯特著，夏铸九等译：《认同的力量》（导言），北京：社会科学文献出版社 2003 年版，第 2 页。

二、近代以来中国文化认同危机与重构的历史回顾

现代化肇端于西方，对中国而言是外发的，这就导致了文化层面的巨大隔膜。近代以来，中国在经济、军事和政治等方面明显落后于西方，这导致人们对于儒家思想和文化观念的怀疑与反思。反思的结果即将中国落后的原因归咎于自己的文化传统，而将西方发达先进的原因归功于它的文化。可见，中国文化认同危机的总根源即在于追求"现代化"的过程中。作为现代化运动的发源地，西方的文化价值观念成为现代化的标准形态，西方经验作为一种普世性经验得到推广。故此，西方文化被定格为"先进"，而其他的文化形态则被认定为"落后"。

在社会制度层面趋同时，各民族的文化发展模式是不是也会趋同？这个问题显然是否定的。因为每个民族与国家的文化适应方式受制于自身的历史传统，故出现多元化发展的态势。道理看似简单，但近代以来中国的政治精英和知识精英对于这个问题的思考经历了一个复杂的过程。这个过程可用"认同危机"来形容。

认同危机的核心问题，是如何解决文化传统与现代化之间的冲突。20 世纪初，对于中国传统思想资源的怀疑，随着社会危机的加剧而不断加深。其中，儒家思想作为传统思想的主导性观念，受到的冲击最直接。由于传统文化的惯性作用和感情因素的影响，知识精英们不可能完全抛弃自己的传统文化，由此产生一种复杂而矛盾的传统文化心态。经由利弊的权衡，维新改良成为当时解决问题的最佳方案。康有为的思想就是一个典型。

康有为认识到中国制度变革是不可避免的，但他坚持从传统儒家思想资源中去挖掘变革的理论根基，这是他写作《新学伪经考》和《孔子改制考》的基本文化立场。在《孔子改制考》中，康有为指出，孔子之前的历史完全是孔子为了救世改制而虚构出来的，中国的历史要到秦汉之后才可考信。孔子创立儒教，提出一套他自己创造的尧、舜、禹、汤、文、武的政教礼法，编撰六经作为"托古改制"的根据。康有为的"托古改制"理论，是为他的政治变革主张提供理论支撑的。必须指出的是，康有为关注制度变革的同时，也考虑儒家思想的精神安顿问题。所以，他在强调"废旧立新"时，也在新的制度设计中为儒家思想寻找新的生长点。他认为西方的教会制度是变革之后的儒家最值得仿效的制度性资源。1895 年，康有为在"公车上书"中建议设立"道学"科，用制度化方式来保证儒家思想的传播和影响力，以挽救"人心之坏"，抵御"异教"的诱惑。具体举措包括设孔庙、奖励去海外传播儒家教义之人等。

随后，康有为认识到西化的政治模式和精神资源无法解决中国人的灵魂安顿问题，于是强调儒家的价值观对于社会秩序整合的重要意义，故由激进转为保守。1913 年，他撰写《中国颠危误在全法欧美而尽弃国粹说》一文说："今自共和以来，民主之政既师法美，议院政党，蓬勃并出，官制改于朝，律师编于市，西衣满于道，西食满于堂，鞠躬握手接于室。用人无方，长官得拔用其属，各省自治，民选不待命于朝。新发之令，雨下于总统，百政更新，重议于国会。平等盛行，属官胁其长上，兵卒胁其将校。自由成风，子皆自立，妇易离异。凡欧、美之政治风俗法律，殆无不力追极模，如影之随形，如弟之从师矣。凡中国数千年所留贻之政教风俗法度典章，不论得失，不揣是非，扫之弃之，芟之除

之，惟恐其易种于新邑矣。"① 康有为指出，任何一种政治设计，如脱离一个国家的文化和社会现实，都足以导致社会的崩溃。因此，他想通过将孔教立为国教的方式，来确立中国人文化认同的依据。

如果说维新改良人士对中国传统文化还存有眷恋的话，那么在重民主与科学的"五四"新文化运动时代，激进派知识精英与传统文化的决裂则非常彻底。当时的《新青年》称得上是反孔的大本营，他们将中国文化和西方文化看作是两种不同的文化价值体系。受进化论观念的影响，"东西"之别转化为"古今"、"新旧"之别。陈独秀在《答佩剑青年》中说："记者非谓孔教一无可取，惟以其根本的伦理道德，适与欧化背道而驰，势难并行不悖。吾人倘以新输入之欧化为是，则不得不以有之孔教为非。倘以旧有之孔教为是，则不得不以新输入之欧化为非。新旧之间，绝无调和两存之馀地。吾人只得任取其一。记者倘以孔教为是，当然非难欧化，而以顽固守旧者自居，决不扭怩作'伪'欺人，里旧表新，自相矛盾也。"② 在陈独秀看来，儒家文化与民主、科学的价值观之间没有妥协的余地，"要拥护那德先生，便不得不反对孔教、礼法、贞节、旧伦理、旧政治。要拥护那赛先生，便不得不反对旧艺术，旧宗教。要拥护德先生又要拥护赛先生，便不得不反对国粹和旧文学"③。

新文化运动对于现代中国的重要意义姑且不论，但割裂传统的"主义"化的科学和民主，显然无法解决国人的文化认同问题。吉登斯说过："传统是惯例，它内在地充满了意义，不仅仅是为习惯而习惯的空壳。时间和空间不是随着现代性的发展而来的空洞无物的维度，而是脉络相连地存在于活生生的行动本身之中。惯例性活动的意义既体现在一般意义上对传统的尊重乃至内心对传统的崇敬上，也体现在传统与仪式的紧密联系上。仪式对传统常常是强制性的，但他又是令人深感安慰的，因为它注入的是一整套具有圣典性质的实践。总的来说，就其维系了过去、现在与将来的连续性并连结了信任与惯例性的社会实践而言，传统提供了本体性安全的基本方式。"④ 中国的落后导致一部分人将其原因归结为儒家文化传统，但每个中国人在骨子里都逃不过自己是中国人的历史宿命，而西方帝国主义的侵略，也是造成中国落后的一个重要原因。在文化方面，以新儒家为典型代表的保守主义观念的出现，体现了对民族文化认同的独特思考。

受启蒙主义的文化价值观和历史进步观的影响，梁漱溟、冯友兰等新儒家人士接受了中西之异是古今之别的观点。在儒家文化价值的判断上，他们否定儒家思想在政治制度设计上的合理性，而是将儒家"净化"成心性之学，用宗教的超越性等西方文化观念来阐释儒家文化的合理价值，以此寻找儒家思想的合法性文化基础。对此，我们能够体会新儒家"曲线救儒"的良苦用心，但问题是，这种做法只能使儒家思想沦为西方思想的注脚，而难以凸显儒家思想作为民族传统文化的文化认同力。

新时期以来，经过几十年的改革开放，中国的经济得到迅猛发展，经济总量已跃居世

① 汤志钧编：《康有为政论集》，北京：中华书局1981年版，第890~891页。
② 陈独秀著，三联书店编：《陈独秀文章选编 上》，北京：生活·读书·新知三联书店1984年版，第186页。
③ 陈独秀《本志罪案之答辩书》，见陈独秀著，三联书店编：《陈独秀文章选编 上》，北京：生活·读书·新知三联书店1984年版，第317页。
④ ［英］吉登斯著，田禾译：《现代性的后果》，南京：译林出版社2000年版，第92页。

界前茅。国家综合实力的增长，强化了我们对于自身文化的认可，所以在日趋全球化的今天，中国经济的发展刺激了我们对于中国本土文化的认同。我们的主流文化立场认为，在民族国家作为利益主体的前提下，那些普世性的文化价值理想显得相当空幻；相反，建立在民族情感之上的本土文化倒有强大的文化凝聚力。中国的文化认同问题之所以重要，原因即在于此。为了更好地实现"现代化"，必须有一种立足本土的精神因素来鼓励。

从以上粗线条的梳理可以看出，在不同的历史时期，我们总是期待用一种主流文化的思想观念去整合我们的文化认同。而这种整合的现实效果却非常有限，同时又极不稳定，一旦发生政权更迭或思想运动等，这些显性的主流文化观念最易受到冲击。由此可见，建立在主流文化观念（这种文化观念受国家意识形态的倡导）之上的"文化认同"很成问题。以儒家思想为例，经过近现代几次激烈的思想运动，理性化的儒家思想与个体的生活体验和生命感受似乎越来越疏离。而只有把抽象的观念与个体的地域、习俗等融合起来，才能产生文化的凝聚力和认同感，因为这种地方习俗性质的文化往往与个体的生活贴得很近。这一点对我们评价民间水浒叙事，有重要的理论启发意义。

三、民间水浒叙事与地方文化认同

我们先看一段扬州评话"王派水浒"中的"武松打虎"文本①：

灌口二郎武松在横海郡柴庄得着哥哥消息，辞别柴进，赶奔山东阳谷县寻兄。在路非止一日，走了二十余天，今日已抵山东阳谷县地界，离城二十余里。其时十月中旬天气，太阳大偏西。

英雄腹中饥馁，意欲打尖。抬头一望，只见远远的乌酣酣一座镇市。英雄背着包裹，右手提着一根哨棒，大踏步前进，走到镇门口。抬头再望，只见扁砖直砌到顶，圆圈镇门，上有一块白攀石，三个红字：景阳镇。

进着门，街道宽阔，两旁店面倒整齐，草房居多。人倒有还不少，正走之间只看见右边有家酒店，三间簇崭新草房，檐下插了一根簇崭新青竹竿，青竹竿上挑了一方簇崭新蓝布酒旗，蓝布酒旗上贴了一方簇崭新梅红纸，梅红纸上写了簇崭新五个大字："三碗不过冈"。

再朝店里一望，只见簇崭新桌凳，簇崭新锅，簇崭新案凳，簇崭新柜台，还有两个簇崭新的人……你说笑话了，旁的东西有新的，人哪里会有新的？何尝不得？

柜台里头坐了个小老板，二十外岁，柜台外头站了个跑堂的，十八九岁，大概青年人就谓之新人。果然年老的人当然就称旧人了。俗语说得好："长江后浪催前浪，世上新人赶旧人。"这也要算得一新。

只看见柜台外头在店堂里头站得这个堂官，说俗么就是跑堂的，漂亮，眉清目秀，齿白唇红，枵嘴薄唇，一定会说伶俐的样子，头上戴的把抓的帽子，身上端一围裙头儿系得

---

① 在无法获得"原汁原味"的说书音像资料的情况下，说书文本虽然与书场说书有一些差别。但就反映非经典"水浒"与《水浒传》的审美文化差距而言，说书文本具有辅助的作用。

干干净净，底下布袜布鞋，两手叉着腰，望着店门外，见了这个故事？已备招揽买卖。忽然看见一个客家，背着包裹，提着哨棒，站下来不走了。这分明想进来吃酒的。生意人见了生意不得不个招呼，笑嘻嘻抢几步上前双手这一抬，一嘴的二八京腔：

"爷！爷老在小店打尖吧！粟黍，高粱，鸡子，馒首，薄饼，东西又好，价钱又巧，爷么请进来坐吧！"

武二一望望，这小二吧，很漂亮的：

"小二！"

"是，爷！"

"你店中可有好酒？"

……

"是，爷！小店旁的东西不敢说好，小店的酒身份怪高。外面人送小店八句。"

"哪八句？"

"造成玉液流霞，

香甜美味堪夸，

开坛隔壁醉三家，

过客停车驻马。

洞宾曾留宝剑，

太白当过乌纱，

神仙他爱酒都不归家，"

"他上哪里去了？"

"醉倒西江月下！"

武二爷听一听：

"好！"

这样"好！"是何故？这样"好！"就有一个道理。他家这个酒啊，不但好的，太好了。开坛打酒隔壁就醉倒了三家，人闻闻就醉了。这个酒还有怎么好呢？吕纯阳爱他家酒好，把腰里钱吃完了，把宝剑下下来押酒钱。李太白也爱他家酒好，把腰里钱吃光了，把乌纱脱下来押酒钱，何说当真的李太白当乌纱，吕纯阳押宝剑呢，不会有这回事，这都是吃客之恭维。

……①

在《水浒传》第二十三回"横海郡柴进留宾　景阳冈武松打虎"中，关于这段故事的描述是这样的："武松在路上行了几日，来到阳谷县地面。此去离县治还远。当日晌午时分，走得肚中饥渴，望见前面有一个酒店，挑着一面招旗在门前，上头写着五个字道：'三碗不过冈'。"《水浒传》不到一百字的文字篇幅，在"王派水浒"中却被扩展成上千字的篇幅。这段文字体现了"王派水浒"艺术的基本特点。我们如果从思想主题、人物形

---

① 王少堂，1961 年于南京口述。见［丹麦］易德波著，米锋、易德波译：《扬州评话探讨》，北京：人民文学出版社 2006 年版，第 281～283 页。

象和情节结构等小说经典批评的模式去分析评价"王派水浒","王派水浒"的艺术特色完全凸显不出来。"王派水浒"除了具备说表结合等曲艺的基本特征之外，它的艺术魅力在很大程度上源自一种地方文化趣味与文化认同感，这体现在以下几个方面：

（一）方言的文化审美趣味

唐代诗人贺知章在他的名诗《回乡偶书》中写道："少小离家老大回，乡音无改鬓毛衰。儿童相见不相识，笑问客从何处来。"这首大家耳熟能详的诗，描述了老年人回到阔别已久的家乡时的喜悦心情，写得生动含蓄，且富生活情趣。其中值得注意的一个意象则是"乡音"。"乡音"蕴含一种浓厚的情感，它是对故乡的一种文化认同。如果说"大传统"文化与我们的日常生活体验还存有一定隔膜的话，那么像方言这种"小传统"文化则是一种完全能够直接感知、直见个人性情的鲜活文化。像扬州评话这种地方戏曲，运用地方方言作为艺术表达手段，将地方生活与风土人情等文化经验熔铸其中，从而使本区域内的接受者产生一种熟悉的亲切感，唤起一种本乡本土的情感想象与记忆。相对而言，那种"大传统"文化也许在思想的厚度和艺术的精致程度上超过地方艺术，但无法拥有地方文化所拥有的亲和力。

从发音来看，方言有它自己的声母、韵母和声韵搭配规律，这些外在性的因素组合在一起，往往能够散发出一种别样的地方艺术情味。比如，粤语歌曲、闽南语歌曲就体现了方言发音的艺术韵味。湖南的相声演员搭档奇志大兵就是靠讲长沙话而闻名遐迩的。赵本山的小品与东北的"二人转"等，也把方言艺术运用得恰到好处。过去很多戏剧和曲艺艺术家也认识到这一点，他们中间很多人可以称得上是方言大师，如演闽剧的邓超尘、演梨园戏的林任生等。

另外，方言与日常生活贴得更近，更能表现感性的生活经验，尤善于描摹三教九流、贩夫走卒的日常生活。讲方言也更容易拉近人与人之间的距离。来自同一个地方的人，他们聚在一起的时候，更喜欢用方言交流，而不是用普通话交流。中国是一个地理幅员辽阔的国家，各个地方所使用的方言存在很大的不同。一般而言，一个地方的方言有成百上千年的历史，是一种更深层次的"母语"。可以说，方言作为一种地方文化，其中蓄积了本地方人们的生活经验和文化智慧。方言中沉淀的艺术智慧和艺术表达方式，包含更多的机趣、妙趣和情趣，这些更能够得到当地人的文化认同。在广大的南方地区，普通话只是在近几十年里才得到广泛推广。在这些地方，普通话还只是一种官方或正式场合的语言交流工具。因此，在普通话还没有完全融入地方文化血液中的情况下，用普通话来作为一种艺术表达手段，其表现力自然受到无形的限制，缺少一种艺术的鲜活感与亲切感。从这个角度而言，与其把中国看作一个"文化空间"的概念，不如把它看作一个"地理空间"的概念更准确。对此，我们可举一个例子来说明。2008年，教育部为了加强中小学的传统文化教育，拟在全国中小学生音乐课中推广京剧教育。其办法是先在北京、天津、江苏、浙江、广东和甘肃等部分省市试点，然后在试点的基础上逐步向全国推广。这种做法显然值得商榷。且不考虑推广京剧教育在师资、硬件设备等方面存在的困难，仅从文化认同的角度来看，京剧虽然是一种国粹，但只是在北京、天津等地有广泛的文化认同基础，全国大部分地区对京剧文化是存在隔膜的。因此，京剧在这些地方不见得会受到欢迎，更遑论文化认同感。相反，一些地方剧种（如越剧、黄梅戏、花鼓戏、川剧、粤剧等）的文化历史并不比京剧短，对当地人而言更有文化亲和力，故同样可以作为传统文化资源来吸收。从文化认同的角度而言，与其大一统地推行京剧，还不如让各个地方推广自己的地方戏，这样可能更有效果。

目前，非物质文化遗产的保护是一个热门话题。实际上，以各种方言形式表现的艺术也应在此列，因为方言艺术最见艺术个性。在文化审美日益同质化的当下，方言文化艺术更能够彰显其艺术活力，道理很简单，个性化在任何时候都是艺术生命力的一个核心因子。

（二）"活"的文学

在传统的文学发展史观念中，文学发展演变的规律被概括为从粗俗质朴的民间文学（文艺）到高雅完善的文学经典这样一个过程。"诗三百"源于民间野老的吟唱，小说源于口头说书。之所以重视民间文学和民间文化，是因为它是文人文学创作的源头活水，它能够源源不断地提供文学创作和文学发展的养分。而一旦文人文学（作家文学）的艺术生命力出现衰退时，民间文学似乎成了拯救的良方。民间文学（文化）又酝酿产生一种新的文学体裁，并经过文人的艺术加工，一步步走向雅化成熟。这样，"文学起源于民间"就成了一条不断循环出现的艺术发展规律。1926年，胡适在他的《词选自序》中提到词的起源问题时，有一段"经典"性的概括：

文学史上有一个逃不了的公式。文学的新方式都是出于民间的。久而久之，文人学士受了民间文学的影响，采用这种新体裁来做他们的文艺作品。文人的参加自有他的好处：浅薄的内容变丰富了，幼稚的技术变高明了，平凡的意境变高超了。但文人把这种新体裁学到手之后，劣等的文人便来模仿；模仿的结果，往往学得了形式上的技术，而丢掉了创作的精神。天才堕落而为匠手，创作堕落而为机械。生气剥丧完了，只剩下一点小技巧，一堆烂书袋，一套烂调子！于是这种文学方式的命运便完结了，文学的生命又须另向民间去寻新方向发展了。①

"文学起源于民间"，实际上是文学史家在某种文学观念的支撑下，描述文学史的一个视角。它揭示了文学发展活动中的一些现象，但也遮蔽了很多问题，其中突出的一点，即强化了雅俗二元对峙的观念，遮蔽了对多样化的文学生态的理解。为此，我们可对"文学起源于民间"这个观念作粗略的历史考察。

"五四"新文化运动时期，"民间"概念是一个与贵族和上层文人相对立的概念。按照这个逻辑来推导，民间文学就具有了一种颠覆贵族文学（文艺）的"革命"精神，它本身所具有的鲜活性成为了文学发展的方向。胡适的《文学改良刍议》指出，"以今世历史进化的眼光观之，则白话文学之为中国文学之正宗，又为将来文学之利器"②。陈独秀

---

① 胡适著，欧阳哲生编：《胡适文集》（第4册），北京：北京大学出版社1998年版，第550页。
② 胡适著，欧阳哲生编：《胡适文集》（第2册），北京：北京大学出版社1998年版，第14页。

的《文学革命论》则提出"推倒雕琢的阿谀的贵族文学，建设平易的抒情的国民文学"①的口号。很明显，胡适和陈独秀是从文化改良与革命的意识形态立场去抬高民间文学；同时，又借民间文学来贬低文人文学（作家文学）的。当时肯定民间文学的学者还有刘半农、朱自清、郑振铎等。北京大学甚至组织了民间歌谣收集运动。

在当时的历史文化语境中，学者们追捧民间文学有一定的历史原因。"文学起源于民间"暗含这样一个观念，即口头文学是书面文学的源头，因为大部分民间文学是以口耳相传的形式代代流传的。另外，民间文学能够作为文学的源头，还基于以下理由：其一，民间文学是情感自然抒发的典型作品。它体现了人类儿童时期的自然天真。而童心、真心经常成为衡量文学的标尺。明朝李贽就提出过"童心"说；李梦阳认为"真诗乃在民间"。其二，民间酝酿了各种文学体裁形式。比如，有论者认为："五言诗和七言诗都是起源于民间，是无可怀疑的。民间的歌谣初无一定的格式，他们任意的撰制，有时做出长短其句的歌，有时做出句调整齐的四言，五言，六言，七言歌。后来大家做五言和七言做得顺手，唱得顺口，形式又整齐美观，大家便都不约而同的趋向做五七言诗一途，五七言诗便自然地发达起来。……文人的诗是受了民间诗的影响才产生的，起来很迟。"② 如仔细推敲，可以发现这个论断是不严密的，明显具有主观臆测的成分。试问，以什么材料来证明古人"做五言和七言做得顺手，唱得顺口"呢？然后又凭什么判断"大家便都不约而同地趋向做五七言诗一途"呢？对此，有论者深刻指出："文学史研究者们正是受到这个'秘密源头'观念的蛊惑，认定关于文学的各种规定性从源头处就已经完整地具备着了，文学的发展就是对这个起源的展开和充实，所以努力从可见文字文本中推测出一个民间文学作为实在的源头。……与其说这个源头'客观真实'地存在着，不如说是我们自己坚定地'相信'它存在着，是现代知识话语对'连贯性'的追求，对溯本求源的渴望引导我们相信它的存在并为它寻找证据，而实际上这个源头却可能永远都不会被实在的历史资料所证明。"③ 问题的另一方面则是，即使那些大力肯定民间文学的学者，他们对民间文学的价值判断也是建立在文人文学（或书面文化）的审美标准基础之上的。他们评价民间文学还是操持着思想主题、人物形象、情节结构、意象和意境等评价文人文学的标准。这样，他们在评价民间文学时就面临悖论性的矛盾：一方面，他们肯定民间文学的清新自然；另一方面，他们又不得不承认，民间文学在思想内容和艺术形式上比较朴野、粗鄙，不够精致，需要文人的打磨抛光。这意味着，只有到文人手里，文学才变得完善成熟，由此导致的另一个难以解释的问题就是：文人创作到底向民间文学学习了什么？换言之，民间文学向文人文学提供了什么？难道仅仅是清新自然的艺术风格吗？

因此，要避免以上的学术麻烦，我们只有打破"口头—书面"、"民间—文人"、"集体创作—个人独创"这种文学从低级阶段向高级阶段发展的文学观，真正承认口头文学、民间文学是一种异质文学，它们有自己特有的艺术表现形式和艺术规律。我们以扬州评话"水浒"为例，简要探讨一下这种艺术的特质：

---

① 胡适著，欧阳哲生编：《胡适文集》（第1册），北京：北京大学出版社1998年版，第67页。
② 胡云翼著：《新著中国文学史》，上海：北新书局1933年版，第52页。
③ 王茜：《"文学起源"的话语建构——"文学起源于民间"观念的批判性反思》，《华东师范大学学报》（哲学社会科学版）2008年第2期，第19页。

1. "活态"的文本

从文本形态来看，传统的"文学"（尤其是文学经典）概念意味着文本的规范化和固定化，意味着它是确指某一部文学作品。即便是某一作品由于历史的变迁而造成多种版本的出现，我们似乎还是固守这样一个观念，即某一版本是原本或最接近原本的。一些学术考证的活动很大程度上就是在这样一种观念支持下进行的。比如《水浒传》，虽然它有各种各样的繁本和简本，但大部分学者认为，明容与堂百回本《李卓吾先生批评忠义水浒传》最有可能（或接近）是作者的原本。

扬州评话"水浒"却与此完全不同。作为一种说表的综合艺术，它没有固定的文本。可以说，每一次艺术表演，就产生一个新的文本。这种情况在有严格的师徒传授的"王派水浒"中也是如此。我们可以"武松打虎"的个别片段为例加以说明：

1. 灌口二郎武松在横海郡柴庄得着哥哥消息，辞别柴进，赶奔山东阳谷县寻兄。在路非止一日，走了二十余天，今日已抵山东阳谷县地界，离城二十余里。其时十月中旬天气，太阳大偏西。

英雄腹中饥馁，意欲打尖。抬头一望，只见远远的乌酣酣一座镇市。英雄背着包裹，右手提着一根哨棒，大踏步前进，走到镇门口。抬头再望，只见扁砖直砌到顶，圆圈镇门，上有一块白攀石，三个红字：景阳镇。①

2. 灌口二郎武松在横海郡得着哥哥消息，辞别王驾，赶奔山东阳谷县寻兄。在路非止一日，走了有二十余天，今日已抵山东阳谷县地界，离城还有二十余里大路。其时在十月中旬天气，太阳大偏西。

英雄腹中饥馁，意欲打尖。抬头一望，一看看见迎面是乌酣酣的一座镇市。他背着包裹，大踏步，"踏踏踏踏……"到了镇门口，两脚站定。再把头抬起来一望，只看见扁砖直砌到顶，是圆圈镇门，上头有一块白攀石，白攀石上头錾了三个凹字：景阳镇。②

3. 英雄武松本是北直广平府清河县人士，因在家惯打不平，一拳打死人，溜逃到柴庄避灾。在柴庄巧遇宋江，得着哥哥移居到山东阳谷县的消息。英雄辞别王驾，赶奔山东阳谷县寻兄。在路非止一日，今日已抵山东阳谷县地界。其时十月中旬天气，太阳大偏西。英雄腹中饥饿，抬头一望，只见前面乌酣酣的一座镇市。到了镇门口，看见扁砖直砌到顶，圆圈镇门，上有一块白攀石，有三个红字：景阳镇。③

这三个口述文本是"王派水浒"祖孙三代王少堂、王筱堂和王丽堂讲述的"武松打虎"故事的开头。这个片段主要以事实性陈述为主，应该说是最容易雷同的。但我们仔细比较文本，还是能够发现，他们三人的口述文本完全吻合的有："赶奔山东阳谷县寻兄"、

① 王少堂1961年于南京口述。见［丹麦］易德波著，米锋、易德波译：《扬州评话探讨》，北京：人民文学出版社2006年版，第281页。

② 王少堂1961年于南京口述。见［丹麦］易德波著，米锋、易德波译：《扬州评话探讨》，北京：人民文学出版社2006年版，第295页。

③ 王少堂1961年于南京口述。见［丹麦］易德波著，米锋、易德波译：《扬州评话探讨》，北京：人民文学出版社2006年版，第321页。

"在路非止一日"、"山东阳谷县地界"、"十月中旬天气"、"太阳大偏西"、"乌醋醋（的）一座镇市"、"走到/到了镇门口"、"扁砖直砌到顶"、"圆圈镇门"、"白攀石"、"景阳镇"等。除了这些基本信息之外，其他的信息或添或减，每个人的叙述都有所不同。这就是文本活态化的典型表现。至于其他门派的扬州评话"水浒"（如李信堂、任继堂、陈荫堂、马晓龙等），其差异性则更大。就算是同一个人的表演，在不同的时间、地点也有差异。其中原因，一方面，在师徒之间的技艺传授中，主要是传授一些所谓的"书路子"，也即基本的故事情节及其连接。上述三段文本中的雷同信息可能就是"书路子"的标记。另一方面，按照说书规矩，如果依照书词，死记硬背式地说书，那就叫"说死书"①，这意味着说书水平的低下。更让人无法忍受的是，如果一个说书人没有从师学艺，只是照别人的书本来说，那是一种欺骗听众的不道德行为，扬州评话行规里把它叫做"懵黑"②。对于说书文本的这种"活态"性质，老舍的评论很精辟："以街上所卖的小唱本等为我们的范本，是绝对不妥当的。那些小册子中，有的只是民间文艺的影子；真的本子是在歌者们的心中；有的只是民间文艺的尸体；活的文艺在民间也是随时改动的。"③ 可见，说书的艺术趣味并不在于"文本"，而在于整个的艺术活动过程中，它是一种典型的"活"文学。

2. 即兴互动的文学活动

作为一种说表结合的口头文学，扬州评话是一种商业娱乐演出，这意味着它必须注重书场演艺的效果。如果按照书面文本的艺术模式去分析，则无法窥探其艺术精髓，因此必须把表演者的表演、观众及其二者的互动等因素结合起来考察，才能领略它的艺术魅力。评话艺术是一种讲究"口"、"手"、"身"、"步"、"神"五个方面的综合性艺术。这里，我们暂撇开扬州评话中的声音、动作造型等表演性的审美因素不谈，仅从故事叙述来看，扬州评话与书面文学的叙事模式也有很大区别。

一般而言，书面文学的故事叙述尽量追求紧凑，其中与思想主题和人物个性关联不大的东西都会去掉，力避枝冗，从而为重要的内容腾出文本空间。而扬州评话等口头艺术则与此不同。它遵循的美学原则是"全面的表白"（王少堂语），也就是说，把该说的都说透，尽量做到"细巨不遗，搏兔亦用全力"④。除此之外，说书人甚至会添加一些"枝蔓"，这些"枝蔓"与故事情节没有紧密的关联，只是有意识地延长故事讲述的时间，故叫做"题外话"或"书外书"，这实际上是讲述者与听众的一种共同需要。这些叙述"枝蔓"包括知识性介绍、插科打诨等。

作为一种商业娱乐演出活动，很多曲艺形式包括相声、评话等，都承担着知识传播的功能，这种情况在面对文化水平不高的观众时更是如此。有论者指出："在印刷业尚未完善与发达的漫长历史中，评书艺术作为口头文学弥补或填补了文字语言流动不畅的文化空白和文明死角，扮演了一个传承历史文化和民族精神的'说教'者角色。……评书这一口口相传的艺术在社会群体中普及中国历史、文化、风俗、礼仪、道德和传统知识，也教化

① 参阅［丹麦］易德波著，米锋、易德波译：《扬州评话探讨》，北京：人民文学出版社2006年版，第498页。
② 参阅［丹麦］易德波著，米锋、易德波译：《扬州评话探讨》，北京：人民文学出版社2006年版，第494页。
③ 《老舍曲艺文选》，北京：中国曲艺出版社1982年版，第24页。
④ 老舍著：《老舍文集》（16），北京：人民文学出版社1991年版，第551页。

底层民众，濡染文明世风，宣扬英雄业绩，传授语言文化。"① 应该说，在评书产生的早期历史中，这种评价是大致不错的。很多识字不多的农民、城市市民等社会底层人士对民族历史文化的接受，并不是通过书斋里传授的"四书五经"等"大传统"文化形式，而主要是通过评书（说书）中所讲述的历史故事。评书书目《列国演义》、《三国演义》、《隋唐演义》、《杨家将》、《说岳》、《水浒》、《大明英烈传》、《三侠五义》等构成了他们的历史记忆与文化想象。他们中的很多人可能根本没听说过"四书五经"，但说起"桃园三结义"、水浒英雄等时就口若悬河，滔滔不绝。正因为如此，古时的说书者往往被人尊称为"先生"。当然，说书中穿插的"枝节"并不完全是历史知识，同时还有习闻、逗趣的笑料甚至"荤口"等侧重娱乐性的东西。这本身也是说书技巧中所谓"慢而不断"的艺术需要。我们可以王筱堂口述的"武松打虎"为例，稍加分析这种"题外话"的特点：

> 小老板把个戥子拿过来了，接逗把银子朝戥盘里头一放，一手拈住戥毫，一手就理戥杆，抬头就望着武松的脸色，低头接逗就望望这一块银子，底下：
> "你老人家这块银子嘛，是一两……还欠一分哪。"
> 一两欠一分嘛，就干脆报个九钱九就是咧，这个何必还要玩"跌断桥"呢？哎，不，哪晓得武松这块银子不止一两，小老板居心想少报他的。少报嘛就少报咧？哎，不能玩，你要说是这一刻啊就报个九钱九，你晓得这个客家有数没数呢？他自己的钱咧，他照常有数，他一声有数，你报他九钱九，他就喊起来了：
> "啊！何止九钱九啊？"那一来糟了。所以他呐，先弄个"一两"照下子路，"你老人家这块银子是个一两……"拖着，就望着武松的脸色，武松如果要是把脸色朝下一沉，他接逗底下就来了："还有五钱几哪。"
> 一看就看见个武松若无其事，晓得，没得数。既然没得数，一实就回下头："还欠一分哪。"究竟武松这一块还有数没数呢？他到哪块来的数呢。因为他从河北柴庄动身，小梁王柴进送了他五十两，叫他在路上做盘费，朋友送的钱咧，他都不能一块一块的受上称，所以他就没得数咧。
> "这块银子还是多，还是少？"
> "噢噢，爷驾，这块银子如果把酒账呐，要稍微多些。"
> "多了就赏了给小二。"
> 将将哪晓得小二到了：
> "噢，谢谢爷驾，多谢爷驾咧……"②

这是武松在小店喝酒结账的一段说书，小说《水浒传》没有这一段故事细节，完全是说书人个人添加的。由说书文本可见，这大段的故事叙述与武松形象的塑造以及故事情节的整体发展都没有必然的逻辑关系，如果按照书面文学的审美标准，这些完全是冗余的，

---

① 蘘笠翁：《评书——伟大的艺术》，《中外文化交流》2006 年第 6 期，第 20 页。
② 王少堂 1961 年于南京口述。见［丹麦］易德波著，米锋、易德波译：《扬州评话探讨》，北京：人民文学出版社 2006 年版，第 302 页。

没有保留的必要。但就说书而言，情况就不是那么回事。这段文本叙述虽然与情节逻辑关系不大，但自有它的审美机趣。它通过对店老板报钱的小伎俩的描述，把这个小店老板的贪财、耍小聪明的心理、性格抖出来，无形中把小店老板之类的黑商揶揄了一把。武松离店时则说了一句"多了就赏了给小二"，这一方面彰显了武松的慷慨大方和同情弱小，另一方面又引出了店老板与小二为这点小银子而争吵的故事。其中的一段又是另一种艺术趣味：

"哎，莫忙，小老板，你为什么又要这块银子呢？"

"我告诉你吵，因为前儿个呐，你家嫂子嘛就跟我说了'你跟我打根簪子吧'。我望望这个银铺子里头的银色又不好，镇上嘛全是小银匠铺子哎，我又不敢进城，我看客人今天这块银子啊，银色好得很，我就预备代你家嫂子打根簪子。"

"哎，小老板啊，你这个说话存神啦，我家哥哥死了，我家嫂子是寡妇啊，啊，要你代她打簪子做啥？"

"哎不不不，你说话不要说出嫌疑出来啊。我跟你虽然是东伙，我们可是弟兄相称啊？我比你大这么两岁，我可是你的个老大哥啊？我的个老婆可是你的个嫂子啊？"

"好啊，你要说清楚了咧。"①

很显然，这一段离题万里的口述，纯粹是为了娱乐打趣，其趣味的导火线就是利用"你家嫂子"在不同场合使用而造成的"误会"。相对而言，这些趣味料子是比较文雅的。可能是为了迎合听众的需要，或者给听众"提提神"，评话中也经常穿插一些"荤口"②。以下的老虎的爱情故事就有"荤"的意味：

这一只老虎啊，过去没得老虎，怎么今秋突出猛虎，这一只老虎是走天上掉下来的，还是走地下蹦出来的呢？天上不能掉老虎，地下也不能蹦老虎，这一只老虎哪，是在家里闯祸，它溜出来的闯什么祸呢？虎交。老虎一声长大了，它到了起性，它要虎交的时候，它就不觅食了，它就喊了。譬比那雄虎喊一只雌虎来，雌虎还是喊一声雄虎来，你就交咧，它不交，头对头，"吗……"一递一声的喊，做事呢？也谈了玩玩咧，要熟悉熟悉咧。所以一声喊啊喊的呢，喊高起性了，它们就交了。交起来这个日子不大好过，因为阳虎，就是公虎哪，在阳物上头哪，它有倒刺。母老虎呢，阴户里头就跟钢炭炉子仿佛，烧着了一样，一个就烫得疼，一个就戳得疼，两下都喊。一声性过了之后，一个向东，就一个向西，就奔了，都要奔坍了性之后，这块就扒穴藏身。这一只老虎呢，它就是虎交崩出来的。③

---

① 王少堂1961年于南京口述。见［丹麦］易德波著，米锋、易德波译：《扬州评话探讨》，北京：人民文学出版社2006年版，第303页。

② 据资料介绍，过去很多评话都有一些"性"之类的"不健康"的东西，在1949年后的"破四旧"中，一些"荤口"在整理文本中被删掉。

③ 王少堂1961年于南京口述。见［丹麦］易德波著，米锋、易德波译：《扬州评话探讨》，北京：人民文学出版社2006年版，第310页。

总的来说，民间水浒叙事体现的是讲述者与接受者之间的一种直接的文化交流活动，其意义即在于文艺活动过程本身。在这个艺术活动过程中，参与者获得了一种直接的艺术体验与精神享受。在这个切身体验过程中，参与者感受到了一种本地文化的认同，同时交流着族群情感。而这个文化活动结束之后，并未留下像文本文献那种供人挖掘阐释的深刻意义。以扬州评话"王派水浒"为例，它的意义不在于能提供各种丰富阐释的潜能，而在于它是扬州人共同拥有的一种艺术生活或休闲娱乐方式。通过这样一种具有地方特色的文艺活动，参与者能够真实地获得一种本地文化的认同，如论者所言："口传文学是一种生于民间，传于口耳，而与书面文学相对举的元文学形态。所以称之为'元文学'，是由于它并非狭义的文学，却又像种子一样可以生成或长入文学，它广泛地联系着乡土情调、民间心理、民俗事象、民众信仰等民族历史的遗传。"①

第三节　当代文化语境与水浒故事的衍生叙述

一、从"戏说"经典的话题谈起

近几年来，国内文化界冒出一股经典作品的"戏说"风，其戏说方式包括"改编"、"戏拟"、"恶搞"、"大话"、"歪说"、"水煮"和"麻辣"等，代表作有《大话西游》、《漫画歪说红楼梦》、《水煮三国》和《麻辣水浒》等。当然，戏说对象除四大名著等古代经典之外，还有所谓的"红色经典"。对于这股"戏说"风，我们已无法追溯其本源。大致而言，2005年底胡戈制作的《一个馒头引发的血案》，可算是掀起"戏仿"与"恶搞"热潮的一个标志性事件，而电影《大话西游》则成为一种无厘头文化的经典之作。

对于这股戏说经典之风，评论界大致这样认为：其一，从后现代文化背景去阐释戏说之风的哲学思想根源。后现代文化亦称为后工业社会文化，源于20世纪50年代末60年代初的美国，至80年代成为全球性的文化思潮，并渗透到文学、音乐、电影和电视等艺术种类中。后现代文化放弃真理、崇高、理想和神圣等普世性精神价值的追求，其基本的文化特点如詹姆逊所认为的"深度消失"、"历史意识消失"、"主体消失"、"距离感消失"等。其中，游戏精神也是它的一个突出的文化特点。其二，从消费文化的角度解释戏说之风的文化趣味。从20世纪90年代开始，随着市场经济改革的推进，中国经济发展步入快车道，中国进入了一个商品社会。在人们的价值观念上，消费主义思想开始盛行。在消费主义文化观念意识中，文化成为一种可以用来消费的商品，故产生文化市场的概念。受利润最大化的市场游戏规则的驱使，消费主义文化强调的是娱乐性、商业性和消遣性，故一些传统文化经典被捣烂揉碎，当作文化商品来消费。有论者认为，经典的戏说与解构就是商业操纵者为迎合人们的文化消费而炮制出来的一种文化快餐。其三，从文化价值立场来判断，普遍的态度是对这股戏说、改窜经典之风持反对意见。其所据理由是，经历了

---

① 杨义著：《重绘中国文学地图通释》，北京：当代中国出版社2007年版，第39页。

　　时代洗礼的经典作品是民族传统文化的精华，它寄托着一代又一代人的审美理想与道德价值观，故成为民族优秀传统文化的重要组成部分。因此，对经典的戏说不仅仅是对经典作品本身的亵渎，更有破坏民族文化传承、动摇民族文化信仰的副作用。

　　毋庸讳言，在当代文化语境中，传统文学经典要么束之高阁，受到读者冷落；要么是被戏说、改窜，其命运处境似乎很不乐观。从持守经典的传统文化价值的角度而言，对戏说经典进行批判的出发点是好的，但从学理层面以及文学发展的事实来看，问题则显得有点简单化与情绪化。实际上，经典戏说、改窜现象涉及的问题很复杂。一些"红色经典"在特定的历史语境中，其文本制作与意义阐释一直被主流意识形态高度控制。随着历史语境的变迁与文化观念的开放，其文本的拆解必然导致意义的褪色，由此而对"红色经典"肆意贬损、恶搞，显然是对历史文化的一种不敬或不负责任。

　　但问题的另一面则是，放眼中外文学发展史，我们能够发现，戏说、仿作其实也是文学史上一种普遍的文学创作现象。比如说，吉亚科摩的 *Ratrachomyomachie* "在保留《伊里亚特》和荷马史诗的风格的同时，该文绕过原题，将希腊和特洛伊人的战争变成了老鼠（mus，muos）和青蛙（batrachos）的战斗"①。查理斯·诺第艾尔（Charles Nodier）"在《波希米亚的国王和他七个城堡的故事》里戏抄了劳伦斯·斯特纳（Laurence Sterne）的《特里斯特朗·珊迪》（*Tristram Shandy*），而后者也已是戏拟之作。"②我国四大古典名著都有大量的续书和翻新小说。《三国演义》有《三国志后传》、《新三国》、《新三国志》等；《西游记》有《新西游记》、《续西游记》、《西游补》等；《红楼梦》有《后红楼梦》、《续红楼梦》、《红楼梦补》；《水浒传》有《水浒后传》、《后水浒传》、《新水浒》等。如何认识戏拟仿作和续书等"互文"写作现象？首先要肯定的一点是，经典的戏说、仿作并未损害原作的经典价值。《荷马史诗》被戏说，但它的经典艺术价值依然完好无损地存在。我国四大名著被戏说，但其艺术价值也未被戏说之作污损。反过来，戏说之作甚至也有可能成为经典。前面提到的《大话西游》是一个典型个案。除此之外，古代同样有戏说经典之作成为经典的例子。比如，《金瓶梅》难道不也可以看作是戏说《水浒传》之作吗？此外，按照法国文学理论家蒂费纳·萨莫瓦约（Tiphaine Samoyault）的说法，"戏拟是对原文进行转换，要么以漫画的形式反映原文，要么挪用原文。无论对原文是转换还是扭曲，它都表现出和原有文学之间的直接关系"③。可见，无论各类戏仿作品的艺术价值如何，至少有一点可以肯定，它们以另一种翻新文本的方式，延续着大众对传统经典的文化记忆。文学经典作为一种民族文化符号，被一代又一代的读者接受，"从一开始，文学就和记忆双重地联系在一起。它被口头吟颂，节奏和音调的组合是为了便于长时间在脑海中留存。它的内容本身也是为着记忆的需要：大家都要捕捉基本的情节、搜罗和记忆迭起的高潮、一段故事或故事的一段"④。从文学活动的角度看，经典价值的一个重要体现在于它能够被人以不同的艺术方式不断地讲述。

---

① ［法］蒂费纳·萨莫瓦约著，邵炜译：《互文性研究》，天津：天津人民出版社2003年版，第66～67页。
② ［法］蒂费纳·萨莫瓦约著，邵炜译：《互文性研究》，天津：天津人民出版社2003年版，第60页。
③ ［法］蒂费纳·萨莫瓦约著，邵炜译：《互文性研究》，天津：天津人民出版社2003年版，第41页。
④ ［法］蒂费纳·萨莫瓦约著，邵炜译：《互文性研究》，天津：天津人民出版社2003年版，第66页。

二、当代"水浒"衍生叙事的文化趣味

"衍生"一词的基本含义是指"繁衍生长"。此处所谓的"衍生"叙事，是指后来生成的故事与原故事之间那种既相区别又相联系的复杂关联。所谓"区别"，是说后生的故事与原故事之间的基本面貌已经相差很远了，表面上看，它们之间已无直接的联系。所谓"关联"，是指后生故事与原故事在某些文化因子方面仍有着精神传承与相通之处。对于这种文化传承关系的理解，还有一种说法，即"隐形结构"①。从文化意义的角度来看，在当代文化语境中，水浒故事的"衍生"叙述大致可分为两种类型：一种是后生故事与原故事在文化背景、题材内容和人名称呼等显性方面，已没有任何直接的关系，但在某种文化因子上仍存在文化传承关系；另一种则是保留水浒故事的外壳，但在故事内容、人物形象、艺术存在的物质形态上已发生裂变的文化叙事。前已述及，非物质文化遗产是一种活态性质的文化，它自身处在不断演化与生成的过程中，表现的是传统文化在新的文化语境中的再生成性。从这个角度而言，水浒故事中的英雄叙事明显具有非物质文化遗产的性质。或者说，水浒英雄叙事中的某些审美文化因子，能够在新的文化语境中以一种新的艺术方式复活，并重新获得艺术审美效应。对此，我们以水浒英雄叙事与香港电影导演吴宇森执导的英雄系列片之间的文化关系为例，略作阐述。

需要指出的是，关于当代通俗文化与古典名著之间的文化传承关系的思考，美国学者理查德·凯勒·西蒙（Kichard Keller Siman）的《垃圾文化——通俗文化与伟大传统》②一书给了我们很大的理论启发。他在书中认为："发生在我们日常生活周围的故事与以往伟大的文学非常相似。当你看电视，看电影，读通俗杂志或看广告时，展现在你眼前的，将是和西方文明史上各种巨著研究者所读到的同样的故事，你要做的只不过是以不同的方式看待这些故事而已。"③他据此指出，电影《兰博：第一滴血》是《荷马史诗》的现代翻版；《星际旅行》包含了《格列佛游记》的基本情节；商品化杂志 Cosmopolitan 是《理智与情感》、《包法利夫人》等小说的后继者……作为一位高校的文学教师，西蒙寻找通俗文化与经典巨著之间传承关系的目的是唤起学生学习古典名著的兴趣。而阐述水浒英雄叙事与吴宇森英雄叙事之间关系的目的，是如何理解传统文化在当代文化空间中生存与发展的问题。

前文已述，南宋时期，宋江等水浒故事是以一种英雄传奇的方式在民间广为流布。宋

---

① "隐形结构"是陈思和思考与建构当代文学史观念的一个关键词。他借用"隐形结构"这个词的目的，是从"民间"的话语立场出发，对一系列的当代文学文本重新进行意义阐释，借此发现一些被遮蔽的内涵。比如，陈思和以电影《李双双》为例，"从其显性文本结构来说，是一个歌颂大跃进运动的政治宣传品，但其隐形结构则体现了传统喜剧'二人转'的男女调情模式，有意思的是，后者实际冲淡了前者的政治说教，使作品在一定程度上超越时代，而获得民间艺术的价值"。由此可见，"隐形结构"完整的意义理解则是"民间隐形结构"。参阅陈思和主编：《中国当代文学史教程》（前言），上海：复旦大学出版社1999年版。

② 参阅［美］理查德·凯勒·西蒙著，关山译：《垃圾文化——通俗文化与伟大传统》，北京：社会科学文献出版社2001年版。

③ ［美］理查德·凯勒·西蒙著，关山译：《垃圾文化——通俗文化与伟大传统》，北京：社会科学文献出版社2001年版，第1页。

代说书中所涉及的水浒故事分属"朴刀"、"杆棒"类，"所谓'朴刀杆棒'，是泛指江湖亡命，杀人报仇，造成血案，以致经官动府一类的故事"①。元代水浒戏曲中写得最多的是李逵这个英雄人物形象。《水浒传》真正写得好、给读者留下深刻印象的也就是武松、鲁智深、林冲、李逵、杨志、阮氏三兄弟等屈指可数的几位具有侠士风范的英雄人物。可见，英雄叙事成为水浒叙事中最鲜明的艺术标志。

对于水浒故事中所刻画的英雄人物，从伦理道德的角度看，有褒有贬。褒者认为这些英雄形象具有重情义、好打抱不平、惩强扶弱等优点；贬者认为这些水浒人物滥用暴力、法制观念淡薄、重一己私利。但在中国传统艺术文化审美史上，正是这些亦正亦邪的人物形象，焕发了无穷的艺术魅力，构筑了一道别具民族审美文化意蕴的艺术风景线。鲁迅先生在《中国小说的历史的变迁》中谈到清代"侠义派底小说"时认为，"其中所叙的侠客，大半粗豪，很像《水浒》中的人物，故其事实虽然来自《龙图公案》，而源流则仍出于《水浒》"②。清代侠义小说姑且不论，在当代艺术文化中，水浒故事所书写的英雄形象及其精神同样得到了传承，香港电影导演吴宇森制作的英雄片就是一个例证。

吴宇森（John Woo），1946 年生于广州，成长于香港，是香港著名导演及编剧，有"暴力美学大师"、"动作片之父"等雅称。1986 年，他编剧并导演的《英雄本色》一片，在当年的香港电影金像奖评选中获得"最佳影片"、"最佳男主角"两大奖项。在台湾金马奖评选中，吴宇森被评为"最佳导演"，并由此奠定了描写黑帮与江湖义气的英雄动作片的电影风格。随后，他执导了《喋血双雄》、《纵横四海》、《喋血街头》、《英雄本色 II》等一系列风靡港台的经典动作影片。1992 年，吴宇森进军好莱坞，期间执导了《终极标靶》、《断箭》、《变脸》、《碟中谍2》、《风语者》和《记忆裂痕》等深受欢迎的影片，被认为是"第一个在好莱坞获得商业成功的华人导演"③。2005 年，由香港影艺界所举办的"中国电影一百年"活动中，吴宇森被香港选为一百年来最喜爱的导演。2008 年，"向中国文化、向自我回归"的吴宇森推出的华语电影大片《赤壁》（上）获得了高票房。

在整个电影导演生涯中，吴宇森经历了几次艺术风格的尝试与转换，但总的来看，吴氏电影在广大观众心目中留下最深印象的是《英雄本色》、《喋血双雄》、《纵横四海》和《喋血街头》等系列动作片中所刻画的英雄形象。在艺术审美上，把这些荧幕上的英雄形象与水浒故事（尤其是《水浒传》）中的英雄形象联系起来作一番考察，是饶有趣味的。对此，我们可用几个关键词作为考察的线索④：

（1）兄弟情义。应该说，《水浒传》写得最多、最为感人的故事是"兄弟情义"。美国女作家赛珍珠似乎读出了小说中的这种浓厚意味，故在 20 世纪 30 年代翻译这部小说时，把《水浒传》的书名改为《皆兄弟也》。虽有论者指出此翻译的不足⑤，但总的来看，

① 陈汝衡著：《说书史话》，北京：人民文学出版社 1987 年版，第 49 页。
② 鲁迅著：《鲁迅全集》（第九卷），北京：人民文学出版社 1982 年版，第 340 页。
③ 向宇：《试论海外华人电影导演的文化立场》，《当代文坛》2008 年第 6 期，第 101 页。
④ 参阅陈鹏：《〈水浒传〉与吴宇森的英雄片》，《电影文学》2008 年第 23 期，第 33～34 页。
⑤ 鲁迅指出，"近布克夫人（按：即赛珍珠）译《水浒》，闻颇好，但其书名，取'皆兄弟也'之意，便不确，因为山泊中人，是并不将一切人们都做兄弟看的"。见鲁迅：《致姚克》，《鲁迅全集》（第十二卷），北京：人民文学出版社 1998 年版，第 359 页。

赛珍珠的艺术把握基本上是到位的。《水浒传》描写的梁山"三十六大伙，七十二小伙"的故事，充分展现了兄弟情义（包括亲兄弟和结义的异姓兄弟），有宋江与李逵、杨雄与石秀、卢俊义与燕青、阮氏三兄弟、武大郎与武松等。其中，鲁智深与林冲之间的情义更是感人肺腑。首先，鲁智深与林冲的结交并非出于功利目的，而是源于所谓"英雄识英雄、好汉识好汉"的惺惺相惜，这样的感情来得更纯粹，一旦结交，两人就会形成一种血浓于水的至深情谊。结交喝酒的当儿，鲁智深为受辱的林冲娘子报仇，欲打高衙内，后被林冲阻止，由此可见鲁智深那种为朋友两肋插刀的血性品格。在林冲发配沧州的路上，鲁智深为防林冲不测，暗中跟随至野猪林。在押解公人欲杀林冲的关键时刻，鲁智深及时出杖相助，救了林冲一命，同时对林冲言道："兄弟，俺自从和你买刀那日相别之后，洒家忧得你苦。自从你受官司，俺又无处去救你。打听的你断配沧州，洒家在开封府前又寻不见。却听得人说，监在使臣房内，又见酒保来请两个公人说道：'店里一位官人寻说话。'以此洒家疑心，放你不下。恐这厮们路上害你，俺特地跟将来。见这两个撮鸟带你入店里去，洒家也在那里歇。夜间听得那厮两个做神做鬼，把滚汤赚了你脚。那时俺便要杀这两个撮鸟，却被客店里人多，恐防救了。洒家见这厮们不怀好心，越放你不下。你五更里出门时，洒家先投奔这林子里来，等杀这厮两个撮鸟，他到来这里害你，正好杀这厮两个。"（《水浒传》第九回）鲁智深本为一介武夫粗人，但对朋友如此挂心，考虑问题如此周详，其深层原因则是兄弟情义使然。

在吴宇森执导的电影中，兄弟情义也表现得淋漓尽致。比如，在他的成名作《英雄本色》中，宋子豪（狄龙饰）与小马哥（周润发饰）情深义重，子豪被人出卖，小马哥出于兄弟之情，孤身前往营救子豪。小马哥痛杀仇人后，自己身负重伤，但无怨无悔……凭借这一义薄云天的兄弟之情的抒写刻画，《英雄本色》成为一部经典之作，吴宇森由此确立了他的电影艺术风格，周润发亦走红成为影坛巨星。《喋血双雄》中，警官李鹰与杀手小庄分属黑白两道，但因彼此都重朋友义气而走到一起，出生入死，共同浴血奋斗。《喋血街头》中，阿B、辉仔、阿荣三人同在贫民窟一起长大，情同手足，虽然最后由于反目成仇，几个好兄弟全部丧生，但故事本身的悲情色彩也从另一侧面烘托了感人的兄弟情义。《纵横四海》描述了阿海、阿占和红豆三个同被黑社会头子收养的孤儿的感情。比较《水浒传》与吴氏执导的英雄片中的兄弟情义的抒写，我们能够发现，这些英雄身上都体现着"重然诺、轻死生"的古代侠客精神气质。同时，这些英雄大都出身低微，属于社会边缘人物，走上黑道也属被"逼上梁山"。另外，这些英雄身上正邪、黑白的区分并不分明，都为凸显兄弟之情而让路。

（2）暴力美学。有论者指出："'暴力美学'是个新词，直到20世纪90年代中期以后才流行起来，最初似乎是香港的影评人在报刊影评中使用的。延续至今，这个词有了它约定俗成的特定含义。它主要指电影中对暴力的形式主义趣味。"① 可见，"暴力美学"一词并不是一个严格的美学概念，而只是20世纪90年代中期以后香港影评人所使用的一个约定俗成的术语，意指电影中给暴力赋予的一种形式主义趣味，以使之获得审美快感。论者进而认为："暴力美学其实是一种把美学选择和道德判断还给观众的电影观。它意味着

---

① 郝建：《"暴力美学"的形式感营造及其心理机制和社会认识》，《北京电影学院学报》2005年第4期，第1页。

电影不再提供社会楷模和道德指南，也不承担对观众的教化责任，而是只提供一种纯粹的审美判断。"① 作为一种艺术趣味与形式探索，暴力美学虽受到西方电影的影响，但它是在香港发育成熟的。其中，吴宇森的电影《英雄本色》、《喋血双雄》、《纵横四海》等充分体现了"暴力美学"的个性风格。"与'暴力美学'相关的一类作品有共同特征，那就是把暴力或血腥的东西变成纯粹的形式快感。它主要发掘枪战、武打动作、杀戮或其他一些暴力场面的形式感，并将这种形式美感发扬到美丽眩目的程度；有的时候，导演还故意用暴力、血腥的镜头或者场景来营造一种令人刺激难受的效果。"② 在吴宇森的英雄片中，有激烈的枪战场面。其中，《英雄本色》中小马哥在台湾的酒家为宋子豪报仇的枪战场面非常经典。《喋血双雄》中杀手小庄双枪射击的动作具有舞蹈艺术的审美效果。通过艺术镜头的特殊处理，吴宇森电影中的枪战、武打动作以及杀戮等具有了形式审美快感的意味，也颇具慷慨悲歌的诗意境界。

有学者对"暴力美学"进行追本溯源地考察时指出，"就一种电影中打斗、枪战的形式体系来说，'暴力美学'是起源于美国的。……但就其成型和风格成熟的地点和时间来说，暴力美学是香港电影人对于世界电影语言系统和电影文化发展所作出的重大贡献"③。但如果我们的思维跳过电影艺术的视域，而转移到其他文化艺术品类，则能够发现，《水浒传》中也有着大量关于暴力的抒写。比如，武松杀嫂、血溅鸳鸯楼；杨雄杀潘巧云；李逵杀黄文炳等。除个体杀戮外，《水浒传》也描写了群体杀戮，比如，第六十六回救卢俊义时描写到："烟迷城市，火燎楼台。红光影里碎琉璃，黑焰丛中烧翡翠。娱人傀儡，顾不得面是背非；照夜山棚，谁管取前明后暗。斑毛老子，猖狂燎尽白髭须；绿发儿郎，奔走不收华盖伞。踏竹马的暗中刀枪，舞鲍老的难免刃槊。如花仕女，人丛中金坠玉崩；玩景佳人，片时间星飞云散。可惜千年歌舞地，翻成一片战争场。"虽然，《水浒传》对暴力的抒写远未达到一种艺术审美自觉的高度，但其中也不乏一些具有形式美感的场面。比如，鲁达拳打镇关西一段就有着艺术形式审美效应：

> 扑的只一拳，正打在鼻子上，打得鲜血迸流，鼻子歪在半边，却便似开了个油酱铺，咸的、酸的、辣的，一发都滚出来。郑屠挣不起来，那把尖刀，也丢在一边，口里只叫："打得好！"鲁达骂道："直娘贼，还敢应口！"提起拳头来就眼眶际眉梢只一拳，打得眼棱缝裂，乌珠迸出，也似开了个彩帛铺的，红的、黑的、绛的，都滚将出来。……又只一拳，太阳上正着，却似做了一个全堂水陆的道场，磬儿、钹儿、铙儿，一齐响。（第三回）

此处鲁达打郑关西一共用了三拳，每一拳都用了一个比喻，分别从味觉、视觉和听觉等方面，使暴力描写更具艺术趣味，这是典型的"暴力美学"。而《水浒传》中鲁达倒拔垂杨柳、武松打虎等情节叙事则更是"力美"的展示。

---

① 郝建：《"暴力美学"的形式感营造及其心理机制和社会认识》，《北京电影学院学报》2005 年第 4 期，第 3 页。
② 郝建：《"暴力美学"的形式感营造及其心理机制和社会认识》，《北京电影学院学报》2005 年第 4 期，第 1 页。
③ 郝建：《"暴力美学"的形式感营造及其心理机制和社会认识》，《北京电影学院学报》2005 年第 4 期，第 1 页。

（3）"江湖"世界。从字面意义理解，"江湖"一词大致有三种含义：第一是指大自然中的江湖；第二是指文人士大夫的江湖；第三是指游民的江湖。① 显然，此处言及的"江湖"意指第三种含义。有论者认为：

> 这种"江湖"最早出现在南宋及南宋以后"水浒"系列（指以写宋江集团故事为主的众多文学作品）和《水浒传》中，在这些文学作品之前还没有人这样大量使用过这个词汇。那些文艺作品中所提到的"江湖"，往往是文人士大夫的江湖，或者是原本意义上的江湖。明确地把江湖看成是江湖好汉杀人放火、争夺利益的地方，应该说是始自《水浒传》。《水浒传》作者对于江湖有个全新的认知，所以他创造了一个全新的"江湖"概念，当然这个概念来自于作者对当时生活认识的概括。作者创造的不只是一个"江湖"的概念，《水浒传》的出现为我们提供了许多新的话语，创造了一系列的、《水浒传》以前没有的、或者说《水浒传》以前不做这种解释的话语（例如"好汉"、"聚义"、"义气"、"上梁山"、"逼上梁山"、"替天行道"、"不义之财，取之无碍"、"仗义疏财，扶危济困"、"论秤分金银，异样穿绸缎，成瓮吃酒，大块吃肉"等等），这些话语本来是江湖上游民经常使用的，通过"水浒"系列故事的传播，它们逐渐为主流社会所了解，甚至接受，从而成为游民意识播散的工具。②

应该说，此番论断是很有道理的。水浒叙事所描写的主体生活是一个活生生的江湖世界。总体来看，江湖世界是一个脱离社会常规的隐性社会。江湖中有各种各样的社会组织（如梁山泊、二龙山、清风山等），各社会组织都有自己的一套运作制度。江湖中有自己的舆论，也有自己的道德评价标准（宋江等梁山好汉的绰号可视为一种江湖舆论评价）。江湖也有自己的信息传播渠道（比如，宋江的名望被广泛传播，一些梁山英雄慕名投靠，一些梁山英雄见他即拜）。故论者指出，"《水浒传》是江湖的百科全书。江湖艺人通过《水浒传》的故事第一次把江湖生活展示给读者和听众，使得后世读者第一次得知宋代已经有了新的含义的江湖的存在"③。

与《水浒传》一样，吴宇森的英雄系列片也打造了一个个与主流社会疏离的江湖世界。只不过，吴宇森营造的江湖世界由山林、湖泊变成了都市楼宇与巷道；刀光剑影变成了枪林弹雨。在这个江湖世界中，主人公大部分是游走在社会边缘的小人物，主流的道德价值观已被淡化，其中所欣赏的对象不是富翁名流，而是像周润发所饰演的类似鲁智深、武松等那种义薄云天、敢于挑战恶势力的江湖浪子形象。在这个世界中，已没有正统社会中的制度秩序，其游戏规则强调的是以暴易暴、以恶抗恶、胜者为王，这些可谓是江湖社会亘古不易的生存法则与智慧。从这一点而言，《英雄本色》中的小马哥为宋子豪报仇而杀掉台湾黑帮头目与武松为兄报仇而杀潘金莲有其相似之处。与主流价值观所推崇的英雄的单一正面性不同，这个江湖世界中的英雄具有正邪两面性，这个方面与李逵很相似。这

---

① 参阅王学泰：《从〈水浒传〉看江湖文化》（一），《文史知识》2008年第6期，第126页。
② 王学泰：《从〈水浒传〉看江湖文化》（一），《文史知识》2008年第6期，第127页。
③ 王学泰：《从〈水浒传〉看江湖文化》，《上饶师范学院学报》2005年第25卷第7期，第5～15页。

种兼具两面性的英雄形象更能够凸显人性的复杂。比如，《英雄本色》中的小马哥是个黑社会杀手，但他非常重朋友情义。《辣手神探》中，卧底神探江浪在暴力冲突中误杀警察及其他无辜之人。为此，我们不由联想到《水浒传》中武松在鸳鸯楼的滥杀无辜。总体而言，吴宇森英雄系列片中的江湖世界与《水浒传》中的江湖一样，具有浓郁的文化审美内涵。

通过水浒中的英雄叙事与吴宇森的英雄片叙事之间的文化比较，可以看出，水浒故事叙述中所蕴含的某些审美文化因子与文化模式具有一种在新的文化语境中的再生成性，甚至在当代文化空间中，它同样能够以一种新的艺术方式复活，并重获艺术审美的经典效应（《英雄本色》已成为一部广受港台地区与大陆观众喜爱的经典电影）。因此，我们可以把水浒叙事视为一种"活"的叙述。其中支撑这一活性文化的精神内核是那种颇具民族文化传统的侠义精神。这种侠义精神相当于一种文化原型，它的艺术文化魅力能够穿越不同的时代而得以存活，正如论者在评价古代游侠时所言："虽然现在已经没有这样的游侠，但是游侠精神并未完全泯灭。货真价实的游侠我们当然是见不到了，可是我们仍会听说某人具有侠义精神或是某人的行为具有侠义之风。"[1] 从这个角度而言，水浒故事叙事非常符合"非物质文化遗产"定义中所说的："各个群体和团体随着其所处环境、与自然界的相互关系和历史条件的变化不断使这种代代相传的非物质文化遗产得到创新，同时使他们自己具有一种认同感和历史感，从而促进了文化多样性和人类的创造力。"[2] 此正是水浒叙事所蕴含的民族审美文化特色之精义。

---

① ［美］刘若愚著，周清霖、唐发铙译：《中国之侠》，上海：生活·读书·新知三联书店1991年版，第49页。
② 参阅巴莫曲布嫫：《非物质文化遗产：从概念到实践》，《民族艺术》2008年第1期，第16页。

结　语

水浒故事自宋盛行以来，逐步发展演变为两套既分且合的叙事系统：一个可视为"经典"的叙事系统，它以小说《水浒传》为标识，侧重于文人叙事的风格；另一个可视为"民间"的叙事系统，它主要以戏曲、说唱以及各种文化娱乐活动等"非文本"的隐性叙事形式存在。在中国文化艺术活动史上，两套水浒叙事系统各自演绎着自己的精彩。一个显见的事实是，异于《水浒传》的水浒叙事，在《水浒传》成书之前就绵延长存。《水浒传》成书以后，有的水浒叙事明显不受《水浒传》故事内容的拘囿。比如，扬州评话"王派水浒"与经典文本《水浒传》在故事内容上已相距甚远，这是一个民间水浒叙述不断衍生发展的显例。从历时性与共时性两个维度来看，水浒叙事是一种活态叙述，其本身具有不断衍生发展的内在动力。水浒叙事的活态发展，一方面表现为故事内容的演变，另一方面则体现为戏曲、说唱、传说、绘画和娱乐游戏等多种文化形态的并存，由此构筑了一个具有民族文化审美趣味的大水浒叙事空间。

但在传统的"中国文学史"书写中，《水浒传》借其思想的深度与文本的完善，被视为水浒叙事的经典而载于各种文学史册；相反，其他的水浒叙事在艺术上则被认为是朴素而粗糙的。故此，《水浒传》逐渐成为水浒文学的代表作而被文学史大书特书，而其他非经典的水浒叙事则被看作旁系和末流，不具备进入文学史的资格。正是这种以文学史面目呈现的知识形态，遮蔽了人们对水浒叙事文化活动丰富性与多样性的全面认识，由此造成观念上的偏狭。其突出表现则是以固化文本形态的《水浒传》去笼统地涵括水浒文学，由此遮蔽了水浒文学叙事是一种"活态"叙事这样一个文化事实。这种偏狭观念体现在学术研究中，即把《水浒传》看作是整个"水浒"文学家族的中心或表征。依此逻辑，其他非经典的水浒叙事要么是《水浒传》成书的题材渊源，要么就是对《水浒传》的审美接受。由此，水浒故事的内生活力在观念认识上完全被遮蔽掉。从这个角度而言，由传统的中国文学史书写所描绘出来的"水浒"文学地图是不完整的，它凸显了《水浒传》这座高山，点出了元代的水浒戏曲，却遗漏了其他丰富的水浒叙事文化活动（尤其是民间水浒叙事）。诚然，我们必须承认，任何文学史的书写，都遵循着某种文学观念规导下的叙述逻辑，都包含着根据某种审美标准所作出的作品遴选过程①，因此，文学史中呈现的作品永远是冰山之一角，从理论上讲，恢复文学的原生态，在文学史书写中是永远不可能完成的任务。正因如此，这从另一个角度反证了"重绘'水浒'文学地图"这一课题的学术

---

① 学者徐朔方的观点很有代表性。他认为："任何一部文学史都不可避免地存在着编著者的主观倾向性。细大不捐的文学史似乎能够给人以完整的印象，但即令可以毫无节制地扩展篇幅，也还是难以囊括所有。因此，撰写者必须要有所取舍。优胜劣汰的规律同样表现于文学发展史。"参阅徐朔方、孙秋克著：《明代文学史》（前言），杭州：浙江大学出版社2006年版，第18页。

价值所在。

从纠文学史知识之偏的角度出发，我们有必要重绘一幅相对完整的"水浒"文学地图。这幅文学地图的描绘，打破了纯文学观的叙述框架，依据"大文学"的观念，以水浒故事为纲，目的是在同一价值平台上呈现多元文化形态的水浒叙事所蕴含的本土文化活动经验。为了避免"水浒"文学地图描绘过程中的杂乱无序，我们且以"经典"与"民间"作为梳理水浒叙事的两条线索。从遵循这两条线索既分且合的发展事实出发，本书的阐述思路有分有总：分的目的是呈现两个故事系统所表达的文化趣味的异质性；总的目的是凸显故事母题所共享的民族审美文化精神。

从整个水浒故事母题所衍生的艺术作品来看，侠义精神与水浒叙事具有一种文化渊源关系，侠义精神成了水浒故事所蕴含的民族审美精神的文化原型。只有理解这种审美文化精神，才能领略水浒叙事的真谛。比如，《水浒传》自成书以来到现在，关于它的思想主题阐释的争论一直没有停止过，"忠义"、"盗魁"、"农民起义"、"为市民写心说"和"游民说"等，各种观点众说纷纭、层出不穷。撇开一些原则与方法上的问题不论，这些观点实际上仅是抓住侠义精神的某一侧面去演绎论证的，故其说有一定道理，但又存在明显偏颇，总体上显得似是而非。更有意味的是，作为一种民族审美文化，水浒故事中的侠义精神所蕴含的某些审美文化因子，能够在不同时代的文化语境中焕发出新的艺术光泽，并重获艺术经典的审美效应，此为水浒故事艺术魅力能够穿越不同时代而不褪色的一个显证。

就艺术趣味风格而论，如果说《水浒传》偏重于文人审美，那么民间水浒叙事则更倾向于乡野文化趣味。与地方文化习俗融凝为一的民间水浒叙事，有着浓郁的文化亲和力。从扬州评话"王派水浒"可以看出，民间水浒叙事的艺术活力，体现为方言的审美趣味以及艺术活动过程中的族群情感交流等与经典艺术迥异的文化特质。

总体来看，如把各种文化形态的水浒叙事聚合在一起，就构成了一个大的"文化空间"。在中国历史文化史上，这个水浒"文化空间"不断地得以延伸扩展，其突出表征即水浒叙事超越了固化的文学文本，走向了非文本的文化叙事。自古迄今，围绕水浒故事的文化活动已远远超越故事文本本身，重新构筑了一个续接各个时代人们生活体验与文化想象的文化活动空间。非文本的"水浒"文化虽侧重于消遣娱乐，但它作为水浒故事的一种隐性叙述活动，凝聚的是一代代乡民关于"水浒"文化的集体记忆与情感想象。这种文化活动具有民间文化和草根文化的性质，它的文化趣味与生命力体现在活动参与的过程中。从整个历史过程来看，这种超越故事文本的"水浒"文化活动绵延不绝、生生不息，并未受到主流意识形态关于《水浒传》评价态度的影响。从更深层次的文化意义而言，非文本的"水浒"文化活动意味着传统文化的血液已经脱离原生的固化文本，渗透到民众的日常生活体验之中，这可看作是传统文化的活态传承。考察水浒叙事的艺术文化魅力，如缺乏这个文化侧面的关注，而专注于故事文本的细读、抽绎和逻辑推阐，对水浒叙事的文化理解至少是不全面的，其中突出的一点就是无法真正领略水浒叙事所特有的民族文化内涵。总的来说，在当代电子传播的新技术语境中，水浒故事又以电影、电视剧、卡通漫画和网络电子游戏等形式不断地进行翻新讲述。当然，我们无可否认，在一些"戏说"和"挂名"的水浒文化与文艺叙述活动中，距离原初的水浒故事形态会越来越遥远，水浒文化的遗韵也会越来越稀薄，但其中蓄积的民族文化认同的符号意义宛然犹存，因为只有中国人才能真正领略到"水浒"这个词所承载的民族文化认同意义。

诚然，本书在方法上只是以点带面，在材料截取上也存在挂一漏万的不足，故所重绘的"水浒"文学地图并不完整，但重绘之目的彰明较著，亦即从观念层面上去阐明：水浒故事作为一个深具民族审美文化特色的母题，其本身具有不断衍生发展的内在活力。水浒故事是一种活态叙事，其故事能够不断生长，它的某些审美文化因子能够跨越不同时代而绽放出熠熠的艺术光芒。在笔墨重心上，本书更注重挖掘被文学史知识遮蔽的民间水浒以及非文本的隐性水浒叙事所蕴含的特殊的审美文化价值。因为这种文化价值在传统的学术研究视野中更容易被人忽略甚至鄙夷。同时，这也从一个侧面说明，关于《水浒传》的传统的文本阐释研究模式，并不能很好地解释水浒故事所增添的各种趣味丰富的文化艺术活动。故此，我们必须打破过去那种封闭的文本阐释研究模式，关注文本背后的文学文化活动过程，这理当成为拓展学术空间的一条新路径。

参考文献

一、中文文献

（一）作品类

《新刊大宋宣和遗事》，上海：中国古典文学出版社 1954 年版。

傅惜华编：《水浒戏曲集》（第一集），上海：上海古籍出版社 1957 年版。

（明）施耐庵著：《水浒传》，北京：人民文学出版社 1975 年版。

陈曦钟等辑校：《水浒传会评本》，北京：北京大学出版社 1981 年版。

（清）陈忱著：《水浒后传》，上海：上海古籍出版社 1981 年版。

（宋）孟元老撰：《东京梦华录注》，北京：中华书局 1982 年版。

山东《牡丹》编辑部编：《水浒外传》，济南：山东人民出版社 1983 年版。

（清）金圣叹评点，文子生校点：《第五才子书施耐庵水浒传》，郑州：中州古籍出版社 1985 年版。

华积庆编：《水浒英雄外传》（上册），北京：中国戏剧出版社 1986 年版。

《传统山东快书〈武松传〉》（高元钧演出本），北京：中国曲艺出版社 1987 年版。

欧阳健、萧相恺编：《宋元小说话本集》，郑州：中州古籍出版社 1987 年版。

《容与堂本水浒传》，上海：上海古籍出版社 1988 年版。

董晓萍编：《〈水浒传〉的传说》，海口：南海出版公司 1990 年版。

（明）施耐庵著，汪原放标点，胡适主编：《水浒》，海口：海南出版社 1995 年版。

（清）俞万春著：《荡寇志》，北京：人民文学出版社 1995 年版。

任继俞主编：《中华传世文选·骈文类纂》，长春：吉林人民出版社 1998 年版。

樊兆阳搜集整理：《水浒人物口头传说大观》，北京：北京图书馆出版社 2003 年版。

施耐庵、罗贯中著，沙博理译：《水浒传：汉英对照》，北京：外文出版社 2003 年版。

王丽堂口述，郭铁松、王鸿整理：《扬州评话王派水浒·武松》，北京：中华书局 2005 年版。

樊兆阳、张庆建编：《民间大水浒》，北京：中国文史出版社 2008 年版。

（二）古代文献

（清）张廷玉等撰：《明史》，北京：中华书局 1974 年版。

《清史稿》，北京：中华书局 1977 年版。

（汉）桓谭著：《新论》，上海：上海人民出版社 1977 年版。

（宋）苏轼撰：《东坡志林》，北京：中华书局 1981 年版。

（清）段玉裁：《说文解字注》，上海：上海古籍出版社 1981 年版。

（明）张岱著：《陶庵梦忆》，杭州：西湖书社 1982 年版。

（清）王士禛著，李毓芙选注：《王渔洋诗文选注》，济南：齐鲁书社1982年版。

（清）金圣叹著：《金圣叹全集》，南京：江苏古籍出版社1985年版。

（清）章学诚著：《文史通义校注》，北京：中华书局1985年版。

（明）冯梦龙编著，陆国斌等校点：《冯梦龙全集》，南京：江苏古籍出版社1993年版。

（清）黄宗羲著，沈芝盈点校：《明儒学案》（下），北京：中华书局2008年版。

（清）顾炎武著：《日知录集释》，郑州：中州古籍出版社1990年版。

（明）王守仁撰：《王阳明全集》，上海：上海古籍出版社1992年版。

（宋）朱熹著，郭齐、尹波点校：《朱熹集》，成都：四川教育出版社1996年版。

（明）沈德符著：《万历野获编》，北京：文化艺术出版社1998年版。

（元）脱脱修：《宋史》，北京：中华书局1999年版。

（明）李贽著，张建业主编：《李贽文集》，北京：社会科学文献出版社2000年版。

（明）胡应麟著：《少室山房笔丛》，上海：上海书店出版社2001年版。

（三）现代文献

1. 著述类

林传甲著：《中国文学史》，上海：上海科学书局1914年版。

谢无量著：《平民文学之两大文豪》，上海：商务印书馆1924年版。

胡云翼著：《新著中国文学史》，上海：北新书局1933年版。

胡怀琛著：《中国小说的起源及其演变》，南京：正中书局1934年版。

钟敬文著：《民间文艺新论集》，北京：北京师范大学出版社1951年版。

严敦易著：《水浒传的演变》，北京：作家出版社1957年版。

孙楷第著：《沧州集》，北京：中华书局1965年版。

《马克思恩格斯全集》（第29卷），北京：人民出版社1972年版。

阿英著：《晚清小说史》，北京：人民文学出版社1980年版。

戴不凡著：《小说见闻录》，杭州：浙江人民出版社1980年版。

胡适著：《中国章回小说考证》，上海：上海书店1980年版。

胡士莹著：《话本小说概论》（下），北京：中华书局1980年版。

赵景深著：《中国小说丛考》，济南：齐鲁书社1980年版。

鲁迅著：《鲁迅全集》（第四卷），北京：人民文学出版社1981年版。

鲁迅著：《鲁迅全集》（第九卷），北京：人民文学出版社1981年版。

聂绀弩著：《中国古典小说论集》，上海：上海古籍出版社1981年版。

张国光著：《〈水浒〉与金圣叹研究》，郑州：中州书画社1981年版。

钟敬文著：《民间文艺谈薮》，长沙：湖南人民出版社1981年版。

孙楷第著：《中国通俗小说书目》，北京：人民文学出版社1982年版。

叶朗著：《中国小说美学》，北京：北京大学出版社1982年版。

赵景深著：《民间文学丛谈》，长沙：湖南人民出版社1982年版。

欧阳健、萧相恺著：《水浒新议》，重庆：重庆出版社 1983 年版。

孙述宇著：《水浒传的来历心态与艺术》，台北：时报文化出版事业有限公司 1983 年版。

谭达先著：《民间文学随笔》，南宁：广西人民出版社 1983 年版。

郑公盾著：《水浒传论文集》，银川：宁夏人民出版社 1983 年版。

郑振铎著：《郑振铎古典文学论文集》，上海：上海古籍出版社 1984 年版。

陈汝衡著：《陈汝衡曲艺文选》，北京：中国曲艺出版社 1985 年版。

何心著：《水浒研究》，上海：上海古籍出版社 1985 年版。

韦人等著：《扬州曲艺史话》，北京：中国曲艺出版社 1985 年版。

陈汝衡著：《说书史话》，北京：人民文学出版社 1987 年版。

胡适著，易竹贤辑录：《胡适论中国古典小说》，武汉：长江文艺出版社 1987 年版。

萨孟武著：《水浒与中国社会》，长沙：岳麓书社 1987 年版。

汪远平著：《水浒拾趣》，太原：北岳文艺出版社 1987 年版。

张国光著：《古典文学论争集》，武汉：武汉出版社 1987 年版。

郑振铎著：《郑振铎文集》（第五卷），北京：人民文学出版社 1988 年版。

王海林著：《中国武侠小说史略》，太原：北岳文艺出版社 1988 年版。

胡适著：《胡适文存》，上海：上海书店出版社 1989 年版。

梁启超著：《饮冰室合集》，北京：中华书局 1989 年版。

王齐洲著：《四大奇书与中国大众文化》，武汉：湖北教育出版社 1991 年版。

陈平原著：《千古文人侠客梦——武侠小说类型研究》，北京：人民文学出版社 1992 年版。

郭豫适著：《中国古代小说论集》，上海：华东师范大学出版社 1992 年版。

罗尔纲著：《水浒传原本与著者研究》，南京：江苏古籍出版社 1992 年版。

梁守中著：《武侠小说话古今》，南京：江苏古籍出版社 1992 年版。

陈独秀著，任建树等编：《陈独秀著作选》，上海：上海人民出版社 1993 年版。

张锦池著：《中国四大古典小说论稿》，北京：华艺出版社 1993 年版。

曹正文著：《中国侠文化史》，上海：上海文艺出版社 1994 年版。

石昌渝著：《中国小说源流论》，北京：生活·读书·新知三联书店 1994 年版。

李悔吾著：《中国小说史》，台北：洪叶文化事业有限公司 1995 年版。

刘桂生、张步洲编，《陈恪学术文化随笔》，北京：中国青年出版社 1996 年版。

钱杭、承载著：《十七世纪江南社会生活》，杭州：浙江人民出版社 1996 年版。

欧阳健著：《古代小说研究论》，成都：巴蜀书社 1997 年版。

夏建中著：《文化人类学理论学派：文化研究的历史》，北京：中国人民大学出版社 1997 年版。

萧相恺著：《宋元小说史》，杭州：浙江古籍出版社 1997 年版。

徐朔方著：《小说考信编》，上海：上海古籍出版社 1997 年版。

余嘉锡著：《余嘉锡文史论集》，长沙：岳麓书社 1997 年版。

曹亦冰著：《侠义公案小说史》，杭州：浙江古籍出版社 1998 年版。

陈美林等著：《章回小说史》，杭州：浙江古籍出版社1998年版。

陈颖著：《中国英雄侠义小说通史》，南京：江苏教育出版社1998年版。

胡适著，欧阳哲生编：《胡适文集》，北京：北京大学出版社1998年版。

鲁迅著：《鲁迅全集》（第十二卷），北京：人民文学出版社1998年版。

任继愈主编：《中华传世文选·骈文类纂》，长春：吉林人民出版社1998年版。

汤哲声、涂小马编著：《黄人评传·作品选》，北京：中国文史出版社1998年版。

钟敬文著：《钟敬文民俗学论集》，上海：上海文艺出版社1998年版。

郑振铎著：《郑振铎全集》，石家庄：花山文艺出版社1998年版。

陈果安著：《金圣叹小说理论研究》，长沙：湖南师范大学出版社1999年版。

林岗著：《明清之际小说评点学之研究》，北京：北京大学出版社1999年版。

王学泰著：《游民文化与中国社会》，北京：学苑出版社1999年版。

赵园著：《明清之际士大夫研究》，北京：北京大学出版社1999年版。

陈大康著：《明代小说史》，上海：上海文艺出版社2000年版。

陈益源著：《民间文化图像：台湾民间文学论集》，南宁：广西人民出版社2001年版。

高小康著：《市民、士人与故事：中国近古社会文化中的叙事》，北京：人民出版社2001年版。

葛兆光著：《中国思想史》，上海：复旦大学出版社2001年版。

谭帆著：《中国小说评点研究》，上海：华东师范大学出版社2001年版。

戴燕著：《文学史的权力》，北京：北京大学出版社2002年版。

孟瑶著：《中国小说史》，台北：传记文学出版社股份有限公司2002年版。

王同舟、陈文新著：《水浒传：豪侠人生》，武汉：武汉大学出版社2002年版。

吴光正著：《中国古代小说的原型与母题》，北京：社会科学文献出版社2002年版。

钟敬文著：《钟敬文文集》，合肥：安徽教育出版社2002年版。

冯雪峰著：《冯雪峰选集·论文编》，北京：人民文学出版社2003年版。

陈国球著：《文学史书写形态与文化政治》，北京：北京大学出版社2004年版。

鲁迅著：《中国小说史略（插图本）》，上海：上海古籍出版社2004年版。

孙正国著：《文学的生活遭遇：民间文学本体批评引论》，哈尔滨：黑龙江人民出版社2004年版。

王学泰、李新宇著：《〈水浒传〉与〈三国演义〉批判：为中国文学经典解毒》，天津：天津古籍出版社2004年版。

王齐洲著：《四大奇书纵横谈》，济南：济南出版社2004年版。

王齐洲著：《中国文学观念论稿》，武汉：湖北教育出版社2004年版。

徐复观著：《中国文学精神》，上海：上海书店出版社2004年版。

陈洪著：《中国小说理论史》，天津：天津教育出版社2005年版。

陈松柏著：《水浒传源流考论》，北京：人民文学出版社2005年版。

高小康著：《中国古代叙事观念与意识形态》，北京：北京大学出版社2005年版。

齐裕焜、王子宽著：《中国古代小说研究》，福州：福建人民出版社2005年版。

王立著：《武侠文化通论》，北京：人民出版社2005年版。

郑振铎著：《插图本中国文学史》，上海：上海人民出版社2005年版。

高日晖、洪雁著：《水浒传接受史》，济南：齐鲁书社2006年版。

黄景春著：《民间传说》，北京：中国社会出版社2006年版。

李殿元、王珏著：《〈水浒传〉之谜》，北京：中国广播电视出版社2006年版。

徐朔方、孙秋克著：《明代文学史》，杭州：浙江大学出版社2006年版。

徐扬尚著：《明清小说经典重读——寻找失落的传统》，北京：中国社会科学出版社2006年版。

马幼垣著：《水浒人物之最》，北京：生活·读书·新知三联书店2006年版。

陈文新著：《传统小说与小说传统》，武汉：武汉大学出版社2007年版。

洪东流著：《水浒解密》，上海：学林出版社2007年版。

杨义著：《重绘中国文学地图通释》，北京：当代中国出版社2007年版。

王丽娟著：《三国故事演变中的文人叙事与民间叙事》，济南：齐鲁书社2007年版。

周思源著：《新解〈水浒传〉》，北京：中华书局2007年版。

朱迪光著：《信仰·母题·叙事——中国古典小说新探索》，北京：中国社会科学出版社2007年版。

马幼垣著：《水浒二论》，北京：生活·读书·新知三联书店2007年版。

马幼垣著：《水浒论衡》，北京：生活·读书·新知三联书店2007年版。

2. 编著类

《水浒研究论文集》，北京：作家出版社1957年版。

中国民间文艺研究会编：《民间文学收集整理问题》，上海：上海文艺出版社1962年版。

《中国新文学大系导言集》，香港：香港文学研究出版部1968年版。

南京大学中文系资料室编：《水浒研究资料》，南京：南京大学中文系资料室1980年版。

王利器辑录：《元明清三代禁毁小说戏曲史料》，上海：上海古籍出版社1981年版。

汤志钧编：《康有为政论集》，北京：中华书局1981年版。

老舍著：《老舍曲艺文选》，北京：中国曲艺出版社1982年版。

湖北省水浒研究会等编：《水浒争鸣》（第一辑），武汉：长江文艺出版社1982年版。

湖北省《水浒》研究会等主编：《水浒争鸣》（第二辑），武汉：长江文艺出版社1983年版。

湖北省《水浒》研究会等主编：《水浒争鸣》（第三辑），武汉：长江文艺出版社1984年版。

湖北省《水浒》研究会等主编：《水浒争鸣》（第四辑），武汉：长江文艺出版社1985年版。

湖北省《水浒》研究会等主编：《水浒争鸣》（第五辑），武汉：长江文艺出版社1987年版。

庄一拂编著：《古典戏曲存目汇考》（中），上海：上海古籍出版社1982年版。

陈独秀著，三联书店编：《陈独秀文章选编》，北京：生活·读书·新知三联书店1984年版。

顾颉刚编著：《孟姜女故事研究集》，上海：上海古籍出版社1984年版。

江苏社会科学院文学研究所编：《施耐庵研究》，南京：江苏古籍出版社1984年版。

芮和师编：《鸳鸯蝴蝶派文学资料》，福州：福建人民出版社1984年版。

马蹄疾编著：《水浒书录》，上海：上海古籍出版社1986年版。

中国民间文艺研究会研究部编：《民间文学理论译丛》（第一集），北京：中国民间文艺出版社1986年版。

王先霈、周伟民编著：《明清小说理论批评史》，广州：花城出版社1988年版。

陈平原、夏晓虹编：《二十世纪中国小说理论资料》（第一卷），北京：北京大学出版社1989年版。

汪复昌等编：《王派〈水浒〉评论集》，北京：中国曲艺出版社1990年版。

沈伯俊编：《水浒研究论文集》，北京：中华书局1994年版。

洪子诚编：《二十世纪中国小说理论资料》（第五卷），北京：北京大学出版社1997年版。

严家炎编：《二十世纪中国小说理论资料》（第二卷），北京：北京大学出版社1997年版。

袁行霈主编：《中国文学史》（第一卷），北京：高等教育出版社1999年版。

黄霖、韩同文编：《中国历代小说论著选》（下），南昌：江西人民出版社2000年版。

罗钢、刘象愚主编：《文化研究读本》，北京：中国社会科学出版社2000年版。

张国光、余大平主编：《水浒争鸣》（第六辑），北京：光明日报出版社2001年版。

朱一玄、刘毓忱编：《水浒传资料汇编》，天津：南开大学出版社2002年版。

陈泳超主编：《中国民间文化的学术史观照》，哈尔滨：黑龙江人民出版社2004年版。

傅光明主编：《品读〈水浒传〉》（插图本），济南：山东画报出版社2005年版。

高梧主编：《民间文化研究》，成都：巴蜀书社2006年版。

王平主编：《明清小说传播研究》，济南：山东大学出版社2006年版。

朱一玄编：《明清小说资料选编》，天津：南开大学出版社2006年版。

钟敬文主编：《中国民俗史》，北京：人民出版社2008年版。

周宪主编：《中国文学与文化的认同》，北京：北京大学出版社2008年版。

3. 期刊论文

刘烈茂：《评〈水浒〉应该怎样一分为二?》，《中山大学学报》1979年第1期。

聂绀弩：《论〈水浒〉的繁本和简本》，《中华文史论丛》1980年第2期。

张国光：《〈水浒传〉祖本考》，《江汉论法》1982年第1期。

曲家源：《元代水浒杂剧非〈水浒传〉来源考辨》，《山西师大学报》（社会科学版）1986年第2期。

商韬、陈年希：《用〈三遂平妖传〉不能说明〈水浒传〉的著者和原本问题》，《学术月刊》1986年第2期。

李庆西：《〈水浒传〉主题思维方法辨略》，《文学评论》1986年第3期。

汪远平：《〈水浒〉的复仇主题及其美学意义》，《郑州大学学报》（哲学社会科学版）1987 年第 1 期。

王学泰：《传统与小传统》，《社会科学论坛》2000 年第 8 期。

刘勇强：《一种小说观及小说史观的形成与影响——20 世纪"以西例律我国小说"现象分析》，《文学遗产》2003 年第 3 期。

杨义：《重绘中国文学地图》，《文学遗产》2003 年第 5 期。

孙景尧：《文学与副文学研究——以中美"说书"的比较研究为例》，《温州师范学报》（哲学社会科学版）2004 年第 3 期。

王学泰：《〈水浒传〉思想本质新论》，《文史哲》2004 年第 4 期。

韩春萌：《直面 1 600 部中国文学史》，《中国图书评论》2005 年第 3 期。

陈思和：《恢复文学史的原生态》，《南开学报》（哲学社会科学版）2005 年第 4 期。

郝建：《"暴力美学"的形式感营造及其心理机制和社会认识》，《北京电影学院学报》2005 年第 4 期。

高小康：《作品链与活动史——对文学史观的重新审视》，《文学评论》2005 年第 6 期。

刘纳：《写得怎样：关于作品的文学评价——重读〈创业史〉并以其为例》，《文学评论》2005 年第 4 期。

王学泰：《从〈水浒传〉看江湖文化》，《上饶师范学院学校》2005 年第 25 卷第 7 期。

邵薇：《文学史的书写与流动的文学经典——20 世纪 80 年代"重写文学史"问题的若干思考》，《学习与探索》2006 年第 1 期。

叶舒宪：《"学而时习之"新释〈论语〉口传语境的知识考古学发掘》，《文艺争鸣》2006 年第 2 期。

高原：《"泛农民趣味"的颂歌——从中西方社会文化形态比较看〈水浒传〉主题》，《兰州大学学报》（社会科学版）2006 年第 2 期。

何华龙：《水浒人物武松和历史人物武松》，《中学生时代》2006 年第 2 期。

蓑笠翁：《评书——伟大的艺术》，《中外文化交流》2006 年第 6 期。

[澳] 詹纳尔：《西方学者看〈水浒〉》，《科学与文化》2006 年第 7 期。

马树良：《近三十年来〈水浒〉主题研究综述》，《阅读与写作》2007 年第 12 期。

蒋铁生：《东平县"说唱水浒叶子牌"调查》，《民俗研究》2007 年第 1 期。

杨义：《经典的发明与血脉的贯通》，《文艺争鸣》2007 年第 1 期。

高小康：《非物质文化遗产保护是否只能临终关怀》，《探索与争鸣》2007 年第 7 期。

马树良：《近三十年来〈水浒传〉主题研究综述》，《阅读与写作》2007 年第 12 期。

巴莫曲布嫫：《非物质文化遗产：从概念到实践》，《民族艺术》2008 年第 1 期。

陈家定：《市场与网络语境中的文学经典问题》，《文学评论》2008 年第 2 期。

陈鹏：《〈水浒传〉与吴宇森的英雄片》，《电影文学》2008 年第 23 期。

陈伯海：《文学史的哲学思考》，《中国韵文学刊》2008 年第 2 期。

高小康：《非文本诗学：文学的文化生态视野》，《文学评论》2008 年第 6 期。

冷霜：《在两次"重写文学史"之间》，《文艺争鸣》2008 年第 2 期。

卢永和：《试论文学经典的文本活态化》，《内蒙古社会科学》2008 年第 5 期。

王峰：《"文学"的重构与文学史的重释——兼论 20 世纪早期"中国文学史"书写的意义》，《华东师范大学学报》（哲学社会科学版）2008 年第 2 期。

王茜：《"文学起源"的话语建构——"文学起源于民间"观念的批判性反思》，《华东师范大学学报》（哲学社会科学版）2008 年第 2 期。

王学泰：《从〈水浒传〉看江湖文化》（一），《文史知识》2008 年第 6 期。

向宇：《试论海外华人电影导演的文化立场》，《当代文坛》2008 年第 6 期。

叶舒宪：《本土文化自觉与"文学"、"文学史"观反思——西方知识范式对中国本土的创新与误导》，《文学评论》2008 年第 6 期。

章辉：《文艺学危机与文学理论知识创新——访高小康教授》，《甘肃社会科学》2008 年第 1 期。

4. 学位论文

高日晖：《〈水浒传〉接受史研究》，复旦大学博士学位论文，2003 年。

郭冰：《明清时期的"水浒"接受研究》，浙江大学博士学位论文，2005 年。

张同胜：《〈水浒传〉诠释史论》，山东大学博士学位论文，2007 年。

刘平、郑大华主编：《中国近代思想家文库　包世臣卷》，北京：中国人民大学出版社 2013 年版。

二、外文文献（中译本）

［美］雷·韦勒克、奥·沃伦著，刘象愚等译：《文学理论》，北京：生活·读书·新知三联书店 1984 年版。

［英］鲍桑葵著，张今译：《美学史》，北京：商务印书馆 1985 年版。

［美］韩南著，尹慧珉译：《中国白话小说史》，杭州：浙江古籍出版社 1989 年版。

［美］刘若愚著，周清霖、唐发铙译：《中国之侠》，上海：生活·读书·新知三联书店 1991 年版。

［美］柳无忌著，倪庆饫译：《中国文学新论》，北京：中国人民大学出版社 1993 年版。

［美］浦安迪著，沈亨寿译：《明代小说四大奇书》，北京：中国和平出版社 1993 年版。

［荷兰］佛克马、蚁布思著，俞国强译：《文学研究与文化参与》，北京：北京大学出版社 1996 年版。

［美］浦安迪著：《中国叙事学》，北京：北京大学出版社 1996 年版。

［美］弗里著，朝戈金译：《口头诗学：帕里—洛德理论》，北京：社会科学文献出版社 2000 年版。

［英］吉登斯著，田禾译：《现代性的后果》，南京：译林出版社 2000 年版。

［美］理查德·凯勒·西蒙著，关山译：《垃圾文化——通俗文化与伟大传统》，北京：社会科学文献出版社 2001 年版。

［美］夏志清著，胡益民等译：《中国古典小说史论》，南昌：江西人民出版社 2001

年版。

　　［英］约翰·斯道雷著，杨竹山等译：《文化理论与通俗文化导论》，南京：南京大学出版社 2001 年版。

　　［法］蒂费纳·萨莫瓦约著，邵炜译：《互文性研究》，天津：天津人民出版社 2003 年版。

　　［英］拉曼·塞尔登编，刘象愚、陈永国等译：《文学批评理论——从柏拉图到现在》，北京：北京大学出版社 2003 年版。

　　［美］曼纽尔·卡斯特著，夏铸九等译：《认同的力量》，北京：社会科学文献出版社 2003 年版。

　　［美］宇文所安著，王柏华、陶庆梅译：《中国文论：英译与评论》，上海：上海社会科学院出版社 2003 年版。

　　［英］阿雷恩·鲍尔德温等著，陶东风等译：《文化研究导论》，北京：高等教育出版社 2004 年版。

　　［美］洛德著，尹虎彬译：《故事的歌手》，北京：中华书局出版社 2004 年版。

　　［美］乔纳森·弗里德曼著，郭建如译：《文化认同与全球性过程》，北京：商务印书馆 2004 年版。

　　［美］阿兰·邓迪斯著，户晓辉编译：《民俗解析》，桂林：广西师范大学出版社 2005 年版。

　　［美］哈罗德·布鲁姆著，江宁康译：《西方正典——伟大作家和不朽作品》，南京：译林出版社 2005 年版。

　　［日］佐竹靖彦著，韩玉萍译：《梁山泊——〈水浒传〉一〇八名豪杰》，北京：中华书局 2005 年版。

　　［丹麦］易德波著，米锋、易德波译：《扬州评话探讨》，北京：人民文学出版社 2006 年版。

　　［美］沃尔特·翁著，何道宽译：《口语文化与书面文化——语词的技术化》，北京：北京大学出版社 2008 年版。

后 记

拙著是在我的博士论文基础上修润而成的。从 2009 年 6 月博士毕业至今，已五年有余，博士论文一再拖延付梓，主要是感觉其学术水准未达到自己的要求。但无论如何，总要给三年读博时光一个交代、一个纪念，故不揣浅陋，鼓起勇气将尘封几年的毕业论文交付出版，也算了结一桩心愿。

感谢我的博士生导师高小康先生！业师治学不拘一格，视野宽广，才识卓绝。近年来他反复言及的"非经典"与"非文本"诗学观念，令我开悟良多。这从根底处更新了惯常的学术理路，由此引发了对于口头、民间等边缘文学与文化活动的重新认识，毕业论文选题也是受此启发而获得的学术灵感。在毕业论文标题拟定、框架思路和写作技巧等诸多方面，高老师均给予我精心的指导。曾记得我把本书的初稿拿给高老师审阅时，高老师凭他老道的学术判断力，当即发现本书在立论、论证等方面存在的诸多不足，后经高老师的反复点拨，我得以对写作思路作了大的调整。仅以标题而言，初稿的标题是"经典与非经典：两个水浒故事叙述系统及其阐释"；预答辩稿的标题是"'水浒'文学地图的描绘与解释"；最终定稿时，标题则是"经典与民间：水浒叙事的多重文化意蕴"。可想而知，每一次思路调整，都意味着大量的文字增删工作，个中况味，如人饮水，冷暖自知。

感谢我的硕士生导师赖力行先生。他引领我学术入门，其反复教导的学术问题提炼与规范意识令我终身受益；感谢林岗教授、王坤教授、谢有顺教授和魏朝勇教授，他们在本书撰写过程中提出了诸多宝贵建议；感谢我岳父母和妻子，他们日夜操劳，含辛茹苦，在我读博期间承担了所有的家庭琐务，从而为我提供了足够的研习时间；感谢师弟傅修海，他在文献查证、电脑技术和文字润色等方面为本书写作提供了不少帮助。

拙著的出版，受中国博士后科学基金、扬州大学博士后科研启动基金、肇庆学院学术著作出版基金等多项资助，特此致谢！

是为记。

卢永和于肇庆学院
2014 年 9 月